INEZ VELAZQUEZ

Sommer, Meer und der Tote im Pool

Auf dem spanischen Anwesen eines wohlhabenden Ehepaars findet der Gärtner seinen Arbeitgeber tot im Pool. Comisario Pablo Benitez, dessen Vater gerade theatralisch im Kreis der Familie stirbt, wird zum Tatort gerufen. Nur widerwillig macht er sich an die Arbeit. Die sehr attraktive Witwe scheint über den Tod ihres Mannes untröstlich. Sie ist davon überzeugt, dass es das Herz war, und tatsächlich stellt der Gerichtsmediziner Herzstillstand als Todesursache fest. Pablo ist erleichtert, denn so kann er gleich wieder zu seinem sterbenden Vater zurückkehren. Als er zu Hause über den tragischen Unglücksfall berichtet, entbrennt eine heftige Diskussion unter seinen Schwestern. Für sie ist der Fall klar: Die Ehefrau hat nachgeholfen. Pablo wird unsicher. Sollte er etwas Wichtiges übersehen haben? Da erhält die Polizei einen anonymen Hinweis, dass es bei dem Tod von Dr. Wilke anscheinend nicht mit rechten Dingen zugegangen ist, und Pablo nimmt zähneknirschend die Ermittlung wieder auf …

Über die Autorin:

Inez Velazquez schrieb viele Krimis, Romane und Thriller über Weltverschwörungen unter dem Pseudonym Fran Ray. *Die Saat* erregte internationales Aufsehen und wurde in sieben Sprachen übersetzt. *Der Skandal* und *Das Syndikat* folgten. Das Autorenduo lebte viele Jahren in Spanien und kennt die Schauplätze der Krimis um Pablo Benitez ebenso gut wie Land und Leute, was dem Roman eine besonders charmante Atmosphäre verleiht.

Die Romane von Inez Velazquez bei LYX:

1. Sommer, Meer und der Tote im Pool
2. Tapas, Wein und der Mord am Strand (März 2017)

INEZ VELAZQUEZ

Sommer, Meer und der Tote im Pool

Roman

LYX
EGMONT

Originalausgabe Juni 2016 bei LYX
verlegt durch EGMONT Verlagsgesellschaften mbH,
Gertrudenstr. 30–36, 50667 Köln

1. Auflage
Redaktion: Hanka Jobke, Berlin
Umschlaggestaltung & -illustration: www.buerosued.de
Satz: Greiner & Reichel, Köln
Printed in Germany (670421)
ISBN 978-3-7363-0114-6

www.egmont-lyx.de

MIX
Papier
FSC FSC® C083411

Samstag

1

»Sieh dir diesen Kater an, Pablito«, flüstert Maria Dolores in die lastende Stille hinein und stößt mir ihren gepolsterten Ellbogen unsanft in die Rippen. Ich bin zwar schon dreiunddreißig, aber meine Schwester nennt mich immer noch Pablito.

Señorito, der schwarz-weiße Kater, thront majestätisch neben dem Kopf von unserem Padre auf dem dicken weißen Kissen und döst vor sich hin. Seit gestern ist er nicht mehr aus dem Haus gegangen.

»Würde mich nicht wundern, wenn er mit Padre zusammen in den Himmel geht.« Rasch bekreuzigt sie sich, bestimmt zum hundertsten Mal, seit ich hier sitze.

»Hast du eben *in den Himmel* gesagt?«, erwidere ich, wofür Maria Dolores mich mit einem missbilligenden Blick straft und dabei den Kopf mit den gold gefärbten Löckchen heftig schüttelt.

In dem kleinen Schlafzimmer, in das gerade einmal das Ehebett mit dem hohen geschnitzten Kopfteil, zwei Nachttische, eine Kommode unter dem Fenster, ein hoher Schrank mit den gleichen Schnitzereien wie am Bett und zwei Stühle hineinpassen, auf denen wir viel zu eng nebeneinandersitzen, ist die Luft schon um elf Uhr morgens so dick, dass ich kaum atmen kann. Wenn wenigstens die Vorhänge nicht zugezogen wären! So ist es nicht nur stickig hier drinnen, sondern auch noch so dunkel wie in einem Verließ. Aber das hat Maria Dolores so angeordnet, und sie duldet keine Widerworte. Schließlich ist sie die älteste von uns fünf Geschwistern.

Die Finca meiner Eltern Rosa und Pablo liegt in einem kleinen Dorf in den andalusischen Bergen, oberhalb von Marbella. Es ist Mitte Juni, und es ist schon morgens heiß. Sehr heiß. Draußen bellt manchmal Golfo, der junge Schäferhund, und hin und wieder hört man ein Auto auf der Landstraße vorbeifahren. Es ist Samstag, gleich halb zwölf.

Auf der Kommode qualmt eine Schale mit Weihrauch. Daneben und auf den beiden Nachttischen stehen Vasen mit Blumen. Gerade habe ich in der Küche ein Cruzcampo getrunken und zwei Bocadillos heruntergeschlungen, eins mit scharfer Chorizo und eins mit gereiftem Manchego. Jetzt wünschte ich mir, ich hätte sie nicht gegessen. Mühsam schlucke ich gegen den aufsteigenden Würgereiz an, als Maria Dolores an mir schnuppert.

»Gaultier«, sage ich.

Ich weiß, dass ich Geschmack habe. Sobald ich befördert werde, kaufe ich mir meine Hemden, Krawatten und Anzüge nicht mehr bei Zara, sondern bei Adolfo Dominguez und Massimo Dutti.

»*Tonto!* Du hast getrunken!«, sagt sie streng. Das beherrscht sie: Mit einem Satz kann sie eine ganze Lebenseinstellung vernichten.

Ich fühle mich bemüßigt, etwas richtigzustellen. »Wir haben im *La Rambla* das Spiel gegen die Holländer angeguckt, und Juan Carlos hat seinen Fünfunddreißigsten gefeiert.«

Konnte ich denn gestern Abend ahnen, als wir uns alle wegen der Niederlage betranken, dass unser Padre ausgerechnet heute vorhat zu sterben? Eins zu fünf verloren. Wir wollten doch wieder Weltmeister werden! Und dann hatte Juan Carlos dummerweise auch noch Geburtstag.

»Der *Idiota*, der dich am Dreikönigstag abgeholt hat, weil er …«

»Ja …«

»… weil er dir unbedingt sein Motorrad …?«

»Seine Harley …«, konkretisiere ich.

»Und das am Dreikönigstag!« Sie schüttelt empört den Kopf, sodass ihre Löckchen und ihr Doppelkinn um die Wette zittern.

Ja, ich weiß, die Heiligen Drei Könige sind unser höchster Weihnachtsfeiertag. Da kommt die ganze Familie zusammen.

»Du warst stundenlang weg, und wir haben mit dem Essen auf dich gewartet.« Sie bohrt mir ihren Zeigefinger in die Brust. »*Desgraciado!* Du hast genau gewusst, wie wütend Padre wird, wenn er mit dem Essen warten muss.«

Oh ja, das weiß ich. Als ich zurückkam, sind alle außer Mamá über mich hergefallen. Aber der Ausflug mit Juan Carlos war es wert gewesen. Wir sind die Serpentinen nach Ronda hinaufgeknattert, haben in einer *Venta* mit ein paar Motorradtypen ein paar *Copas* gehoben. Ein paar *Chicas* waren auch dabei – *dänische Chicas* mit langen blonden Haaren –, und Juan Carlos fing an, eine Runde nach der anderen auszugeben, und meinte, die Kurven dieser Frauen seien zehnmal besser als die nach Ronda. Am Ende musste ich ihn auf seinem Motorrad nach Hause fahren.

»Tja, ja …« Maria Dolores faltet die Hände. »Und dann dieses Spiel! Miguel hat's nach der Halbzeit nicht mehr mitansehen können. Hat draußen eine nach der anderen geraucht. Aber ich sollte weitergucken und musste es ihm dann kurz erzählen und seine schlechte Laune ertragen.« Sie schüttelt wieder den Kopf. »Ausgerechnet bei der WM muss Padre sterben. Wo er doch so gerne Fußball geschaut hat!«

»Ahhhh!«

Wir zucken zusammen und sehen Padre erschrocken an. Er hat einen dieser lauten Seufzer ausgestoßen. Das macht er regelmäßig, seit ich vor zwei Stunden hier oben auf der Finca angekommen bin. Jedes Mal fällt dann ein Blumenblatt von dem lila-weißen Strauß auf den Nachttisch neben ihm. Danach ist es wieder still.

Maria Dolores erhebt sich und beugt sich über ihn, hält ihr Ohr an seinen Mund. Meine älteste Schwester ist immer ein bisschen zu viel von allem. Ein bisschen zu laut. Ein bisschen zu dick. Ein bisschen zu übertrieben angezogen. Wie jetzt, mit der schwarzen Rüschenbluse und dem schwarzen Rock. Als wäre Padre schon tot. Sie und Miguel wohnen mit ihrem Sohn Jaime in Estepona, das sind vierzig Minuten mit dem Auto. Da muss sie wohl schon ein bisschen vorplanen.

»Diese Seufzer sind gruselig«, sage ich.

Sie lässt sich wieder auf ihren Stuhl fallen. »Unser Padre liegt im Sterben und du findest das gruselig, ts.«

Der Würgereiz wird stärker, und so bringe ich nur ein »Hm« heraus.

»Was ist denn?«, zischt sie mir missbilligend zu.

Ich deute auf die qualmende Schale auf der Kommode.

»Der Weihrauch …? *Dios mío,* Comisario Pablito! Was bist du nur für eine Memme!«

Ich habe dieses Wochenende frei. Eigentlich wollte Mamá ihre berühmte Paella machen. Juanita, ihr Mann Alfonso, Esperanza und ich wären wie jeden Samstag, an dem Esperanza und ich keinen Dienst haben, zum Essen gekommen. Esperanza ist Altenpflegerin und nach Maria Dolores und Juanita meine drittälteste Schwester.

Aber Mamá hat uns alle heute früh angerufen: »Euer Padre stirbt!«

Wir sind natürlich sofort gekommen. Das heißt, bis jetzt sind nur Maria Dolores und ich hier. Esperanza schafft es erst abends, und Juanita und Alfonso waren auf einer Hochzeit in Málaga eingeladen und haben dort übernachtet. Sie kommen sicher in den nächsten Stunden.

»Mir ist ein bisschen schwindlig.« Ich kremple die Ärmel meines blütenweißen Hemdes noch ein bisschen höher, als könnte das helfen.

Vielleicht sollte ich das Fenster öffnen. Die schlimmsten Gerüche kann ich ertragen – ich denke gerade an die drei Tage alte Leiche letzte Woche –, aber Weihrauch … *Man könnte glatt glauben, du kommst aus der Hölle, Pablito,* musste ich mir – natürlich – von Maria Dolores anhören. Auch jetzt mustert sie mich verächtlich.

»*Dios mío,* Pablito! Was machst du eigentlich, wenn du zu einem Tatort kommst, he? Jammerst du da auch so rum?« Sie äfft mich nach. »Der Weihrauch … Mir ist ein bisschen schwindlig …« Sie hebt die Brauen und reißt die Augen auf, die fast so groß sind wie die Tränensäcke darunter. »Es ist doch immer dasselbe mit euch Männern! Draußen plustert ihr euch auf, und zu Hause wimmert ihr rum!«

Wütend springe ich auf, und es gibt einen lauten Knall, als der Stuhl auf dem Fußboden landet. Señorito reagiert mit einem drohenden Fauchen, und die Blumen auf dem Nachttisch verlieren gleich drei Blätter auf einmal. Nur Padre zuckt noch nicht mal mit den Wimpern.

»Pass auf, was du sagst, Maria Dolores!«

»Setz dich wieder hin und sei ruhig!«, sagt sie unbeeindruckt, und als ahnte sie, was ich vorhabe, herrscht sie mich an: »Und untersteh dich, das Fenster aufzumachen! Es ist heiß genug hier drin!«

Gegen Maria Dolores bin ich noch nie angekommen. Zehn Jahre älter ist sie, und je nach Laune hat sie mich verzärtelt oder wie einen Sklaven herumkommandiert.

Unter dem strengen Blick von Maria Dolores und Señorito stelle ich den Stuhl wieder hin und setze mich. Meine Schwester schenkt mir ein zufriedenes Lächeln, und Señorito schließt wieder die Augen. Eine Weile sitzen wir tatsächlich friedlich und still nebeneinander. Die Welt scheint in Ordnung zu sein, alles ist an seinem Platz: die Kinder – zumindest das älteste und das jüngste – am Sterbebett ihres Vaters, der treue Kater bei seinem geliebten Herrchen und aus der Küche ertönt das Klappern von Töpfen. Das ist Mamá, die das Essen für die Überlebenden zubereitet.

Ich döse vor mich hin. Die letzte Woche hatte es in sich. Die Schießerei in Puerto Banús mit dem toten Bulgaren, der erhängte Bankdirektor, und dann noch dieser verwesende Leichnam in Costabella. Ein neunzigjähriger Deutscher mit Schränken voller Nazi-Relikten. Altersschwäche, hatten die Kollegen vermutet, bis herauskam, dass seine Witwe schon drei Ehemänner überlebte, und jedes Mal um ein paar Hunderttausend Euro reicher geworden ist.

Shakira zerreißt die Stille. *»Estoy aquí quieréndote ahogándome …«*

Mein Handy! Dankbar stehe ich auf und gehe hinaus.

Die Hitze draußen steht da wie eine Wand. Ich renne dagegen und bekomme augenblicklich tödliche Kopfschmerzen.

Ich versuche, auf dem Display den Namen zu erkennen, aber die Sonne ist zu grell, also drücke ich auf Annehmen.

»Pablo, *qué tal?*«

»Antonio?« Einen kurzen Augenblick lang überlege ich, ob ich vergessen habe, dass ich heute Dienst habe und nicht Antonio, denn der hatte gestern Abend auch schon Dienst und wurde daher nicht Zeuge dieser schändlichen Niederlage.

»Ich bin am Ende! Pablo!«

»Ja, ja, aber am Mittwoch machen wir die Chilenen fertig …«

»Das meine ich nicht! Adriana will mich verlassen! Sie packt! *Puta!*«

»Was telefonierst du dann mit mir? Beruhig sie! Oder pack ihre Sachen wieder aus und wirf den Koffer aus dem Fenster! Oder geh mit ihr essen, kauf ihr ein schönes Kleid, ich habe bei Massimo Dutti welche gesehen …«

»Ja … aber … La Jefa hat mich angerufen. Ich habe einen Fall. Ein Toter im Pool oben beim Marbella Hill Club. *Qué estupidez!*« Er senkt die Stimme. »Pablo, könntest du mal rüberfahren? Ist nur 'ne Pro-forma-Sache. Herzinfarkt wahrscheinlich. Aber du würdest mir … das Leben retten!«

»Antonio, mein Vater liegt im Sterben und …«

»Dein Vater liegt im Sterben?«, fällt er mir ins Wort. »*Dios mío!* Nein, nein, natürlich kannst du da nicht weg! Ich krieg' das schon irgendwie geregelt. Tut mir leid für dich, Pablo. Sag Bescheid, ja, melde dich, ja, wenn …«

»Ja, mach ich.« Ich beende das Gespräch.

Mein Kopf droht zu platzen. Daran ist vor allem diese Mannschaft schuld! Weltmeister, Europameister, Herrscher über die Welt des Fußballs! Und dann so was. Juan Carlos hat gesagt: Das verkraften wir nur mit ein paar *Copas*, Leute. Brandy und Coke, Coke und Brandy, Brandy auf Eis und zum Schluss eine Coronita. Oder zwei.

Golfo springt von seinem Platz im Schatten des Traktors auf und kommt mit schleifender Kette zu mir. Ich kraule ihn hinter den Ohren.

»Was für ein Tag, Golfo!« Ich bringe ihn in den Schatten zurück, fülle seine Wasserschüssel auf und hocke mich zu ihm auf die umgedrehte Plastikkiste für die Orangen. In der glühenden Nachmittagssonne sehen die nach dem großen

Waldbrand lichten Berge fast bläulich aus. »*Hombre,* ist das heiß …«

Hinter den Bergen, in Marbella, ist es sicher fünf Grad kühler, wie immer weht eine angenehme Brise vom Meer über den Strand, und an der Promenade rascheln die Palmen im Wind. Ein schönes Fleckchen Erde, dieses Marbella. Ob das die Fischer früher auch so geschätzt haben? Oder erst dieser Prinz, der in den Fünfzigern den Ort entdeckt und sich gleich die besten Grundstücke unter den Nagel gerissen und den Marbella Club eröffnet hat?

»*Hombre,* Golfo.« Der Hund hebt den Kopf und sieht mich mit diesem typischen Bitte-wieder-kraulen-Blick an. »Stell dir vor, du bist mit all den Schönen und Reichen am Nikki-Beach, schlürfst Champagner und Austern und lässt dir die Sonne auf den Pelz brennen.«

Golfo schnappt nach einer Fliege.

»Das würde dir gefallen, was? Mir auch!« Die Übelkeit meldet sich wieder, ich hätte nicht an Austern und Champagner denken sollen. Hinter der Mauer mit den Oleanderbäumen knattert ein Motorrad heran, Golfo spitzt die Ohren.

»Du passt gut auf. Ich sollte dich Comisario nennen.«

Ich kraule seinen Nacken mit dem dichten Fell, und er legt sich auf die Seite und schmatzt. Ja, ja, denke ich, so räkeln sich auch die Typen da unten auf ihren Liegestühlen in den angesagten Beach Clubs, im Schatten von La Concha, unserem Hausberg, vor einem glitzernden Meer mit Blick auf den Felsen von Gibraltar.

»Ich muss wieder rein, sonst denken die, ich drück mich.« Ich gebe Golfo einen Klapps und stehe auf.

Diesmal ist die Dunkelheit drinnen wie eine Wand. Ich laufe dagegen und werde augenblicklich blind. Vorsichtig taste ich mich vorwärts.

»Und?«, frage ich, als ich endlich wieder auf meinem Stuhl neben Maria Dolores sitze, die theatralisch aufseufzt.

»Miguel hätte uns beinahe umgebracht, er ist wie der Teufel gefahren … und jetzt« – Maria Dolores macht eine knappe Bewegung mit dem Doppelkinn zu unserem Padre – »… das kann ewig dauern.« Sie bekreuzigt sich wieder, küsst diesmal noch ihr Kreuz und murmelt: »Jésus Maria.«

Maria Dolores lässt ihren Blick durch den abgedunkelten Raum schweifen.

»Na ja«, sagt sie dann seufzend, »er hat es ja auch nicht leicht gehabt. Fünf Kinder! Was die kosten! Miguel und ich schaffen es ja kaum, Jaime durchzufüttern.« Der Arme hat auf Lehramt studiert, Mathe und Physik, findet aber keinen Job. Jetzt überlegt er, nach Deutschland zu gehen. »Zum Glück steht wenigstens unsere Ana auf eigenen Füßen.«

Der Job an der Kasse bei *Mercadona* mache sie zwar nicht glücklich, hat sie mir neulich gestanden, aber immerhin sei sie sozialversichert, kriege jeden Monat ein Gehalt, und müsse nicht zu Hause wohnen wie Jaime. Außerdem bekommt sie die abgelaufenen Lebensmittel billiger.

»Du machst es dir ganz schön einfach, Pablito. Keine Frau, keine Kinder …« Ihr Seufzer, noch lauter als der von Padre, hallt durchs Sterbezimmer.

2

Da fällt plötzlich ein Sonnenstrahl durch die sich öffnende Tür herein und lässt die dunklen Möbel mit den üppigen Schnitzereien erstrahlen.

Meine Zwillingsschwester! Meine Lieblingsschwester! Meine Zwillingsseele!

»Teresa!« Ich springe auf.

»Pablo!« Sie kommt mit ausgebreiteten Armen auf mich zu. »Pablito! *Carino!* Mein kleiner, süßer Lieblingsbruder!«

»Psst!«, macht Maria Dolores mit grimmigem Gesicht.

Ich umarme meine Schwester und drücke ihr ein paar Küsse auf die Wangen. Teresa ist anders. Nicht nur weil sie aus Andalusien ins abtrünnige Barcelona gezogen ist und mit dreiunddreißig immer noch wie ein Hippie aussieht – mit ihren wilden, dunklen Locken, dem langen bunten Sommerkleid, den Lederriemchen-Sandalen und den Halsketten und Armreifen – sondern auch, weil sie nicht an die katholische Kirche, sondern an Karma, Horoskope und eine geldfreie Welt glaubt.

Komm doch einfach mal drei Tage mit, Teresa, sagte ich zu ihr letztes Mal, als sie an Ostern zur Semana Santa hier war, dann wirst du sehen, dass du total danebenliegst. Das Einzige, was diese Welt bewegt, ist Geld. Guck dir die Porsches, Bugattis und Bentleys an oder diese Jachten in Puerto Banús. Überhaupt, was gäb's denn schon ohne Geld? Oliven, Orangen, Esel?

Und freie Liebe?, hat sie mit einem frechen Augenzwinkern geantwortet.

»*Guapo!* Ich habe dir auch dein Lieblingshaargel mitgebracht!« Teresa streicht mir mit einer sanften Bewegung über die Haare und fügt mit einem spöttischen Unterton hinzu: »Damit deine schwarzen Locken noch unwiderstehlicher aussehen.«

»Dass du überhaupt gekommen bist!« Maria Dolores mustert Teresa missbilligend.

»Hola, Maria Dolores!« Teresa tut so, als hätte sie nichts gehört. Sie beugt sich hinunter, gibt ihrer Schwester zwei flüchtige Küsse auf die Wange. »Ich bin froh, dass ich so schnell einen Flug gekriegt habe. Aber dann hatte der Flieger Verspätung, und dieser Typ beim Autoverleih in Málaga hat Stunden gebraucht! Kein Wunder, wir haben ja rückläufigen Merkur.«

Ich frage lieber nicht, was das zu bedeuten hat, sonst würde sie mir einen Vortrag über astrologische Konstellationen und die Auswirkungen auf die Welt im Allgemeinen und mich im Besonderen halten.

So sage ich nur: »Ich wollte dich abholen.«

Sie macht eine wegwerfende Handbewegung. »So bin ich unabhängiger.«

»Miguel hätte dich auch holen können«, meint Maria Dolores beleidigt, »oder Juani und Alfonso. Aber wenn du unbedingt Geld zum Fenster rauswerfen willst, bitte schön.«

Teresa setzt ihr typisches Lächeln auf, mit dem sie sich lange Widerreden und Erklärungen erspart, und tritt ein Stück näher ans Bett.

»Wie geht's ihm?«

Señorito fixiert sie mit seinem lauernden Katzenblick.

»Siehst du doch«, brummt unsere älteste Schwester. »Sein Herz macht in der Hitze nicht mehr mit. Doktor Ramirez wollte ihn ins Krankenhaus einweisen, aber du kennst ja Padres Meinung zu Krankenhäusern.«

»Ja, ja, wir kennen alle seine Meinung zu allem.« Teresa schüttelt ihre Lockenmähne. Wie eine Löwin, habe ich früher bewundernd gedacht, bis ich irgendwann herausfand, dass Löwinnen gar keine Mähne haben, sondern nur Löwen. Egal. Sie hat eine Löwenmähne.

Wir betrachten Padre, wie er so daliegt mit dem blassen Gesicht und den wenigen grauen Haarsträhnen.

»Erinnert ihr euch noch, früher hat er ganz dichte Haare gehabt.« Teresa beugt sich über unseren Padre und streicht ihm vorsichtig über den Kopf, als könnte er sie plötzlich beißen.

Señorito faucht leise.

Señorito mag Teresa nicht. Vielleicht liegt's an ihrer Löwenmähne. Vielleicht sieht er in ihr eine Wildkatze, und sie weckt in ihm die Erinnerung an ein freies, ungebändigtes Leben.

»Er wirkt so klein.« Teresa legt den Kopf schief. »Findet ihr nicht? Guckt ihn euch doch mal an. War er immer schon so klein?«

Maria Dolores reckt ihren kurzen Hals, dann zuckt sie mit den Achseln. »Natürlich war er schon immer so klein. Kleiner als Miguel. Ein ganzes Stück kleiner.«

»Findet ihr es nicht merkwürdig, dass alle Tyrannen klein sind?«, erwidert Teresa. Warum sie dabei lächelt, ist mir nicht klar.

»Dir ist aber auch nichts heilig!«, fährt Maria Dolores sie an.

»Heilig? Ist Padre jetzt auf einmal heilig? Letzte Weihnachten habe ich was ganz anderes von dir gehört.«

»Ach ja, was hast du denn gehört?« Angriffslustig reckt Maria Dolores das Kinn vor. Das macht sie immer so, und Teresa stemmt – auch wie immer – die Hände in die Hüften.

Ich trete den Rückzug an und verlasse unter einem Vorwand den Raum. So geht das schon seit unserer Kindheit. Maria Dolores, die Älteste, gegen Teresa, die Jüngste. Ich habe natürlich zu meiner Zwillingsschwester gehalten, aber Maria Dolores hat mich nie ernst genommen.

»Ich habe wirklich vergessen, wie langsam hier alles bei euch geht! Wie haltet ihr das nur aus, in dieser Provinz?«, fragt Teresa gerade, als ich mit einem Stuhl aus dem Esszimmer wieder zurückkomme.

»Und ich frage mich, wie du das aushältst, mit diesen Katalanen da oben!«, gibt Maria Dolores spitz zurück.

Teresa zuckt nur die Schultern, sodass wir wenigstens jetzt um eine politische Diskussion herumkommen.

Eine kurze Zeit sitzen wir tatsächlich einträchtig nebeneinander an Padres Bett, bis Maria Dolores wieder anfängt: »Wie du da überhaupt leben kannst! Miguel hat gesagt …«

»Miguel!« Teresa verdreht die Augen. »Fängt das schon wieder an? Mein Miguel kann dies, mein Miguel kann das, mein Miguel hat aber gesagt … Lieber Gott, wenn dein Miguel so ein super Typ ist, dann frage ich mich, warum er immer noch diesen Hilfsjob bei der Versicherung hat!«

»Hilfsjob! Das nimmst du sofort zurück!« Maria Dolores ist auf einmal knallrot im Gesicht. »Miguel hat eine angesehene Position bei *Mapfre! Idiota!*«

»Psst«, versuche ich zu schlichten, denn ich weiß, wie so etwas ausgehen kann. Früher hat Maria Dolores Teresa an den Haaren gerissen, und Teresa hat sie im Gegenzug in die Hand gebissen.

»Hör mir doch mit Versicherungsangestellten auf! Weißt du, was neulich einer zu mir gesagt hat?« Teresa genießt es manchmal, Maria Dolores zu piesacken. »Weißt du, Teresa, hat er gesagt, ganz im Vertrauen, dieser Job ist das Allerletzte, wenn ich nicht ein bisschen an der Börse handeln würde, käm ich überhaupt nicht über die Runden.«

Jemand erscheint im Türrahmen.

»Mamá!« Ich springe auf, gehe zu ihr und nehme sie in die Arme.

»Ach, mein Pablito«, sagt sie leise, und ich drücke sie noch ein bisschen fester an mich.

Ich liebe meine Mamá, und meine Mamá liebt mich. Das ist einfach so. Und ich würde alles für sie tun.

Sie seufzt, als ich sie wieder loslasse. Wie klein und zerbrechlich sie ist, denke ich. Der schwarze Rock, die schwarze Bluse, die schwarzen Schuhe – wann hat sie angefangen, sich nur noch in Schwarz zu kleiden? Als ihr Vater gestorben ist? Nur schwarze Strümpfe trägt sie nicht, weil es viel zu heiß ist. Ihre grauen Haare hat sie ordentlich frisiert, zum Friseur geht sie regelmäßig, das hat sie sich nicht nehmen lassen, auch wenn Padre stets wegen des Geldes moserte. Teresa hat recht. Er war ein richtiger Tyrann. Ein geiziger Tyrann.

Habe ich *war* gesagt?

Mamá tupft sich mit einem Taschentuch über die Stirn, und ich führe sie zu meinem Platz zwischen Teresa und Maria Dolores. Ich hole noch einen Stuhl und quetsche ihn zwischen den von Teresa und die Tür.

Niemand sagt etwas. So wie früher, wenn Padre an den Tisch kam zum Essen. Frisch gewaschen nach der Feldarbeit, die Haare noch nass und nach *Heno de Pravia* duftend. Der Geruch meiner Kindheit, den ich mein ganzes Leben nie vergessen werde. Und wie er dann seinen Blick über uns wandern ließ. Oft blieb er an mir hängen, auch wenn ich nichts angestellt hatte. Ich versuchte alles, um diesem Blick zu entkommen. Ich sah weg, grinste, sah meine Mutter an, meine Schwestern, aber umsonst. Er zerrte mich vom Stuhl, stieß mich in die Vorratskammer und nahm das kurze Stück vom Gartenschlauch aus dem Regal. Ich musste die Hose herunterziehen, und dann hat er auf meinen nackten Hintern eingedroschen.

»Die Weiber verwöhnen dich viel zu sehr! Wie soll da ein richtiger Mann aus dir werden?«

Danach gab es Abendessen.

Ich habe ihn gehasst. Und ich hasse ihn immer noch. *Hol dich doch der Teufel!*, denke ich, und sofort habe ich ein schlechtes Gewissen.

»Ich muss mal raus«, flüstert Teresa und sieht mich entnervt an.

Ich gehe mit.

Die Hitze erschlägt uns. Aber das ist immer noch besser, als drinnen zu ersticken. Golfo kommt auf uns zu.

»Mein Gott!«, stöhnt Teresa. »Der Hund an der Kette … und das alles hier, wie hältst du das nur jeden Samstag aus?« Sie beugt sich hinunter und befreit den Schäferhund. Golfo leckt ihr die Hand und läuft und springt hin und her, glücklich über seine neue Freiheit.

»Ich komme ja nicht jeden Samstag«, antworte ich ein bisschen lahm. »Außerdem tue ich es wegen Mamá.«

Wir gehen ein paar Schritte zu den üppig blühenden roten und rosa Oleandersträuchern, die so hoch und so schwer sind, dass sie weit über den Zaun hängen. Sie sind Mamás ganzer Stolz, zusammen mit den lila blühenden Bougainvilleen, die man schon von Weitem sieht, wenn man die Straße heraufkommt, und unter denen man sich ein wenig ducken muss, wenn man durch die Holztür zwischen den gemauerten Pfosten eintritt.

Golfo springt ausgelassen vor uns her über den kleinen, betonierten Platz vor dem Haus mit dem alten abgedeckten Brunnen und der hohen Dattelpalme, deren alte Wedel längst mal abgesägt gehören. Grau und ausgetrocknet hängen sie am Stamm herunter. Padre ist in letzter Zeit noch geiziger geworden. Was seine Schwiegersöhne nicht reparieren können, bleibt einfach liegen. Außer der Pay-TV-Kanal für die WM, dafür hatte er Geld. Ich drücke mich meistens erfolgreich vor solchen Arbeiten, weil ich es ihm sowieso nie recht mache.

Wir gehen an dem Mäuerchen mit den unzähligen Töpfen vorbei, in denen Mamá Stechpalmen, Agaven, Geranien und andere Blumen gepflanzt hat – sie liebt es, Pflanzen und Kräuter zu ziehen –, bis Teresa stehen bleibt. Vor uns breitet sich der Orangenhain aus. Er reicht bis fast hinunter ins Tal zu der unbefestigten Straße, die weiter ins Dorf führt.

Wenn ich daran denke, was es für ein Theater war, bis unser Vater endlich dieses letzte Stück seinem Nachbarn, dem noch geizigeren Juan, abgekauft hatte. Keiner aus der Familie verstand, warum es unserem Vater so wichtig war, dass er mehr als fünfzehn Jahre nicht locker ließ. Auch nicht, warum Juan ums Verrecken nicht verkaufen wollte. Schließlich ist der alte Juan gestorben, und sein Sohn war froh über das Bargeld, das mein Vater ihm auf den Tisch geblättert hat.

Allerdings durfte keiner von uns wissen, wie viel er Juans Sohn bezahlt hat. Und wenn es einer gewagt hätte zu fragen, hätte er ganz bestimmt keine Antwort gekriegt.

Teresa zieht eine flache Metallschachtel aus ihrem gehäkelten Umhängetäschchen.

»Auch einen?« Sie deutet auf die fünf Joints, die da fein säuberlich nebeneinanderliegen wie Gewehrmunition.

Ich schüttele den Kopf. »Hast du die etwa ins Flugzeug geschmuggelt?«

»Was denkst du von mir! Nein, ich habe einen kurzen Stopp in Málaga gemacht.« Sie nimmt einen heraus und klappt das Schächtelchen wieder zu.

Wir setzen uns auf die niedrige Mauer, die ein wenig abschüssig verläuft und das Blumenbeet mit den Rosensträuchern einfasst. Vor uns erstrecken sich die in Reih und Glied gepflanzten Orangenbäume, die Früchte sind erst golfballgroß und grün und kaum zu erkennen zwischen all den Blättern.

Golfo legt sich hechelnd neben mich auf die staubige Erde.

»*Dios mío,* ich habe ganz vergessen, wie rückständig das alles hier ist.« Ihre Armreifen klimpern, als sie ihr Feuerzeug herausholt und den Joint anzündet.

»Und wie geht es dann ohne den alten Tyrannen weiter?« Sie inhaliert tief. »Was wird aus Mamá?«

»Juani sagt ja immer, Mamá soll unbedingt nach Marbella in ein modernes Apartment ziehen. Mit einer richtigen Heizung wegen ihrer Arthrose und …«

Teresa winkt ab. »Juani glaubt doch nicht im Ernst, dass Mamá hier wegzieht!« Gedankenverloren betrachtet sie den knisternden Joint in ihrer Hand. Die Sonnenstrahlen blitzen auf ihren Ringen mit den großen roten und orangefarbenen Steinen. »Modernes Apartment! *Una tontería!* In Wirklichkeit hat Juani bestimmt schon ausgerechnet, dass Mamá am besten zu ihnen zieht, damit sie und Alfonso ihre Rente kassieren können.«

»Hat dir schon mal jemand gesagt, dass du ganz schön gemein sein kannst?«

»Ja! Stell dir vor!«, sagt sie mit einem spöttischen Lächeln. »Und ich habe ihn letzte Woche umgehend entsorgt.«

Teresa und ihre Affären – ein Kapitel für sich.

»Und, wie läuft's bei dir so?«

»Super!« Ich recke den Daumen nach oben. »In ein paar Jahren bin ich Polizeipräsident – wart's ab!«

»Das feiern wir schon jetzt.« Teresa hält mir ihren Joint hin.

Ich nehme einen tiefen Zug. »Uff! Das haut ja einen Elefanten um!«

Sie lacht. »Du verträgst auch nichts mehr, Pablo!«

Ich blase den Rauch in den von der Hitze ausgebleichten Himmel. Oben auf der Telefonleitung fängt ein winziger Vogel an zu zirpen.

»Hast du nicht manchmal Heimweh nach dem hier?«

Teresa bläst den Rauch in kleinen Kringeln aus. »Du wirst alt, Pablito. Es fängt damit an, dass man die Vergangenheit verklärt.«

Bevor ich darüber nachdenken kann, öffnet sich das Schlafzimmerfenster, und Maria Dolores ruft schrill: »Pablo! Schnell, schnell, schnell!«

»Was ist denn?«

»Padre will dich sehen, Pablito! Sofort!«

»Mich? Warum mich?«, frage ich, und genau in diesem Augenblick fängt Shakira in meiner Hosentasche wieder an zu singen. *»Estoy aquí …«* Ich drücke sie weg und eile ins Schlafzimmer.

Señorito springt fauchend vom Kissen, als ich mich vorsichtig zu Padre hinunterbeuge. Der greift nach meiner Hand und zieht mich mit erstaunlicher Kraft zu sich herab.

»Versprich mir«, krächzt er zahnlos und klammert seine knochigen Finger um meine Hand, »dass du bald heiratest und viele Söhne zeugst.« Seine Hand zittert, so sehr strengt er sich an. »Los, versprich's schon!«

Einem Sterbenden soll man nichts abschlagen, heißt es. »Ich verspreche es, Padre.«

Abrupt lässt er meine Hand los und sinkt wieder zurück in die Kissen.

Mamá bekreuzigt sich, Maria Dolores und Teresa recken den Hals.

»Ist er tot?«, flüstert Teresa.

Ich taste schnell nach seinem Puls.

Da fängt er plötzlich an zu schmatzen, wie vorhin Señorito, und dann ertönt ein gleichmäßiges, ruhiges Schnarchen.

»Was hat er dir gesagt?«, will Maria Dolores wissen.

»Das darf man doch nicht verraten«, wendet Teresa ein. »Das ist ein Vermächtnis!«

»Unsinn, er ist doch gar nicht gestorben!«, sagt Maria Dolores. »Jetzt sag schon, Pablito!«

In diesem Augenblick plärrt wieder mein Telefon. Diesmal singt Shakira: *»Can't remember to forget you …«* Oh je. Hastig greife ich in die Hosentasche und gehe in den Garten.

La Jefa. Meine Chefin, Mercedes Delgado. Das verheißt nichts Gutes.

»Benitez, ich weiß, Sie haben frei, aber wir haben einen Notfall«, sagt sie mit ihrer energischen, autoritären Stimme.

»Und ich dachte schon, Sie hätten eine Leiche.« Fast hätte ich losgeprustet. Scheiße, der Joint …

»Haben Sie was getrunken, Benitez?«

»Äh … nein.«

»Ich dachte schon … Aber ja, eine Leiche haben wir auch.«

»Schön.«

»Wie bitte?«

»Ich meine …«

»Moreno hatte einen Motorradunfall. Er ist gerade ins Krankenhaus eingeliefert …«

»*Joder!* Antonio? Ich habe doch gerade mit ihm …« Plötzlich fühle ich mich stocknüchtern. »Was ist passiert, ist es … schlimm?«

»Ja, aber Gott sei Dank nicht lebensgefährlich. Moreno ist allerdings erst mal aus dem Verkehr gezogen, im wahrsten Sinne des Wortes. Er war auf dem Weg zum Tatort. Ich weiß nicht, warum er mit dem Motorrad gefahren ist … wie auch immer. Sie übernehmen, Benitez.«

»Ja, aber … mein Vater …«

Sie redet einfach weiter: »Die Kollegen von der Policía Local sind schon dort. Urbanización la Capellanía, beim Marbella Hill Club, die genaue Adresse schicke ich Ihnen gleich. Und jetzt an die Arbeit, Benitez! Ach ja, und ich brauche so schnell wie möglich einen detaillierten Bericht. Ich bin heute Abend im Marbella Club zu einem Geburtstag eingeladen. Ich möchte nicht, dass man mir dort Fragen stellt, die mich als nicht informiert erscheinen lassen.« Klack.

La Jefa hat aufgelegt.

Antonio … Ich brauche einen Augenblick, bis ich begreife, was La Jefa mir da gerade gesagt hat.

Ich stecke den Kopf durch den Türspalt. »Ein Notfall! Ich komme so schnell wie möglich zurück.«

Ich umarme Mamá, stoße die Haustür auf, streichele Golfo und mache das Tor auf.

Draußen am Straßenrand parkt mein schwarzer Seat in der prallen Sonne. Und die Klimaanlage ist kaputt. Padre hätte längst eine Überdachung für die Autos bauen lassen können. Ein geiziger Tyrann!

3

Ich steige ein, binde mir meine neue grüne Krawatte um, die ich mit dem hellgrauen Anzugjackett auf dem Beifahrersitz gelassen habe, setzte meine verspiegelte Ray-Ban auf, lasse die Fenster herunter und fahre los. Ich drehe Shakira laut auf, und mit jedem Meter, den ich mich von der Finca entferne, fühle ich mich freier.

Nach einem Kilometer erreiche ich den Ort. Samstags um zwölf herrscht hier Gedränge. Am Dorfbrunnen werden ganze Batterien von Plastikflaschen aufgefüllt, vor der Bar *La Jaula* sind schon alle Tische besetzt. Eine lange Schlange wartet vor dem Churros-Stand. Die knusprigen Teigkringel leiste ich mir hin und wieder auch mal. Sie schmecken am besten mit dickflüssiger Schokolade.

Ich muss bremsen, weil ein Hund über die Straße läuft. Paco von der Bäckerei winkt mir zu.

»*Hombre,* du wirst auch immer fetter!«, habe ich ihm letztes Mal zugerufen, aber da hat er nur gelacht.

Als wir zusammen zur Schule gingen, war er fast genauso dünn wie ich. Und ich war ziemlich dünn. Und Teresa auch. Die zwei Dünnen, hieß es immer, kein Wunder, die mussten sich im Mutterleib ja auch alles teilen.

Heute winke ich nur zurück. Von der Terrasse des *La Morena* sehen heute nur Touristen herunter. Sechs oder sieben Land Rover Defender mit dem Emblem des Tourveranstalters parken hintereinander auf der ohnehin schon sehr schmalen Straße. Eine Katze huscht zum überquellenden

Müllcontainer, wo schon mindestens drei andere die Reste durchsuchen.

Oben auf der A-355 gebe ich Gas.

Heißer Fahrtwind weht herein, aber heißer Wind ist immer noch besser als stehende Hitze. Die Berge rechts und links flimmern, Shakira singt. Ich ignoriere das Sechzig-Schild und beschleunige auf Hundert.

Vor mir taucht das Meer zwischen den Bergen auf. Glitzernd und blau bis zum Horizont. Der Himmel ist ausgebleicht von einem ganzen Tag Sonne, und der Felsen von Gibraltar ist nur ein unwirklicher heller Punkt. Das Steuerparadies, gerade mal eine Autostunde von Marbella entfernt. Das wissen viele zu schätzen: die Russenmafia, die Chinesen, die Araber, die Afrikaner, die Bulgaren und Rumänen und superreiche Typen, die im Hintergrund die Strippen ziehen … Obwohl nicht alle deswegen hier sind. Die superreichen Araber, die im Geld schwimmen, können hier ungestörter als zu Hause Nightlife und Alkohol genießen. Die Stadt hat sich auf sie eingestellt, und als einer ihrer reichsten Prinzen abzog, hatten wir hier erst mal nicht nur leere Kassen, sondern auch eine echte Identitätskrise.

Die Läden verkamen, billige Shops schossen aus dem Boden, und als wäre das nicht schon genug, wurde hier auch noch aufgeräumt. Gleich scharenweise wanderten Bürgermeister, Anwälte und Polizeichefs wegen Korruption hinter Gitter.

Inzwischen wird fleißig am Image poliert – und dafür wird ordentlich Geld ausgegeben. Kultur soll her! Ausstellungen bitte! Und Tagungen! Eine Uni haben die ganz Cleveren gefordert – und bekommen.

Aber letztlich ist das bloß Fassade. Und dahinter geht's so weiter wie vorher. Die Polizei hat genug zu tun.

Ich zische über das schwarze Asphaltband, das sich den Berg hinunterwindet.

Unten, am Einkaufscenter *La Cañnada*, drehe ich eine kurze Runde um den Kreisel, damit ich noch mehr Schwung bekomme, biege dann auf die Schnellstraße ein und nehme die Ausfahrt Nagüeles. Am Hang erstreckt sich die teure Wohngegend mit den Riesenvillen, dazwischen ein Gewirr aus krummen Straßen, die irgendwie immer im Kreis führen. Wie oft habe ich mich hier schon verfahren! Mit und ohne Navi.

Heute versuche ich es mit dem Navi.

»Biegen Sie links ab«, sagt die Frauenstimme. Antonio und ich haben sie Lola getauft. Antonio ... *mit dem Motorrad ... nicht lebensgefährlich* ... Was heißt das? Querschnittsgelähmt ist auch nicht lebensgefährlich, oder?

»Fahren Sie geradeaus«, sagt Lola in ihrer typisch künstlichen Tonart.

Warum geben die diesen scheiß Navis nicht mal sexy Stimmen?, hat Antonio öfter gefragt. He, wie wär's, wenn wir mal so 'ne App erfinden? Sexy Navi – oder gibt's so was schon? Und dann haben wir geträumt, was wir mit den Millionen anfangen würden.

»In zweihundert Metern rechts abbiegen«, holt Lola mich aus meinen Gedanken zurück, und ich biege rechts ab in eine schmale Straße. Auf beiden Seiten wachsen üppige rote und violette Bougainvilleen über die erdfarben und rot gestrichenen Gartenmauern. Dichter noch als die von Mamá. BMWs und Porsches parken vor den Türen, und wer weiß, was noch alles in den Garagen steht.

»Biegen Sie rechts ab. Jetzt rechts.«

Ich biege rechts ab, aber ich fürchte, Lola hat sich vertan.

»Geradeaus«, sagt sie nach einer Denkpause. »Biegen Sie links ab. Links abbiegen.«

Aber das Schild zur *Urbanización la Capellanía* zeigt nach rechts.

»Jetzt links abbiegen. Links abbiegen.«

»Halt's Maul, Lola!«

Ich biege rechts ab und fahre noch hundert Meter den Hügel hinauf.

In der Parkschleife stehen ein Streifenwagen und der Rettungswagen neben einem silberfarbenen Jaguar und einem weißen Mini. Die roten und blauen Lichter auf dem Dach blinken blass im Sonnenlicht.

»Sie haben Ihr Ziel erreicht«, sagt Lola.

»Du warst mir eine große Hilfe, Lola«, brumme ich und schalte den Motor ab.

Schweißgebadet steige ich aus. Doch in dem hellgrauen Sommeranzug und mit der verspiegelten Ray-Ban sehe ich auch verschwitzt noch ziemlich gut aus. Ich atme tief ein und richte mich zu meinen vollen ein Meter dreiundachtzig auf.

Ein Polizist in schwarzer Uniform kommt auf mich zu und salutiert. »*Buenos días,* Comisario!« Auf seiner Brusttasche steht ORTIZ.

»Was ist passiert?« Ich versuche, dieses lässige Kiffergrinsen zu unterdrücken, und lasse meinen verspiegelten Blick an ihm vorbei über die akkurat gestutzten Hecken, die dichten Oleanderbüsche und weiter zu der Villa wandern, die nach viel Geld und teurem Geschmack aussieht.

»Der Gärtner hat den Hausbesitzer im Pool gefunden«, sagt Ortiz. »Kurz darauf kam die Haushälterin und hat sofort den Notarzt angerufen. Dieser hat die Todesursache als ungeklärt attestiert, und deshalb ist Doktor Berrocal jetzt hier. Die Señora meint allerdings, es war das Herz.«

»So, meint die Señora das?« Ich kann nichts gegen das dämliche Grinsen tun, das ich auf meinem Gesicht spüre.

Ortiz sieht mich argwöhnisch an.

»Schon gut, Ortiz.« Ich klopfe ihm auf die Schulter. »Dann zeigen Sie mir doch mal die Leiche.«

»Doktor Joachim Wilke. Deutscher, einundsechzig. Hatte wohl schon öfter Herzprobleme«, sagt Ortiz beflissen und geht los.

»Einundsechzig? Mein Vater ist dreiundsiebzig und stirbt gerade an so was …« Habe ich das jetzt wirklich so gesagt?

»Oh«, macht Ortiz.

»Sieht so aus, als hätte er gestern seinen letzten Sonnenuntergang gesehen.«

»Äh … das tut mir sehr leid … ich …«

»Irgendwann erwischt es uns alle.« Irgendetwas in mir redet und redet, und ich weiß nicht, wie ich es stoppen kann.

»Doktor Berrocal ist am Pool«, sagt Ortiz schnell.

Herman Berrocal, der alte Hurenbock!, denke ich, aber ich kann mich gerade noch beherrschen und spreche es nicht laut aus. »Gut, dann bringen Sie mich erst mal zu ihm.«

Ortiz nickt. »Hier entlang, Comisario.«

Ich folge ihm an den perfekt gestutzten Büschen des Vorgartens vorbei, über eine Treppe, auf der kunstvoll verzierte Töpfe mit Stechpalmen, Agaven und blühenden Kakteen stehen, bis hinunter in den Garten mit einem riesigen Pool in Nierenform. Auf den Platten am Rand liegt ein offener schwarzer Plastiksack mit der Leiche drin, direkt neben einer nackten Statue. Griechisch, würde ich tippen, die haben so kleine … Schluss jetzt, Benitez! Wir haben es hier mit einem Todesfall zu tun!

Haushohe Palmen vom Nachbargrundstück beschatten den Pool, und jetzt entdecke ich auch den Gerichtsmediziner, der mir zuwinkt. Untersetzt und rundlich und gut aufgelegt wie immer.

»Eine hübsche *Casita*, was?« Herman Berrocal kommt auf mich zu und deutet auf die zweistöckige Villa mit der riesigen Terrasse.

»Hm.« Ich kann Herman auf seine Glatze sehen.

So klein wie er ist, so dick ist er auch. Schnaufend wischt er sich mit einem großen Taschentuch den Schweiß von Gesicht, Hals und Glatze.

»Und erst die Señora …«, raunt er mir zu.

Dafür habe ich jetzt wirklich keinen Sinn.

»Mein Vater liegt im Sterben«, sage ich und bleibe diesmal Gott sei Dank ernst.

»Mein Beileid. Aber wir müssen alle sterben. Die einen früher, die anderen später. Der hier« – er streckt seinen kurzen behaarten Arm aus – »ein bisschen früher. Einundsechzig. Ist ja noch kein Alter … Mann, was sagst du zum Fußballspiel, das …«

Ich höre nicht länger zu, sondern gehe zu dem Plastiksack. Der Tote trägt einen weißen, mit Wasser vollgesogenen Bademantel. Der Gürtel ist nicht zugeknotet, und man sieht blaue Boxershorts. Auf der blassen Brust kräuseln sich graue Haare. Auch sein Haupthaar ist grau und kurz geschnitten. Korpulent ist er nicht, aber auch nicht sportlich. Höchstens ein Freizeitgolfer.

»Seine Frau meint, er hatte es mit dem Herz.« Berrocal ist neben mich getreten und steckt sein Taschentuch wieder weg. »Tja, irgendwann passiert's dann. Wer weiß, vielleicht hat er ja zu viel Viagra geschluckt …« Er wirft einen Blick hinauf zum Balkon. Doch da steht niemand.

»Wo ist der Gärtner, der ihn gefunden hat?«, will ich wissen.

Berrocal deutet mit dem Kinn hinter mich. Ich drehe mich um und sehe Ortiz neben einem kleineren schwarzhaarigen

Mann um die vierzig stehen. Hohe Backenknochen, breites Gesicht, bronzefarbene Haut – vielleicht kommt er aus Peru oder Chile. »Aus Ecuador«, sagt Berrocal in dem Moment leise.

Der Mann wirkt eingeschüchtert.

Ich gehe auf ihn zu.

»Das ist Hector Rojas«, sagt Ortiz und sieht auf ihn herab, als wäre er der Täter.

»Hola, Hector! Sie haben ihn also gefunden?«, fange ich an.

»Si, si, Señor Comisario.« Er nickt eifrig und verzieht unsicher das Gesicht. »Ich habe ihn gefunden. Im Pool. Tot. Ist einfach im Wasser getrieben, mit dem Bademantel. So.« Er breitet die Arme aus, als wollte er sich in den Pool stürzen. »Genau so.«

Lateinamerikaner sind mindestens genauso theatralisch wie wir Andalusier.

»Sind Sie jeden Tag hier?«, frage ich.

Er druckst herum. Bestimmt wird er schwarz bezahlt.

»Ich bin nicht von der Steuerbehörde, Hector. Also?«

Er schüttelt den Kopf und wirkt gleich ein bisschen lockerer. »Ich komme samstags und dienstags.«

»Danke, Hector«, sage ich, »vielleicht müssen wir Ihnen später noch ein paar Fragen stellen.«

»Ja … und …« Auf seiner breiten Stirn unter der scharfen Grenze zum kurz geschorenen, dichten, schwarzen Haar bilden sich Falten.

»Und?«

»Sie melden nichts weiter … der Steuer …«

Ich grinse breit. »Was für eine Steuer, Hector?«

Auf seinem Gesicht erkenne ich ein Lächeln der Erleichterung. »Si …«

»Danke, Sie können gehen. Aber halten Sie sich zur Verfügung!«, sage ich.

Hector nickt eifrig und ist einen Moment später schon Richtung Treppe verschwunden.

»Ich mache mich dann mal an die Arbeit.« Berrocal ächzt im Hintergrund. »Wenn ich mich beeile, schaff ich's bis zum Fußballspiel.«

»Kolumbien gegen Griechenland?«, frage ich.

»Ach wo, Uruguay gegen Costa Rica!« Er lacht. »Meine Frau kommt doch aus Uruguay! Falls wir Spanier ganz untergehen, habe ich immer noch Uruguay als Eisen im Feuer!«

Berrocal macht den Reißverschluss seiner Tasche zu und blinzelt in die Sonne.

»Manchmal beneide ich dich, weil du mit den Lebenden sprechen kannst.« Und mit einem anzüglichen Augenzwinkern fügt er hinzu: »Ganz besonders in diesem Fall.«

Ich winke ab. »Was denkst du von mir, Herman?«

»Dass du ein elender Hurenbock bist, Pablo!« Lachend nimmt er seine Tasche.

Zwei Männer kommen mit einem Zinksarg und legen den Plastiksack mit dem Toten hinein. Nachdenklich sehe ich ihnen zu. Ich muss an Padre denken. Nein, auch wenn er ein Tyrann war, so ein Ende hätte er nicht verdient …

»Comisario, die Señora wartet oben«, höre ich Ortiz hinter mir sagen. »Sie spricht übrigens fließend Spanisch.«

Ich folge ihm die Treppe hinauf durch den Vorgarten. Ortiz stößt die nur angelehnte Tür auf, und wir treten in eine große Eingangshalle.

Ich habe das Gefühl, als würde ich in dem rot-blauen Teppich versinken und schiebe das auf den Joint, aber dann nehme ich meine Sonnenbrille ab und stelle fest, dass er tatsächlich weich und tief ist. Hoch über mir hängt ein Kristallleuchter – schaukelt er? –, und an der Wand prangen alte Gemälde in verschnörkelten Goldrahmen und Spiegel.

Cooler Schuppen, hätte ich beinahe gesagt, kann mich aber gerade noch bremsen. Jetzt mal *tranquilo,* Benitez! Muss ja nicht gleich jeder mitkriegen, dass du bekifft bist.

Ortiz tritt neben mich und weist in einen angrenzenden großen Raum, in dem eine ausladende Couchgarnitur steht. Wir gehen hinein. Ein Sonnenstrahl fällt auf den hochglanzpolierten schwarzen Flügel am Fenster. Üppige Blumensträuße dekorieren einen Couchtisch und den Kaminsims. Es sieht aus, als würde jeden Augenblick ein Empfang losgehen – oder eine Beerdigung.

Ortiz zeigt hinaus auf eine große überdachte Terrasse mit Marmorfliesen. *Man könnte meinen, man ist in einem Sanatorium*, denke ich, als plötzlich ein Schatten auf mich zuspringt. Ortiz packt mich erschrocken am Arm.

4

»Tarzan!«, hallt eine weibliche Stimme über die Terrasse. »Tarzan, no!«

Da steht er schon vor mir. Ein Prachtexemplar von Hund. Braun. Kräftig. Groß. Furchterregend.

Ich bin schon ein paarmal gebissen worden, das bleibt nicht aus, wenn man Polizist ist. Trotzdem hat ein Comisario Benitez keine Angst vor Hunden.

Ich stelle mich breitbeinig hin und sehe ihn durchdringend an. »Hola, Chico! *Tranquilo!*«

Immerhin bleibt Tarzan stehen und knurrt leise. Furchteinflößend.

»Tarzan! Komm sofort her!« Am Ende der Terrasse hat sich eine hochgewachsene, schlanke Frau aus einem der weißen Korbsessel erhoben und kommt langsam auf mich zu. Der Hund dreht sich weg und läuft freudig zu ihr. Ich bin erleichtert. Bis ich die Señora sehe: einsfünfundsiebzig, mindestens, und wenn sie Schuhe mit hohen Absätze trägt, ist sie bestimmt größer als ich. *Joder!* Nicht gut, ganz und gar nicht gut.

Schleunigst setze ich meinen coolsten Blick auf.

Sie schreitet langsam auf mich zu, und ich weiß gar nicht, wo ich als Erstes hinsehen soll: auf die langen, glatten, blonden Haare, die ihr über die Schultern fallen, auf das leicht gebräunte Dekolleté, das ärmellose Top, auf den wiegenden Gang, oder auf das bunte Tuch, das sie zu einem langen Rock zusammengeknotet hat … Ich schätze sie auf höchstens vierzig. Sie hätte direkt aus einem der Hochglanzmagazine stammen können, die in den Immobilienbüros rumliegen und zwischen den Luxushäusern die Haute Volée von Marbella beim Feiern zeigen.

»Tarzan, sitz!«, sagt sie noch einmal, als sie vor mir steht. Brav macht der Hund neben ihr Sitz, ohne mich aus den Augen zu lassen.

Mit einer anmutigen Handbewegung streicht sie sich die Haare zurück und tätschelt den Kopf des Hundes. »Sie müssen keine Angst haben. Ein Rhodesian Ridgeback jagt in der Regel nur Löwen.«

Ihr Lächeln in dem Gesicht mit den hohen Wangenknochen, der glatten Haut, dem sorgfältig geschminkten Mund und den graublau blitzenden Augen ist so kühl, dass mir heiß wird.

Ich atme langsam aus und suche fieberhaft nach einer schlagfertigen Antwort, die mir aber nicht einfallen will. Vielleicht liegt es an der Hitze, oder an ihrem Anblick, oder an Padre oder an Teresas Höllen-Joint – doch mir bleibt nichts anderes übrig, als mich noch ein bisschen mehr aufzurichten und mit meiner sonorsten Stimme zu sagen: »Señora Wilke? Ich bin Comisario Pablo Benitez.«

Wie in Zeitlupe streckt sie mir ihre Hand entgegen. Schwere goldene Armreifen klimpern am Handgelenk und ein teuer aussehender Ring mit einem grünen Stein blitzt an ihrem Ringfinger auf. »Sabine Wilke.«

Ich schüttele ihr kurz die Hand.

»*Encantada!*« Es klingt ein bisschen herablassend, doch vielleicht bilde ich mir das nur ein. Jetzt erst bemerke ich, dass ihre Augen gerötet sind. Sie hat geweint.

»Mein aufrichtiges Beileid, Señora, aber ich muss Ihnen leider ein paar Fragen stellen.«

Mein Blick folgt ihrem ausgestreckten Arm ganz ans Ende der Terrasse zur Sitzgruppe. *Dios mío,* diese Terrasse ist so groß wie unsere ganze Abteilung.

»Ich lasse uns etwas zu trinken bringen«, höre ich sie sagen, dann verschwindet sie im Haus.

Ich setze mich in einen von drei eleganten Korbsesseln und versinke in den dicken Polsterauflagen. Hoffentlich stirbt Padre nicht gerade jetzt. Wer soll dann Mamá und Teresa trösten? Um Maria Dolores mache ich mir keine großen Sorgen.

Auf dem Glastisch vor mir entdecke ich Ränder von Gläsern. Ich stelle mir Señor und Señora Wilke vor, beide mit einem Rotweinglas in der Hand, und … Was tun sie? Worüber reden sie? Über die nächste Reise? Über Filme? Politik? Geld? Sind sie glücklich miteinander oder langweilen sie sich? Ich sehe zu den Palmen im Garten und zu denen des Nachbarn, die in der Meeresbrise sanft rauschen. Der leichte Luftzug trocknet mein Hemd und den Schweiß in meinem Nacken. Von der Terrasse bis zum Nachbarhaus sind es bestimmt hundert Meter.

Von meinem eigenen Balkon aus kann ich hinübergreifen auf den Balkon von Gloria, könnte ihr die Unterwäsche vom Wäscheständer klauen – wenn ich auf so was stehen würde.

Im Nachbarhaus sind die Läden geschlossen, zumindest auf der Rückseite. Die Vorderseite zeigt zum Meer hin, wie bei diesem hier – nur dass man vom anderen Haus aus das Meer tatsächlich *sehen* kann …

»So!«

Ich zucke zusammen und sehe auf. Señora Wilke setzt sich auf die Couch links von mir und blickt in den Garten mit den Palmen. Tarzan legt sich auf die kühlen Marmorfliesen zwischen sie und mich und beobachtet mich aus halb geschlossenen Augen.

»Cristina wird uns gleich etwas zu trinken bringen«, sagt Señora Wilke. Sie hat ein Taschentuch in der Hand. »Ach, ist das alles furchtbar! Mein Mann war ja schon tot, als Hector ihn gefunden hat. Cristina hat gleich reagiert und den Rettungsdienst angerufen.« Sie schüttelt seufzend den Kopf. »Ich habe dem Notarzt gesagt, dass mein Mann schon seit längerer Zeit Herzprobleme hatte.«

Im selben Augenblick höre ich Schritte. *Flip flop, flip flop.* Eine junge Frau trägt ein Tablett auf die Terrasse. Sie ist sehr hübsch, Mitte oder Ende zwanzig, ihre vollen honigblonden Haare hat sie im Nacken zusammengebunden. Ihr Sommerkleid hört genau dort auf, wo die Fantasie nicht mehr zu bremsen ist.

Sie stellt das Tablett mit einem Krug Eiswasser und zwei Gläsern auf den Tisch, und ich kann nicht anders, ich muss ihre karamellfarbenen Beine anstarren – sie stehen schließlich direkt vor meiner Nase.

Während sie mir Wasser eingießt und die Eiswürfel im Krug klirren, lächelt sie mich kurz an. Hat sie tatsächlich bernsteinfarbene Augen, oder ist es Teresas Joint? Hitze schießt mir in den Kopf. *Hombre!* Wie hat der Wilke das mit diesen beiden Frauen ausgehalten? Na – hat er ja nicht …

Señora Wilke hat mich offenbar beobachtet.

»Cristina kommt aus Argentinien«, sagt sie, als wir wieder allein sind. »Sie ist sehr zuverlässig und war noch keinen einzigen Tag krank. Selbstverständlich zahlen wir ihre *Seguridad Social.*« Den letzten Satz betont sie bewusst.

Sie will sich ins beste Licht setzen, und so sage ich: »Schön zu hören, Señora, dass bei Ihnen alles korrekt läuft«, und schiebe ein Lächeln hinterher.

Ich habe alle Folgen von *Columbo* gesehen und ich liebe diesen einäugigen Kerl mit dem Regenmantel. Manche Dialoge kann ich sogar auswendig. Und dieses Kurz-vor-dem-Gehen-umdrehen an der Tür samt dem Satz: *Ach … da fällt mir noch was ein …* habe ich abends vorm Spiegel geübt.

Ich trinke einen Schluck und nehme Stift und Notizbuch aus der Tasche meines Jacketts, das ich auf den Stuhl neben mir gelegt habe.

»Es tut mir leid, aber da bis jetzt die Todesursache noch nicht geklärt ist, muss ich Ihnen ein paar Fragen über Ihren Mann stellen.«

Sie zupft an ihrem Tuch herum. Ihre schlanken Beine hat sie elegant leicht schräg gestellt.

»Ja, also … mein Mann hat wie gesagt schon seit längerer Zeit Herzprobleme.« Sie klopft sich mit der Hand auf die Brust, als müsste sie mir erklären, wo das Herz sitzt.

»Aber er ist …« Sie schluckt, und ihre Augen werden wässrig. »Ich kann es noch gar nicht fassen … Ich muss jetzt *war* sagen, nicht wahr?«

Ich nicke. »Ja. Das müssen Sie wohl.«

Sie tupft sich mit dem Taschentuch vorsichtig über die Augen. Erst über das rechte, dann über das linke, und knetet das Taschentuch in ihrer Faust. »Er hat gestern Fußball gesehen und sich dabei ziemlich aufgeregt.« Ich folge ihrem Blick zu den Rändern auf dem Glastisch.

»Jetzt mache ich mir natürlich große Vorwürfe. Er hätte nicht so viel trinken dürfen. Ich hätte besser achtgeben müssen. Sein Arzt hatte es ihm streng verboten.« Sie sieht mich auf einmal so hilflos an, dass ich Mitleid mit ihr bekomme.

»Wie heißt sein behandelnder Arzt?«

»Doktor Ángel Jimenez. Er hat seine Praxis in Marbella, im Ärztehaus gegenüber vom Palacio de Congresos. Ich hätte ihn gleich gerufen, wenn Cristina nicht … Dieser Notarzt hörte mir gar nicht richtig zu. Und dann ist der Gerichtsmediziner gekommen – und jetzt auch noch Sie, die Kriminalpolizei …«

»Tja, so ist der Ablauf, wenn die Todesursache unbekannt ist. Ich habe die Vorschriften leider nicht gemacht.«

Ich denke an Antonio, der auf dem Weg zu diesem Fall, der keiner ist, verunglückte. Sinnlos. So sinnlos. Der Name des Arztes kommt mir bekannt vor. Marbella ist nicht besonders groß.

»Schildern Sie mir doch bitte den letzten Abend und was passiert ist, bis sie ihn gefunden haben.« Ich brauche was fürs Protokoll.

»Ich habe ihn nicht …«

Mist! Konzentrier dich, Pablo! »Ja, ja, natürlich«, sage ich schnell, »das war ja Ihr Gärtner.«

Mit zwei Fingern massiert sie sich die rechte Schläfe.

»Wir saßen hier, er dort, wo Sie jetzt sitzen, ich hier, und wir haben hauptsächlich über seinen Sohn gesprochen.«

»Er hat einen Sohn?«

»Aus erster Ehe. Er lebt in Deutschland. Und in Joachims Augen … na ja, ist er ein … ein verwöhnter Junge, der nur sein Vergnügen im Kopf hat und das Geld mit vollen Händen ausgibt.«

»Aha.«

Tarzan schnappt nach einer Fliege, erwischt sie und leckt sich übers Maul.

Ich notiere: SOHN IN DEUTSCHLAND, GELD.

Señor Wilke hatte offenbar Sorgen. Ob er deshalb zu viel getrunken hat? Er hatte ein schwaches Herz, und er hatte den ganzen Tag – und die ganze Nacht – die beiden Frauen vor der Nase. Na, wenn das mal kein Grund ist für einen Herzinfarkt …

»Was meinen Sie mit *Aha*, Comisario?«

Ich lächele unverbindlich. »Nichts. Gar nichts. Nur so eine Redensart, während ich etwas notiere.«

»Ach so, und ich dachte schon, Sie würden Rückschlüsse ziehen ...« Sie lässt den Satz im Raum stehen.

»Was für Rückschlüsse, Señora?«

Sie seufzt. Wie aufs Stichwort steht der Hund auf und legt ihr den Kopf aufs Knie. »Nun« – sie streichelt ihm zärtlich über die Stirn – »Joachim machte sich Sorgen um Hendrik. Und war auch oft wütend auf ihn.« Sie schüttelt den Kopf, und in ihren blonden Haaren blitzt das Sonnenlicht auf. Ich trinke einen großen Schluck Eiswasser.

Eine Zeit lang sieht sie vor sich hin. »Irgendwann, es war schon spät, vielleicht halb zwei oder zwei, sind wir schlafen gegangen.«

Sie sieht mir auf einmal direkt in die Augen. »Wir haben getrennte Schlafzimmer. Er hat einen unruhigen Schlaf und liest oft noch lange. Er hat sich das Zimmer im Parterre gleich am Pool hergerichtet. Das wollen Sie doch sicher wissen, oder?«

»Vielleicht.«

Sie stutzt.

»Was wollen Sie sonst noch wissen?«, fragt sie ein wenig ungeduldig.

»Erzählen Sie alles, was Ihnen gerade einfällt, Señora.«

Auf einmal bemerke ich das schrille Zirpen der Zikaden. Habe ich das vorher nicht gehört? Ich stelle mir vor, wie es jetzt wohl für sie ist, so allein in dem großen Haus, jeden Tag den Pool vor Augen.

»Ich habe noch geschlafen, es ist ja spät geworden«, sagt sie ins Zirpen der Zikaden hinein und holt mich zurück aus meinen Gedanken, »da hat mich Tarzan mit seinem Bellen geweckt. Cristina schrie. Sie war unten am Pool, wo Hector Joachim ... meinen Mann ... gefunden hat.« Sie schluckt schwer.

»Ich bin dann schnell aufgestanden und auf die Terrasse gegangen. Cristina und Hector hatten da schon meinen Mann aus dem Wasser gezogen. In diesem Moment wusste ich, dass er tot ist.«

Gedankenverloren betrachtet sie das Glas in ihrer Hand.

Die Sonne blitzt zwischen den Palmen auf. In ein paar Stunden wird sie hinter dem Nachbarhaus verschwinden und die Terrasse in Schatten tauchen.

»Leben Sie schon lange hier?«, frage ich.

Sie atmet tief ein und aus, und der Hund, dessen Kopf noch immer auf ihrem Knie liegt, schließt zufrieden die Augen.

»Seit vier Jahren. Mein Mann war Bauunternehmer, Hoch- und Tiefbau. Er hatte eine Firma in Deutschland.«

Ich wundere mich, wie leicht ihr diese Wörter auf Spanisch über die Lippen gehen.

»Joachim hatte immer den Traum, sich mit sechzig zur Ruhe zu setzen. Aber Hendrik wollte die Firma nicht übernehmen. Ihm fehlt der Geschäftssinn. Er will immer nur Geld haben. Wo es herkommt, interessiert ihn nicht. Hauptsache, es ist genügend da.«

Tarzan leckt ihre Hand. Sie lässt es geschehen.

»Machen Sie sich keine Notizen mehr?«, fragt sie ein wenig unsicher.

»Das kann ich mir auch so merken, Señora«, erwidere ich lächelnd. Außerdem glaube ich nicht, dass es besonders wichtig ist.

»Joachim hat sich immer zu viele Sorgen gemacht. Er hat nicht zu den Menschen gehört, die das Leben leichtnehmen.« Gedankenverloren nippt sie an ihrem Wasser. Ihre Stimme ist wieder weicher. »So geht es oft, nicht wahr? Man plant immer für die Zukunft und dann … dann ist das Leben plötzlich zu Ende – und die Zukunft hat nie angefangen.«

Ihr Seufzen geht mir durch Mark und Bein. Mir ist es schon immer schwergefallen, das Seufzen einer schönen Frau zu ertragen, weil es zeigt, wie gnadenlos das Leben ist. In alles schlägt es seine hässlichen Klauen, selbst in das schönste Gesicht.

»Und wie geht es jetzt weiter, Comisario? Ich muss mich ja um die Formalitäten wegen der Beerdigung kümmern. Der Gerichtsmediziner muss wahrscheinlich vorher den Herzinfarkt bestätigen?«

»Ja, so läuft es in der Regel ab. Sie bekommen von uns so schnell wie möglich Bescheid.« Ich klappe mein Notizbuch zu, stecke den Stift in die Lasche und lege ihr eine Visitenkarte auf den Tisch. »Vielen Dank, Señora. Ich möchte noch mit Ihrer Haushälterin sprechen.«

»Sie ist in der Küche.« Mit einer anmutigen Bewegung erhebt sie sich.

Ich folge ihr ins Zimmer mit der Riesencouch, dann weiter durch einen hohen, breiten Flur in die Küche, in die mein Apartment komplett reinpassen würde.

»Der Comisario hat ein paar Fragen an Sie, Cristina«, kündigt sie mich an und bleibt an der Türschwelle stehen.

Cristina blickt von der Spülmaschine auf.

»Danke, Señora Wilke«, sage ich und sehe sie so lange an, bis sie geht.

Cristina wischt sich nervös die Hände an einem Geschirrhandtuch ab. Was für eine attraktive Hausangestellte, denke ich.

Es gibt zwei Arten von Menschen. Die einen, die sich von Autoritäten einschüchtern lassen – und die anderen, die mit Trotz und Widerstand reagieren. Sie scheint zur ersten Sorte zu gehören.

»Reine Formsache«, sage ich mit einem harmlosen Lächeln und zücke mein Notizbuch. »Ich brauche Ihre Daten und eine kurze Schilderung der Ereignisse.

Sie heißt Cristina Sandel, ist 28 Jahre alt, geboren in Buenos Aires, seit zwei Jahren hier. Sie wohnt im Haus, war aber Freitagnacht bei ihrem Freund und kam erst am Morgen zum Dienstanfang ins Haus. Sie ging wie immer nicht durch die Haustür ins Haus, sondern nahm die Treppe hinunter in den Garten, da sich ihr Zimmer im Parterre befindet und sie einen separaten Eingang hat. Da kam ihr Hector schon panisch entgegen. »Der Señor, der Señor!« Sie folgte ihm zum Pool. Dort trieb Señor Wilke im Wasser. Ohne lange zu überlegen, rief sie von ihrem Handy den Notarzt an.

Cristina hat ohne Stocken berichtet, aber jetzt holt sie tief Luft und ist auf einmal so blass, als hätte sie alles noch einmal erlebt.

»Ich hätte vielleicht nicht gleich den Notarzt anrufen sollen.«

»Aber warum nicht? Sie haben gehofft, er würde noch leben, oder?«

Sie nickt.

»Also, dann war es richtig.« Ich lächele ihr noch einmal aufmunternd zu, verbiete mir den Blick auf ihre Beine – und den auf ihren Mund und den auf ihr Dekolleté und den in ihre Augen – mein Gott, ich weiß gar nicht mehr, wo ich hinsehen soll –, lege ihr eine Visitenkarte auf den Esstisch in der Mitte des Raums und sage mein Sätzchen: »Rufen Sie mich an, wenn Ihnen noch etwas einfällt.«

Bevor sie mich hinausbegleiten und noch mehr verwirren kann, versichere ich ihr, dass ich allein hinausfinde.

Als die Haustür hinter mir zuschnappt, glaube ich zu spüren, dass mir von überall Augen hinterhersehen.

Hombre! Liegt das am Joint?

Kaum am Auto meldet sich mein Handy.

La Jefa.

»Benitez!«

»Ja!«

»Und?«

»Sieht nach Herzinfarkt aus.« Welcher Mann hält das schon aus mit zwei solchen Frauen, will ich fast sagen.

»Gott sei Dank! Noch mehr Skandale kann die Stadt im Moment wirklich nicht gebrauchen! Ich will Ihren Bericht so schnell wie möglich, bevor die Presse mich löchert. Und alles Gute für Ihren Vater.«

Sie legt auf. Sie interessiert sich nicht besonders für das Privatleben ihrer Untergebenen, und so wundere ich mich, dass sie sich das mit Padre überhaupt gemerkt hat.

Ich springe ins Auto und fahre los. In Nullkommanichts bin ich wieder am Kreisel bei *La Cañnada* und brause am Friedhof und einem Bauunternehmen vorbei. So einen Laden hatten die Wilkes auch.

Der Fahrtwind weht erfrischend kühl durchs Fenster herein und bläst mir den Grasnebel aus dem Hirn.

Ein Motorradfahrer überholt mich. Ich denke an Antonio. Der Arme. Morgen besuche ich ihn im Krankenhaus. Sofern … sofern Padre nicht gestorben ist. Denn dann müssen eine ganze Menge Formalitäten erledigt werden.

Was für ein Tag! Antonio. Padre. Señor Wilke … Was Señora Wilke wohl heute Abend macht? Nimmt sie eine Schlaftablette und geht ins Bett? Oder sitzt sie bis spät in der Nacht auf der Terrasse, trinkt Rotwein und denkt an den letzten Abend mit ihrem Mann? Und was macht Cristina heute Abend? Ich verdränge die Vorstellung und verbiete mir jeden weiteren unprofessionellen Gedanken an sie.

5

Die nach dem Brand vor zwei Jahren baumlosen Berge bei Ojén schimmern orange im Abendlicht. Was für ein Feuer damals! Die Hölle! Alle Berge standen in Flammen, und ich weiß noch genau, was Antonio zu mir sagte, als es endlich vorbei war: »Weißt du, das Schlimmste ist, dass ich mit meinem Vater die Pferde nicht mehr freilassen konnte.«

Keiner weiß, wie viele Pferde in den Ställen und Hunde in den Zwingern in dem zweitägigen Inferno verbrannt sind.

Diesmal höre ich keine Musik. Vorhin war ich besserer Stimmung und ganz froh wegzukommen. Jetzt weiß ich nicht, was mich erwartet. Vielleicht geht es Padre noch schlechter? Vielleicht röchelt er, ringt nach Atem … Aber Teresa hätte mir bestimmt eine SMS geschickt, wenn sich was verändert hätte.

Ich fahre von der A-355 ab, nehme die Unterführung und biege rechts in den Ort ab. Jetzt, um kurz vor drei, ist er wie ausgestorben. Der Churros-Stand ist schon abgebaut und die Tische vor den Bars sind leer. Man hat zu Hause zu Mittag gegessen und hält jetzt Siesta. Selbst die Katzen, die sonst auf den Mülltonnen sitzen, schlafen irgendwo im Schatten.

Ich fahre am ungestört vor sich hin plätschernden Dorfbrunnen vorbei und dann hinauf Richtung Finca. Die Blätter der Olivenbäume blitzen wie Metall. Ein hinkender Hund flieht gerade noch rechtzeitig in den Straßengraben, als ich um die enge Kurve biege.

Was, wenn Maria Dolores mir gleich schreiend entgegenstürzt: »Padre ist tot! Unser Padre ist tot!«?

Auch wenn ich ihn nie besonders mochte und er mir immer irgendwie fremd war, habe ich jetzt doch ein mulmiges Gefühl.

Und dann bin ich da. Erleichtert stelle ich fest, dass da nur drei Autos stehen: der blitzblanke dunkelblaue Mercedes von Juanita und Alfonso, die klapprige Schüssel von Esperanza und der weiße Cinquecento von Teresa. Kein Krankenwagen. Kein Leichenwagen. Und auch nicht der Renault von Doktor Ramirez.

Ich parke ganz hinten und steige aus. Hier oben ist es immer noch wärmer als unten in Marbella. Die Meeresbrise fehlt, und mir bricht sofort wieder der Schweiß aus. Als ich das Tor aufmache, kommt mir Golfo entgegengesprungen. Freudig hechelnd springt er an mir hoch. Noch hat ihn niemand wieder angekettet.

»He, Chico! Das ist ein Leben, was? Da muss erst Teresa aus Barcelona kommen und dich befreien. Wenn das unser Padre wüsste!« Ich tätschle ihm den Kopf, und er leckt mir die Hand.

Warme, weihrauchgeschwängerte Luft schlägt mir entgegen, als ich das Haus betrete.

Im Wohnzimmer ist niemand. Die Klappläden sind geschlossen, es fallen nur spärlich Sonnenstrahlen herein. Der Tisch mit dem Häkeldeckchen und den Blumenvasen und gerahmten Fotos ist leer. Durch die angelehnte Schlafzimmertür, höre ich Nurias scharrende Stimme. Nuria – die Schwester von Padre.

»So stur! Ich habe ihn mal …«

Als ich hineingehe, verstummt sie, und alle drehen sich zu mir um. Alle außer Padre.

Der Raum ist so voll, dass ich an der Tür stehen bleibe. Juanita winkt mir von der anderen Seite des Bettes zu. Ihr Mann Alfonso sitzt dicht neben ihr, weil es so eng ist.

Hinter Maria Dolores, Nuria und Mamá haben sich Esperanza und Maria Dolores' Mann Miguel gesetzt. Esperanza hat ihren Heilige-Märtyrerin-Blick drauf – die leibhaftige Leidensmiene. Den hat sie schon vor ihrer Scheidung beherrscht, danach hat sie ihn geradezu perfektioniert. Mein Schwager Miguel, ein schmerbäuchiger Büroangestellter in mittleren Jahren mit geschmacklos graugemustertem Halbärmelhemd und schlecht sitzender Hose sieht auch nicht gerade glücklich aus. Kann man ja auch nicht erwarten, bei so einem Anlass.

Nuria tätschelt mir die Wangen. »Pablito, *Guapo!*«

La cabra, die Ziege, haben Teresa und ich sie immer genannt, heimlich natürlich, sonst hätte mich der alte Tyrann bestimmt totgeschlagen.

Nuria, ganz in Schwarz wie Mamá, verströmt eine Mischung aus Mottenkugeln und Veilchenduft. Und an ihrem Handgelenk klimpert wie immer der Rosenkranz. »Na, was machen die Verbrechen?«

»Gehen gut«, erwidere ich nur.

Einmal habe ich geantwortet, es liefe gerade schlecht, ein Kollege sei von einem Russen angeschossen worden, der seine Frau und seine Kinder erschlagen habe, da ist sie mir ins Wort gefallen und hat gesagt: »Was würden diese Reichen da unten bloß ohne Leute wie uns machen, was?«

»Und?«, frage ich und lasse meine Autoschlüssel in die Hosentasche gleiten.

Teresa zuckt mit den Schultern. »Du hast nichts verpasst.«

Maria Dolores schickt ihr einen tadelnden Blick. »Psst! Padre schläft.«

Ich hole schnell noch einen Stuhl aus dem Esszimmer. Doch wohin damit? Ich kriege ihn gerade noch ein bisschen versetzt in die zweite Reihe schräg hinter den von Mamá. Vor mir sind Mamás graue, aber noch volle Haare, links davon Teresas dunkle Lockenmähne und neben ihr Nurias dürres Vogelnest, unter dem die helle Kopfhaut hervorscheint.

»Wie oft habe ich dem alten Sturkopf gesagt, er soll endlich mit dem Rauchen aufhören!« Nuria bekreuzigt sich.

»Es ist das Herz, nicht die Lunge«, berichtigt Maria Dolores.

»*Rauchen tötet* steht auf jeder Packung!«, beharrt Nuria.

»Das Leben tötet!«, gibt Maria Dolores zurück.

»Die Liebe tötet!«, steuert Teresa fröhlich bei, worauf Nuria, etwas Unverständliches murmelnd, ihren Rosenkranz vom Handgelenk löst. Ein paar Augenblicke lang ist es fast still – bis auf das leise Klimpern von Nurias Rosenkranz, an dem ihre Finger Holzperle für Holzperle entlangwandern.

»Nuria?«, röchelt Padre auf einmal. Sein Blick irrt umher, aber ich glaube nicht, dass er uns wirklich sieht.

Wir sind alle verstummt.

»Nuria?«

Seine Stimme klingt so, als würde man mit einer rostigen Eisenstange auf einen ebenfalls rostigen leeren Benzinkanister schlagen. So hat sich Padres Stimme schon immer angehört. Rau und blechern. Nur ist sie seit ein paar Jahren nicht mehr ganz so laut.

»Du hast wieder nicht nach den Hühnern gesehen!«

»Doch, doch, Pablito!« Nuria hat auf einmal eine ganz andere Stimme. Weich und warm. »Die Hühner legen Eier und sind gesund, und deine Oliven sind viel dicker als die von José. Viel dicker! Die dicksten von allen!«

Ein röchelndes Auflachen kommt vom Bett. »José! *Cerdo!* Der alte Dreckskerl! Der schuldet mir noch fünfzigtausend!«

Maria Dolores unterdrückt einen entsetzten Aufschrei, doch Nuria winkt ab. »Peseten, er rechnet immer noch in Peseten.«

Ich rechne schnell. Das sind dreihundert Euro. Durch fünf Kinder und eine Ehefrau und eine Schwester geteilt, macht das für jeden knapp dreiundvierzig Euro. Das hat wohl auch Juanita gerade ausgerechnet, denn sie wirkt enttäuscht.

»*Hijo de Puta!* Solange der nicht bezahlt hat, gehört der Streifen Land immer noch mir!«, wettert Padre mit erstaunlich kräftiger Stimme. »Drei Olivenbäume und ein Mandelbaum stehen da drauf! Seht zu, dass ihr die erntet! *Idiotas!* Und Alfonso muss endlich die Wasserpumpe reparieren!«

Es ist wie immer: Als Autoverkäufer bei Mercedes in Marbella und gelernter Mechaniker kennt sich mein Schwager mit Technik aus. Er ist ein netter Kerl, der nie Nein sagen kann, und das hat mein Vater schon immer schamlos ausgenutzt.

»Und was ist mit Espe? Wo treibt sich dieses nutzlose Luder wieder herum?«

Esperanza japst nach Luft.

Auch das ist wie immer: Er hackt auf ihr herum. Dabei macht sie gerade so viel durch, denn ihr Mann hat sie wegen einer jungen Russin sitzen lassen. Wir ertragen die Beschimpfungen kommentarlos. Sonst hat sich Teresa darüber aufgeregt, aber vor einem Sterbenden hat selbst sie Respekt.

Dafür sagt Mamá etwas. »Pablo, sprich nicht so über unsere Tochter! Espe ist doch da! Sie hat Dienst im Altenheim gehabt, das weißt du doch. Sie hat nicht früher weggekonnt.«

Mamá mag es überhaupt nicht, wenn Padre abfällig über ihre Kinder spricht. Das liebe ich an ihr. Sie hat uns immer gegen ihn verteidigt, und nicht selten hat sie sich deswegen ein paar Schläge eingefangen. Jetzt kann er sich nicht wehren. Nur einen roten Kopf bekommt er, und dann geht's los.

»Sich lieber um andere kümmern als um den eigenen Vater!«, poltert er. »Habe ich euch so erzogen? Seinen Vater muss man ehren! Und das jeden Tag!«

Seine Stimme klingt fast wie immer: herrschsüchtig, rechthaberisch, donnernd. Hat Teresa ihren Klamottenladen umsonst früher zugemacht? Hätten Maria Dolores und Miguel, Juanita und Alfonso zu Hause bleiben können?

»Pablo! Was sagst du denn da für Sachen?« Nuria erhebt sich schwerfällig und setzt sich mit einem Ächzen zu ihm aufs Bett. Sie hat es mit den Hüften. »Du willst doch in den Himmel, oder?«, sie streichelt seine schwielige, mit dicken Adern überzogene Hand. »Dann darfst du so nicht sprechen …«

Padre schließt die Augen und hält endlich die Klappe.

»Wo ist Señorito?«, fragt Maria Dolores in die Stille hinein. Nur Padres rasselndes Atmen ist zu hören.

»Mäuse fangen, ist doch seine Zeit.« Nuria erhebt sich mühsam. »Jetzt kommen sie aus ihren Löchern. Apropos, hast du den Täter schon verhaftet?«

Alle sehen mich an.

»War wahrscheinlich nur ein Herzinfarkt.«

»Und da holen die dich mitten aus …« Sie spricht nicht weiter und macht nur: »Ts.«

»Wie alt?«, fragt Esperanza.

»Einundsechzig.«

»Ja, ja, das ist ein Alter, wo's viele erwischt.«

»Red doch nicht so ein dummes Zeug, Espe!« Das ist Maria Dolores. »Padre ist dreiundsiebzig und Miguels Kollege Ignacio … Miguel, wie alt war der, der Ignacio?« Sie hat sich nach hinten zu ihrem Mann umgedreht.

»Achtundvierzig.«

»Da! Da hast du's, Espe! Ich weiß gar nicht, wie du auf so was kommst!«

Esperanza presst die Lippen zu zwei dünnen Linien zusammen. Sie verkneift sich eine Bemerkung, aber das macht sie nur, weil Padre im Sterben liegt. Sonst wären die beiden schon längst am Streiten.

»So stur …« Nuria setzt sich wieder auf ihren Stuhl. »Das hat er von unserer Mutter. Die war genauso stur. Stur wie ein Esel, hat unser Padre immer gesagt. Was hat er eigentlich mit dem Grundstück drüben über dem Hügel vor?« Nuria spielt dabei mit ihrem Rosenkranz. »Drei Interessenten waren da, und er hat sie alle abgewiesen!«

»Das hat Padre in seinem letzten Willen geregelt, *Tía!*«, gibt Maria Dolores zurück.

Ich beobachte Mamá. Sie sagt nichts. Immer noch hält sie den Kopf gesenkt und blickt auf ihre gefalteten Hände.

»Ich würd's jetzt nicht verkaufen«, redet Nuria einfach weiter. »Die Preise sind ja lächerlich! *Dios mío!* Er hätte es vor zehn Jahren verkaufen sollen! Da haben die dummen Ausländer jeden Preis gezahlt. Dreihundertfünfzigtausend hat José diesem Engländer aus der Tasche gezogen. Dreihundertfünfzigtausend! Für diese alte Ruine!« Kopfschüttelnd zuckt sie mit den Schultern und sieht zu ihrem Bruder. »Stur wie ein Esel! Aber die Männer wissen ja immer alles besser.«

Ich höre Miguel schnaufen. Aber er hütet sich, etwas zu sagen. Nuria nimmt ihn sowieso nicht für voll. Vielleicht weil er nicht so rumschreit wie Padre, wenn ihm was nicht passt.

»Ich mache uns einen Kaffee.« Maria Dolores steht umständlich auf. »Wer weiß, wie lange wir heute noch wach bleiben müssen.«

Teresa schaut auf ihre Uhr, die kaum zu sehen ist zwischen all den Reifen und Freundschaftsbändchen.

»Übermorgen um drei geht jedenfalls mein Flug.«

»Perdón?« Das kommt von Maria Dolores, die auf dem Weg in die Küche stehen bleibt. »Soll unser armer Padre sich wegen deines Fluges vielleicht mit dem Sterben beeilen, oder was?«

Alle Augen – außer die von Padre – richten sich auf Teresa. Eine bedrohliche Stille schwebt im Raum.

»Herrgott, nein!« Teresa hebt die Arme und lässt sie wieder fallen. »Aber ich bin selbstständig. Ich kann meinen Laden nicht einfach für eine Woche zumachen!«

»Und warum nicht? Wir sind ja auch gekommen.« Maria Dolores hat wieder ihre missbilligende Miene aufgesetzt.

Aber Teresa lässt sich davon nicht beeindrucken. »Erstens«, fängt sie an, »seid ihr nicht selbstständig, und zweitens wohnt ihr nicht in Barcelona.«

»Eben.« Maria Dolores lächelt gehässig.

»Was? *Eben*?«

»Eben. Wir wohnen nicht in Barcelona, sondern in Estepona, An-da-lu-cí-a.« Maria Dolores' vorwurfsvoller Unterton hallt von den Wänden wider.

»Ist nicht zu überhören – und zu übersehen«, sagt Teresa und lässt einen abschätzigen Blick über Maria Dolores' – nun ja, sehr züchtige, matronenhafte – Bluse und den Rock wandern, der sich über ihre breiten Hüften spannt.

Teresa und Maria Dolores hassen sich meistens. Und weil Teresa mich liebt, hasst Maria Dolores mich auch. Meistens.

»Ihr seid so fürchterlich rückständig.« Teresa seufzt und

klimpert mit ihren Armreifen und Ohrringen. »Wegen Leuten wie euch geht in diesem Land nichts voran …«

Maria Dolores ist noch immer nicht in die Küche gegangen. »Das ist die Weltwirtschaft! Und *La Merkel* – diese deutsche Kanzlerin! Dafür können wir Spanier doch nichts! Miguel, jetzt sag du doch auch mal was!«

Miguel will etwas sagen, aber da steht Mamá auf und sagt: »Ich werde das Huhn aufsetzen.«

Nuria muss auch aufstehen, weil es so eng ist, und plötzlich herrscht ein großes Durcheinander. Alle drängen aus dem Schlafzimmer, in dem die ganze Luft wie weggeatmtet ist. Juanita und Alfonso sind die Letzten.

»Hola, *Hombre!*«, sagt Alfonso gedämpft, als er an mir vorbeigeht. »Ist hoffentlich bald vorbei. Und, was sagst du?« Er hat den Kragen seines grün-weiß-pink gestreiften Polos – der Ralph-Lauren-Polospieler prangt unübersehbar auf seiner linken Brust – hochgestellt. Seine gebräunten muskulösen Arme sprengen fast die Ärmel.

»Zu was?«

»Fußball! *Hombre!*« Alfonso schüttelt den Kopf.

»Jetzt hör doch mal mit dem Fußball auf!«, sagt Juanita ungeduldig zu ihrem Mann und küsst mich auf die Wangen. »Hola, Pablito.« Ihr aufdringliches Parfüm hängt mir jetzt bestimmt die nächsten Stunden im Gesicht.

Sie ist perfekt geschminkt, wie immer. Ihr schickes Kleid, schätze ich, ist von Adolfo Domínguez. Und das Blond ihrer Haare ist noch goldener und strahlender als letztes Mal.

»Hast du einen neuen Friseur?«

»Gefällt's dir?« Mit einer koketten Bewegung fährt sie sich durch die Haare.

»Sehr hübsch!« An Alfonso gewandt füge ich hinzu: »Du musst auf Juani aufpassen, so schick wie sie aussieht!«

Er legt den Arm um sie und grinst breit. »Juani ist mir treu ergeben.«

»Wie geht's mit der *Chica?*«, raunt er mir dann zu. »Wie heißt sie noch?«

»Leticia«, sage ich und spüre einen kurzen Stich im Herzen. »Aber es ist vorbei.«

»Hast *du* Schluss gemacht?«

»Ja. Sie war mir zu eifersüchtig.«

Das stimmt zwar nicht, aber das werde ich Alfonso nicht auf die Nase binden. *Sie* ist gegangen. *Weißt du, dass ich die Nase voll habe von dir?* Ihre Worte hallen mir immer noch in den Ohren. *Du denkst auch, du kannst mich an- und abstellen wie ein Auto! Aber ich bin ein Mensch, Pablo, ein Mensch – und eine Frau dazu! Mit ganz bestimmten Bedürfnissen und mit einem großen Herzen!* Das hinter einem prachtvollen Busen saß.

»Ja, ja, die Frauen«, sagt Alfonso mit einem wissenden Nicken. »Was wäre das Leben ohne sie?«

Als Juanita ihn geheiratet hat, war er ein einfacher Automechaniker mit schlechtem Haarschnitt und meistens ölverschmierten Händen, der am liebsten mit seinen Amigos zum Fußballtraining und am Samstag zum Spiel ging. Und jetzt? Jetzt ist er Autoverkäufer bei Mercedes und sieht aus, als gehöre ihm der ganze Laden.

»Und du, wie läuft's bei dir?«, frage ich.

»Schau mal!« Er spannt seinen Bizeps an. »Morgens schwimme ich zwei Kilometer im Meer, mittags gehe ich in die Gym, und abends schwinge ich mich aufs Rad. Am Wochenende laufe ich.«

Ich nicke ihm wohlwollend zu.

Sein Grinsen wird noch breiter. »Ich will nächstes Frühjahr beim Iron Man auf Lanzarote mitmachen.«

Miguel steckt den Kopf ins Zimmer und zieht genervt die Brauen hoch. »Ich muss mal eine rauchen.«

»Ich komme mit.«

Maria Dolores, Juanita und Esperanza sind mit Nuria bei Mamá in der Küche. Wir – ich, Alfonso, Miguel und Teresa – stehen draußen und hören sie mit Töpfen und Geschirr klappern.

Die Sonne ist untergegangen. Ein schwaches Lila liegt über den Bergen, und die Zikaden zirpen nur noch ganz leise. Der würzige Rauch von Miguels Zigarette vermischt sich mit dem süßlichen Geruch von Teresas Gras.

Golfo läuft um uns herum.

»Wie wird das hier eigentlich aufgeteilt?« Mit der Zigarette in der Hand beschreibt Miguel einen Bogen über die Orangenbäume.

»Ist doch ganz einfach. Eine Frau, fünf Kinder, sechs Teile, oder?« Alfonso tippt auf seinem iPhone herum. Die breiten Streifen in seinem Polo strahlen selbst im Dämmerlicht. »Elfmeter!«, er blickt vom Display auf. »Eins zu Null für Uruguay! Erste Halbzeit.«

»Passt!«, mischt Miguel sich ein. »Ich habe auf Uruguay gesetzt! Aber gestern, *Hombre!* Ich sage ja schon die ganze Zeit, mit ihrem Tiki-Taka kommen die auch nicht mehr weiter. Man muss variieren! Den Gegner überraschen! Nur so geht's!«

»Hättest Trainer werden sollen, Miguel«, bemerkt Teresa.

Miguel grunzt verächtlich und zieht seine Hose hoch.

»Wieso hat er eigentlich nie was gesagt, der Alte?«, fragt Alfonso. »Am besten wär's ja« – er sieht dabei mich und Teresa an – »ihr würdet's verkaufen, aber bei der momentanen Marktlage …«

Neben dem gebräunten und muskulösen Alfonso wirkt Miguel in dem grau karierten Hemd und der zu weiten Hose, die ihm prompt wieder unter den Bauch rutscht, noch blasser und schlaffer. Aber er ist gut im Rechnen. Und clever in Geldangelegenheiten. Er zieht an seiner Zigarette und kneift dabei ein Auge zu.

Teresa lässt ihren Joint aufglimmen, und nachdem sie den Rauch langsam hinausgeblasen hat, sagt sie: »Das hier war unsere Kindheit. Die dürfen wir nicht verkaufen. Das würde Mamá das Herz brechen.« Wie sie es sagt, so selbstverständlich und so schlicht, klingt es wie die unumstößliche Wahrheit. »Oder, Pablo?«

Ich nicke. »Genauso ist es.«

Sie drückt den Stummel auf dem Mäuerchen aus und steckt ihn ein, dann geht sie ins Haus.

»Eine Frau – ein Wort.« Miguel tritt seine Zigarette auf dem Boden aus, hebt die Kippe auf und folgt Teresa.

Alfonso sieht ihm nach. »Hm, schätze, da wird Juani anderer Meinung sein.«

6

In der Küche hantieren die Frauen mit Töpfen und Messern, sie schnipseln und rühren. Knoblauch schwitzt in einer Pfanne auf dem großen Gasherd, Hühnerfleisch liegt in Stücke geschnitten auf einem Brett. Mir wird ganz warm ums Herz. Ist das nicht das einzig richtige Zuhause? Die Familie?

Ich denke an die arme Señora Wilke.

Esperanza hat eine Lesebrille aufgesetzt und schneidet Zwiebeln. Juanita hat eine Schürze über ihr schickes Kleid gebunden, Handschuhe übergestreift und häutet überbrühte Tomaten. Maria Dolores wäscht den Salat, Mamá holt eine Packung Reis aus dem Schrank, und Nuria rupft Safranfäden aus einer Tüte.

»Was kann ich machen?« Teresa hat sich ebenfalls eine Schürze umgebunden.

»Du lässt lieber die Finger davon«, sagt Maria Dolores. »Sonst mischst du uns noch deine Drogen in die Paella.«

Miguel lacht und kassiert dafür einen strafenden Blick.

»Ein bisschen Gras hin und wieder würde auch dir nicht schaden«, gibt Teresa zurück, schnappt sich ein Messer, ein Brett und eine rote Paprika von Maria Dolores' Gemüsehaufen und drängt sich neben sie. Jetzt häckseln sie um die Wette.

»Erzähl doch mal was von deinem Fall«, fordert Juanita mich auf. Von ihren Handschuhen tropft rotes Tomatenfleisch.

»Da gibt's nicht viel zu erzählen. Ein Mann lag tot im Pool. Sein ecuadorianischer Gärtner hat ihn gefunden.«

»Ecuador?« Maria Dolores lässt ihr Messer sinken und unterbricht den Häckselwettkampf mit ihrer Schwester. »Den hast du doch hoffentlich genauer unter die Lupe genommen?«

»Warum?«, frage ich.

»Aber Pablo!« Esperanza unterbricht das Zwiebelschneiden und wischt sich mit dem Handrücken die Tränen von den Wangen. »Wie kannst du das vergessen?«

Ich blicke von Esperanza zu Maria Dolores und dann zu Juanita. Offenbar wissen alle, wovon Maria Dolores spricht. Nur ich nicht.

»Pablito«, schaltet sich Mamá ein, »hat tagein, tagaus mit solchen Strolchen zu tun. Da kann er sich doch nicht an jeden erinnern.«

Dankbar sehe ich Mamá an, die sich aber schon wieder umgedreht hat und den Reis in ein Sieb schüttet.

Maria Dolores verdreht schnaufend die Augen und nimmt das Häckseln wieder auf. Teresa hat die Lust am Wetteifern mit ihrer Schwester verloren und holt sich ein Fläschchen Bier aus dem Kühlschrank. »Warum nehmt ihr eigentlich keine großen Flaschen, das ist doch viel umweltfreundlicher?«

»Sei froh, dass überhaupt Bier da ist«, brummt Nuria.

Hinter ihrem Rücken streckt Teresa ihr die Zunge heraus.

»Pablo«, sagt Esperanza in nachsichtigem Ton, »dieser Hugo, der Ramos totgeschlagen hat, der war doch auch aus Ecuador.«

Jetzt erinnere ich mich. Vor fünf oder sechs Jahren war der ganze Ort in heller Aufregung gewesen. Diesem Ramos gehörten einige Grundstücke und die Baufirma im Ort. Ein großkotziger, brutaler Kerl. Jeder konnte verstehen, dass seine Frau ihn verließ und sich dem freundlicheren und gut aussehenden Hugo aus Ecuador zuwandte. Der sitzt heute noch im Gefängnis.

»Und was hat das eine mit dem anderen zu tun?«, frage ich in die Runde und hole mir auch ein Cruzcampo aus dem Kühlschrank.

Maria Dolores zuckt mit den Schultern. »Woher sollen wir das denn wissen? Du bist doch der *Comisario*.«

Ich trinke einen Schluck Bier.

»Weibliche Logik«, bemerkt Alfonso leise, der ein Glas Wasser in der Hand hat.

»Weiter, Pablito!«, sagt Juanita und greift wieder ins triefende Tomatenfleisch.

»Ihr wisst doch, dass ich euch nichts erzählen darf.«

»Ach, jetzt stell dich nicht so an!«, entrüstet sich Maria Dolores. »Sehen wir so aus, als würden wir alles der Zeitung weitererzählen?«

»Komm, Pablo« – Miguel klopft mir kameradschaftlich auf die Schulter – »rück schon raus mit der Sprache.«

»Da gibt's nichts rauszurücken. Es war ein Herzinfarkt. Basta!«

»Manch ein Schaf ist ein Wolf im Schafspelz …«, kommt es bedeutungsvoll von Nuria, die sich schon mal an den Tisch gesetzt hat und mit ihrem Rosenkranz spielt.

»Ach, *Tía*«, sagt Esperanza und lächelt gequält. »Du hast ja so recht, das habe ich auch schon oft erlebt. Da sind sie so lieb, wenn sie hilflos sind, aber wehe, sie können wieder laufen … Die Männer sind einfach undankbar.«

»Die Männer sind einfach undankbar …«, äfft Teresa Esperanza nach. »*Dios mío,* Espe, du müsstest dich mal hören! Wie die heilige Jungfrau persönlich.« Teresa schüttelt den Kopf. »Dir fehlt nur noch ein Heiligenschein.«

»Du hast ja überhaupt keine Ahnung, Teresa. So was muss ich jeden Tag mitmachen«, sagt Esperanza in ihrem typischen zurechtweisenden, leidenden Ton. Ist es da ein Wunder, dass Alvaro angefangen hat, sich mit einer Russin zu amüsieren?

»Señorito! Raus mit dir!«, kreischt Maria Dolores auf.

Der Kater ist mit einer Ratte im Maul durchs Küchenfenster gesprungen. Jetzt schleppt er seine Beute über die Spüle zur Ecke vor dem Kühlschrank. Der nackte Schwanz der Ratte schleift über die Arbeitsplatte.

Ich muss lachen, Miguel und Alfonso grinsen.

»Raus mit dir!« Juanita scheucht Señorito aus der Küche.

»War das schon alles?«, fängt Maria Dolores wieder an. »Nur ein Gärtner? Gibt's keine Ehefrau, Kinder, Haushaltshilfe, Putzfrau?«

Maria Dolores ist hartnäckig, das war sie schon, als sie früher mit Argusaugen überwacht hat, dass ich mir vor dem Essen die Hände wasche.

Alle sehen mich an. Sogar Nuria hat ihren Rosenkranz sinken lassen. Wer kommt schon allein gegen eine ganze Familie an?

Also sage ich: »Er hat sich Sorgen gemacht um seinen Sohn aus erster Ehe, einen verwöhnten Nichtstuer.«

»Ein guter Vater …«, meint Esperanza.

»Eine völlig falsche Erziehung!«, hält Maria Dolores dagegen. »Miguel, also wenn unser Jaime so einer wäre, dann würden wir uns große Vorwürfe machen, nicht wahr?«

Miguel presst sich ein »Si« ab und schiebt sich schnell eine Olive in den Mund.

»Als Eltern macht man halt immer irgendwas falsch«, sagt Teresa.

»Da muss ich Teresa ausnahmsweise mal zustimmen«, sagt Juanita. »Alfonso und ich haben uns solche Mühe mit Rocío gegeben, oder, Alfonso?«

»Si, si!« Alfonso klackert mit seiner Armbanduhr.

»Also, ich finde, das musst du jetzt nicht so abtun!«

Alfonso macht eine beschwichtigende Handbewegung und nickt.

Maria Dolores' Löckchen zittern. »Tja, die lieben Kinder! Was, Mamá?«

Mamá hat die ganze Zeit nichts gesagt, sie hat Schubladen aufgezogen, Besteck herausgeholt, Servietten gefaltet, das Salz aus dem kleinen Regal neben dem Hängeschrank genommen und auf den Tisch gestellt.

»Da gibt's noch eine Haushaltshilfe aus Argentinien.« Ich weiß gar nicht, warum ich das sage, vielleicht haben sie mich mit ihrem Getratsche angesteckt.

»Wie alt?« Diesmal fragt Miguel. Seine Wangen und seine Nase sind vom Bier gut durchblutet, er hat gerade die zweite Flasche aufgemacht.

»Mitte zwanzig, schätze ich mal.«

Miguel grinst. »Hübsch?«

Alfonso grinst auch, aber er steht mit dem Rücken zu Juanita, sodass sie es nicht sehen kann.

»*Muy!*«, sage ich und sehe sie auch schon wieder vor mir. Die honigblonden Haare, die karamellfarbene Haut, die langen Beine …

»Die arme Ehefrau! Wie rücksichtslos von diesem Mann!« Esperanza schüttelt den Kopf.

»Wer weiß, vielleicht hat die Ehefrau sie ja ausgesucht«, wirft Teresa ketzerisch ein. »Wie alt ist die denn?«

»So um die vierzig«, sage ich achselzuckend.

Teresa hebt vielsagend die Augenbrauen.

»Argentinien und Ecuador …«, sagt jetzt Miguel. »Vielleicht haben die ja was miteinander …«

»Du lieber Gott, Miguel!«, stöhnt Maria Dolores.

»Könnte doch sein!« Miguel hat das zweite Fläschchen

Bier auch schon fast ausgetrunken, jetzt kommt er richtig in Fahrt. »Der Gärtner und die Haushälterin haben ihn um die Ecke gebracht, weil …«

»Ja, Miguel, weil?« Maria Dolores hat die Hände in die Hüften gestemmt und sieht ihn mit schief gelegtem Kopf an. Da fällt ihm nichts mehr ein. »Weil … weil … Ach, was weiß ich.« Er zeigt auf mich. »Frag doch unseren Comisario!«

»*Bueno.*« Juanita streift ihre Handschuhe ab und lehnt sich an den Kühlschrank. »Wir haben erstens: eine Haushälterin, die zwanzig Jahre jünger ist« – sie zählt die Punkte an den Fingern ab – »zweitens: einen Gärtner aus Ecuador, und drittens: einen nichtsnutzigen und geldgierigen Sohn. War der Mann reich? Ist die Señora die Haupterbin?«

»Ich denke, schon …«, sage ich ausweichend.

»Pablito! Und da stehst du hier so rum?« Juanita sieht mich vorwurfsvoll an.

»*Dios mío,* Pablito! Wo hast du denn deinen Instinkt?«, sagt jetzt Maria Dolores.

»Instinkt …?«

Meine Schwestern kommen in Rage.

»Ist sie hübsch, ja?«, will Esperanza wissen.

»Wer?« Ich fühle mich wie in einem Kreuzverhör.

»Die Señora natürlich. Von der Haushälterin wissen wir das ja schon«, sagt Juanita ungeduldig.

»Äh …«

»Ist doch ganz einfach!« Jetzt geht Teresa dazwischen. »Sie hat ihren Mann umgebracht, weil er ihr zu langweilig und alt ist! Oder die Haushälterin hat ihn umgebracht, weil er mit ihr vögeln wollte … Wo lebt ihr denn?«

Eine peinliche Stille tritt ein. Die anderen mögen es nicht, wenn man gewisse Dinge konkret ausspricht.

Teresa wirft das Fläschchen Bier direkt in den offenen Karton mit den Flaschen und dem Papier für die Recycling-Container im Ort. Die Mülltrennung hat sie selbst durchgesetzt.

»So einfach ist das nicht«, sage ich.

»Es ist immer einfacher, als du denkst.« Juanita macht eine wegwerfende Handbewegung.

»Ahhhhh!« Das kommt aus dem Nebenzimmer.

Wir sehen uns an. Wir haben Padre glatt vergessen. Sofort stürzen wir ins Schlafzimmer.

Señorito hat die Ratte auf die Bettdecke gelegt und schnurrt.

»Du elender Saukater!«, schreit Padre und fuchtelt mit den Händen herum.

Señorito macht einen Satz vom Bett und flitzt zwischen unseren Beinen hindurch nach draußen. Die Ratte lässt er da.

Mit spitzen Fingern trägt Alfonso sie am Schwanz hinaus.

Nuria erhebt sich mühsam. »Das wird heute nichts mehr mit dem Sterben.«

Die Tür zu meinem Apartment in dem Mietshaus in Marbella steht einen Spaltbreit offen. Licht fällt hinaus. Ich höre Geräusche und sehe Schatten.

Teresa sieht mich erschrocken an.

»Pablo, ich muss heute bei dir übernachten. Das hält ja kein Mensch aus«, hat sie mir vorhin zugeraunt und dann sind wir gefahren.

Jetzt lege ich den Finger auf die Lippen und taste nach meiner Waffe. Ich habe eine Menge Feinde. Alle, die ich mal hinter Gitter gebracht habe. Und die, von denen ich gar nichts weiß.

Ich bedeute Teresa, sich im Eingang der Nebenwohnung zu verstecken, schiebe mit vorgehaltener Pistole die Tür weit auf und gehe so leise wie möglich hinein.

Ein schriller Schrei. Mit lautem Scheppern fallen DVDs auf den Boden.

»Wie kannst du mich nur so erschrecken?« Leticia starrt auf meine Waffe. »Und wer ist die Schlampe da? Das ging aber schnell, Pablo!«

Ich stecke die Pistole weg und drehe mich um.

Teresa ist mir gefolgt und verdreht die Augen. »Du lieber Gott, Pablo, sag bloß nicht, dass das deine Verflossene ist!«

»Verflossene!«, schreit Leticia empört auf. »Liebst du's jetzt hochgestochen, Pablo? Vögelst du dich jetzt durch die High Society?« Aus ihrem Mund dringt ein lautes, verächtliches Lachen.

»Leticia, du verlässt jetzt augenblicklich meine Wohnung!«

»Leticia, du verlässt jetzt augenblicklich meine Wohnung!«, äfft sie mich nach und wirft kämpferisch ihr volles, pechschwarzes Haar zurück.

Ich packe sie am Handgelenk und zerre sie zur Tür.

Hasserfüllt funkelt sie mich an. Ihre Lippen beben, dann sieht sie Teresa an, und *zack* – hat sie ihr mit der freien Hand eine geknallt. Teresa, sonst nicht auf den Mund gefallen, ist so verdattert, dass sie kein Wort herausbringt, aber ich weiß, dass das nicht lange anhält, und so schiebe ich Leticia schleunigst hinaus und werfe die Tür hinter ihr zu.

Sie hämmert dagegen.

»Meine DVDs, du Dreckskerl! Ich will meine DVDs!«

Wütend sammle ich ein paar davon auf, reiße die Tür auf und werfe sie ihr vor die Füße.

Wumms! – ist die Tür wieder zu.

Teresa hält sich die Wange. »Was ist denn das für eine Furie!?«

»Psst. Pass auf, gleich heult sie.« Ich zähle mit den Fingern bis drei. Eins, zwei, drei.

Sie heult. Sie schluchzt. Sie wimmert. Das beherrscht sie perfekt.

»Mitten in der Nacht wirfst du mich aus der Wohnung! Wie kannst du nur? Nach allem, was ich für dich getan habe!«, jammert sie.

»*Hijo de puta*«, flüstere ich Teresa zu.

»*Hijo de puta!*«, kommt es von jenseits der Tür.

Sie verstummt. Ein leises Schaben. Sie sammelt die DVDs auf. Schritte. Dann ist sie weg.

»Leticia also.« Teresa tastet über ihre Wange.

»Ja, Leticia.« Ich atme tief durch. Dann bin ich schon in der Küche und nehme einen Eiswürfel aus dem Tiefkühlfach.

Teresa reibt sich damit über die Wange.

Ich mache uns zwei Bier auf. Wir gehen auf den Balkon, lehnen uns ans Geländer und sehen auf die Straße und auf den nächsten Wohnblock, wo hinter ein paar Fenstern Licht ist. Ich bin erledigt. Was für ein Tag!

»Ach Pablo«, sagt Teresa irgendwann, »warum verlieben wir uns immer in die falschen?«

»Keine Ahnung. Vielleicht weil wir Zwillinge sind.«

Sonntag

1

Ich habe Teresa schlafen lassen und bin leise aus der Wohnung geschlichen.

Vor dem *Rinconcito* parke ich in zweiter Reihe. Die Anwohner schlafen noch, erst gegen elf werden sie sich langsam aus den Betten erheben und einen Kaffee trinken gehen. Bis ich dran bin, hat Loli mir schon meinen Kaffee und mein *Pan con tomate* hingestellt.

»Hola, *Guapo!* Na, einen aufregenden Samstagabend gehabt?«

Ich zwinkere Loli zu. Mit einem zweideutigen Lächeln hebt sie die Brauen.

»Schickes Hemd!«

»Schicke Ohrringe«, bemerke ich.

»Wusst ich doch, dass sie dir gefallen!«, sagt sie mit rauchiger Stimme.

»Mir gefällt alles an dir, *Guapa*«, sage ich charmant, woraufhin sie mir noch einen verführerischen Blick schenkt und sich dann dem nächsten Gast zuwendet. Das ist unser Spiel.

Ich überprüfe mein Handy. Keine Nachricht von Zuhause. Kolumbien, Griechenland: drei zu null, Uruguay gegen Costa Rica: eins zu drei, und England gegen Italien: eins zu zwei, zeigt mir der Newsticker im Fernseher in der Ecke. Jetzt bin ich wieder auf dem neuesten Stand.

Ich halte mich nicht lange auf, lege das Geld neben die leere Tasse und gehe.

Das gehört zu meinen Grundsätzen: Zahle immer deinen Kaffee. Was heißt: Lass dich nie einladen, sonst bist du ganz schnell jemandem was schuldig – und endest wie mein Kollege Jesús. Der hat jahrelang mitkassiert bei den Schleppern, die die Afrikaner mit den falschen Louis-Vuitton-Taschen und Prada-Sonnenbrillen über den Strand schicken. Irgendwann hat einer der Drahtzieher mal was verlauten lassen; hatte wohl eine offene Rechnung mit Jesús. Man hat noch versucht, das Ganze zu vertuschen, aber dann kam unsere neue Chefin Mercedes Delgado, und Jesús fiel als Erster ihrer Säuberung zum Opfer.

Mein Büro befindet sich in dem großen Polizeigebäude gleich am Ortseingang, in der Straße mit den Autohäusern von Volvo und Mercedes, Seat, Škoda und Rover. Von den hinteren Büros aus blickt man direkt aufs Meer. So eins hat La Jefa. Natürlich.

Ich parke den Seat neben meinem Dienstwagen. Antonios Platz ist heute frei – wie es ihm wohl geht? Ich werde ihn in den nächsten Tagen besuchen. Gerade als ich aussteige, singt Adele *Skyfall*. *Padre!*, denke ich, *jetzt ist es bestimmt doch so weit* …

Aber nein. Adele singt *Skyfall* nur bei unbekannten Nummern.

»Comisario Benitez?«

»Si?«

Die Stimme kommt mir irgendwie bekannt vor.

»Hier ist Cristina.« Sie flüstert. »Haben Sie schon herausgefunden, ob es ein Herzinfarkt war?«

Ich wundere mich, dass sie und nicht Señora Wilke anruft.

»Wir sind mitten in den Ermittlungen …«

»Ich … ich wollte Ihnen nur sagen …« Pause. Dann kommt

es hastig: »Ich will nichts Falsches sagen, aber … die beiden haben sich oft sehr gestritten, oder sie haben tagelang gar nichts miteinander gesprochen. Und sie haben getrennte Schlafzimmer gehabt …«

»Warum erzählen Sie mir das?«

Eine kurze, erschrockene Pause.

»Cristina?«

Klack. Aufgelegt. Ich habe das Telefon noch am Ohr und grübele, wie ich das nun einordne, als das cremefarbene BMW-Cabrio neben mich rollt.

»*Buenos días,* Benitez«, grüßt mich La Jefa und schiebt die große Sonnenbrille auf ihre dunkelbraunen Haare.

Der Fahrtwind hat Strähnen aus ihrer Hochsteckfrisur gerissen, was ihr etwas … Übermütiges verleiht. Sie lächelt mich gut gelaunt und motivierend an. Mercedes Delgado ist eine attraktive Frau, die den Eindruck macht, als könnte sie nichts in der Welt überraschen. Der Lippenstift ist rot wie ihre Fingernägel, und ihr cremefarbenes Kleid mit dem tiefen Ausschnitt passt perfekt zur Farbe des Autolacks. Sie hätte auch eine bekannte Schlagersängerin oder Schauspielerin sein können.

»*Buenos días,* Señora Delgado!«, grüße ich zurück. Seit ihrer Scheidung vor einem halben Jahr ist sie fast jeden Sonntag im Büro.

»Wie geht es Ihrem Vater, Benitez?«

Ich setze gerade zu einer Antwort an, als sie schon sagt: »Übrigens: Señor Wilke war Mitglied im Lions Club. Er war sogar mit dem deutschen Konsul gut bekannt! Wir können doch wohl einen gewaltsamen Tod ausschließen?«

Sie gibt Gas und schießt mit quietschenden Reifen ein Stück weiter – auf ihren Parkplatz gleich am Eingang.

Sie wird nicht erfreut sein über Cristinas Anruf.

Raimundo arbeitet heute auch. Er sitzt an seinem Schreibtisch, massiert sich mit Daumen und Mittelfinger die Schläfen und gähnt ungeniert.

Ich hebe meinen Autoschlüssel und täusche einen Wurf an. Schnell macht er seinen Mund zu.

»Der wäre drin gewesen.«

»Haha«, sagt er gelangweilt.

»Und, heute schon dein Kreuzchen gemacht? Ein extra Dickes für einen Sonntag?«

In seinem Schreibtisch liegt ein Kalender, in dem er jeden Arbeitstag kurz vor Dienstende rot durchstreicht.

»Was ist das, Raimundo?«, habe ich ihn einst gefragt, und er hat geantwortet: »Damit ich weiß, wie viele Tage ich dich Angeber noch aushalten muss.« Er hat noch acht Monate bis zur Pensionierung.

Ich setze mich an meinen Schreibtisch. Der von Antonio ist leer. Und der von Pedro auch. Er hatte Nachtdienst, Samstagabends ist immer besonders viel zu tun.

Eva, die Sekretärin von La Jefa, bleibt an meinem Schreibtisch stehen.

»Was machst du am Sonntag hier?«, frage ich sie. Wie immer sieht sie zum Reinbeißen aus. Ich überlege, wer den Reißverschluss von ihren engen Kleidern zumacht. Sie ist doch geschieden?

Sie verdreht die dunkel geschminkten Augen und beugt sich ein wenig zu mir herunter. Sie trägt wieder ihr blumiges Parfüm – und es verwirrt mich wie immer.

»Im Palacio de Congresos tagt gerade ein Juristenkongress. Da will La Jefa unbedingt präsent sein. Wegen Bombendrohungen und so was. Und ich kann noch ein paar Extra-Überstunden gebrauchen – für meine Reise.«

Ihre Salsa-Gruppe fährt im Herbst nach Kuba.

»Was ist mit dem Protokoll? Sie« – Eva macht eine knappe Kopfbewegung zur Tür hinter sich – »hats heute besonders eilig damit.«

»Sag ihr, sie kriegts so schnell wie möglich, ich muss vorher noch was überprüfen. Du siehst übrigens heute wieder …« *caliente aus,* füge ich stumm hinzu.

Sie grinst, dreht sich um und geht Hintern wackelnd im Salsarhythmus zum Büro der Jefa.

Pedro kommt herein und steckt sich dabei das Hemd in die Hose. Wie immer, wenn er vom Klo kommt, umweht ihn eine dichte Parfümwolke.

»Wieso bist du noch da? Du hast doch Nachtdienst gehabt?«

Er setzt sich auf meinen Schreibtisch. »Heute kommen meine Schwiegereltern. Und Raquel ist bestimmt immer noch am Putzen.«

Mit beiden Händen streicht er sich seine dünner gewordenen Haare zurück und grinst mich an. »War ganz schön was los gestern Nacht. Unten vor dem *La Palma* gabs ne Schießerei. Ein Russe ist schwerverletzt. Bauchschuss, *Hombre!*« Er verzieht angeekelt das Gesicht. »Das war vielleicht 'ne Sauerei auf der Straße! Drei Augenzeugen wollen zwei Typen in einem dunklen SsangYong gesehen haben. Ich wette, das waren seine eigenen Leute, die ihn abgeknallt haben.« Er beugt sich noch ein bisschen mehr über den Schreibtisch. »Ich war bei seiner Frau zuhause. Alles weiß! Der Bungalow, der Teppich, die Möbel – und sie« – er wirft einen schnellen Blick auf die Tür vom Büro der Jefa – »in weißen Leggins. Du weißt schon, in einer, in der sich« – er senkt die Stimme, denn Eva kommt gerade aus Delgados Büro – »die Schamlippen abzeichnen … Ich konnte gar nicht mehr weggucken.«

2

Im nicht bekifftem Zustand kommt mir das Haus der Wilkes weniger imposant vor. Als ich klingele, fängt ein Hund an zu bellen.

Dann höre ich die Stimme von Señora Wilke: »Tarzan, ist gut!«

Die Tür geht einen Spaltbreit auf. Señora Wilkes offenes, glattes Haar fällt ihr auf die nackten Schultern. Sie trägt ein schlichtes dunkelblaues Kleid und macht einen übermüdeten, niedergeschlagenen Eindruck.

»Comisario?«, sagt sie überrascht.

Ich lächele höflich. »Ich habe noch ein paar Fragen.« Columbo hätte sich auch nicht angekündigt.

Auf ihrer Stirn bildet sich eine Falte. Sie zögert kurz und öffnet mir dann die Tür.

Tarzan will an meinen Hosenbeinen schnüffeln.

»Tarzan, no!«

Diesmal bittet sie mich in den Raum mit dem schwarzen Flügel. Ihre Absätze klacken auf dem Marmorboden. Sie wartet, bis ich mich hingesetzt habe, dann nimmt auch sie Platz, so weit weg, wie es eben geht. Tarzan legt sich wieder zu ihren Füßen.

Die Blumen in der Vase auf dem Tisch sehen nicht mehr so frisch aus wie gestern.

»Worum geht es?« Diesmal bietet sie mir nichts an. Unter ihren Augen sind dunkle Ränder und ihre Lippen sind blass.

»Ist Cristina nicht da?« Ich sehe mich suchend um.

»Nein. Ich habe ihr freigegeben. Eigentlich brauche ich sie ja auch nicht mehr.« In ihrer Stimme schwingt Trauer mit. »Haben Sie Ihre Ermittlungen inzwischen abgeschlossen?«

Tarzan lässt mich nicht aus den Augen. Er bewacht mich. Ich möchte nicht wissen, was passiert, wenn sie mich mit ihm allein lässt.

»Nein.«

»Was gibt es dann da groß zu ermitteln?« Mit einer fahrigen Bewegung streicht sie sich eine Haarsträhne hinters Ohr und stößt genervt die Luft aus. »Und das alles, weil Cristina so kopflos war. Ich hätte Doktor Jimenez angerufen, Joachims Kardiologen, Sie hätten heute einen freien Sonntag gehabt, und ich könnte meinen Mann beerdigen.« Ihre Augen bekommen einen traurigen Glanz. Ich denke an Cristinas geflüsterte Informationen und an Juanitas Frage.

»Sind Sie eigentlich die Haupterbin, Señora?«

»Aber ja. Ich war doch seine Ehefrau! Was hat das denn mit dem Herzinfarkt meines Mannes zu tun?«

Ich lächele gegen ihre Empörung an. »Wie würden Sie Ihre Ehe beschreiben?«

»Was soll diese Frage?«

»Fällt Ihnen die Antwort so schwer, Señora?«

»Natürlich nicht. Ich war seine zweite Frau. Er hat mich auf Händen getragen.«

»Streits?«

»In jeder Beziehung gibt es mal Meinungsverschiedenheiten.«

»Auch am Freitagabend?«

Sie sieht mich fragend an, dann sagt sie: »Wir haben Rotwein getrunken und uns hauptsächlich über seinen Sohn unterhalten. Das war natürlich ein emotionales Thema.«

»Wie lange hat Cristina bei Ihnen gearbeitet?«

Ein wenig verwirrt über den raschen Themenwechsel sieht sie mich an. »Seit … seit etwa … neun Monaten.«

»Und Sie waren zufrieden mit ihrer Arbeit?«

»Aber ja. Sonst hätte ich sie doch nicht behalten.«

»Und Ihr Mann?«

»Mein Mann wäre der Erste gewesen, der sie herausgeworfen hätte, wenn sie ihre Arbeit nicht ordentlich gemacht hätte. Doch sie war fleißig, zuverlässig und hat sich an die Regeln gehalten.«

»An welche Regeln?«

»Die Vorgängerin von Cristina hatte wechselnde Männerbekanntschaften. Mehrmals gab es lautstarke Szenen draußen vor der Tür. Die ganze Nachbarschaft hat das mitbekommen. Deshalb haben wir mit Cristina von Anfang an vereinbart, dass sie niemanden mit hierherbringt. Sie hält sich daran. Sie geht immer allein aus dem Haus. Und kommt auch allein zurück.«

»Ich verstehe. Vielen Dank. Ich will Sie nicht länger aufhalten.«

Wir erheben uns gleichzeitig. Señora Wilke geht vor mir zu Tür.

»Und bitte, setzen Sie sich mit Doktor Jimenez in Verbindung.«

»Natürlich.«

»Sie werden sicher verstehen, dass ich … dass ich das alles hinter mich bringen will.«

»Natürlich, Señora. Wir geben unser Bestes. Sie bekommen so bald wie möglich Bescheid.«

»Das haben Sie mir schon gestern gesagt.«

»Ja, es wird bestimmt nicht mehr lang dauern.« Ich lächele sie an.

Sie lächelt nicht zurück.

Herman Berrocal hat angerufen. Ich setze mich ins Auto, schalte die Klimaanlage an – die in meinem Dienstwagen zum Glück funktioniert – und rufe zurück.

»Na, hängt der Haussegen schief?«

Er lacht dröhnend. »Ja, meine Frau hat auch verloren. Eins zu drei gegen Costa Rica. Was für eine Schande! Aber uns gehts gut, Pablo. Leid vereint. Das wirst du noch feststellen, wenn du mal verheiratet bist.« Ich höre ihn husten. »Wenn das so weitergeht, hat sie gesagt, wird der Fernseher abgeschafft!«

»Gute Idee«, sage ich, »kommt meistens sowieso nur Schrott.«

»Oh, lass sie das nicht hören. Was soll sie denn ohne ihre Serien machen?« Wieder lacht er auf. »Also – zu unserer Leiche: alles perfecto. Ein klassischer Herzinfarkt. Allerdings …«

Ich horche auf.

»In seinen Lungen ist Wasser. Das heißt, er starb erst im Pool …«

»Aber er hatte einen Bademantel an«, sage ich. »Es kann also nicht beim Schwimmen passiert sein.«

»Da gebe ich dir recht, Pablo. Wäre ziemlich ungewöhnlich, im Bademantel schwimmen zu gehen.«

»Er könnte den Herzinfarkt also vor oder nach dem Schwimmen bekommen haben, er könnte ausgerutscht und in den Pool gefallen sein«, überlege ich laut.

»Ich habe keine Verletzungen von einem Sturz oder so etwas in der Art entdeckt.«

Vielleicht war es die Haushälterin, weil er mit ihr vögeln wollte, hallt mir Teresas Stimme im Kopf. *Ist die Señora die Haupterbin*? Juanita.

»Bevor du deinen endgültigen Bericht fertig machst, warte bitte noch. Ich will zu dem Kardiologen. Ich rufe dich dann an.«

Ich suche die Privatnummer von Doktor Jimenez, finde aber nur die Praxisnummer.

»Hallo?«, meldet sich eine Frauenstimme.

»Ich hätte gern Doktor Jimenez gesprochen. Hier spricht Comisario Benitez. Ich bin von der Polizei.«

»Oh. Und worum geht es?«

»Das möchte ich gern mit Doktor Jimenez besprechen.«

»Heute ist doch Sonntag, Comisario. Doktor Jimenez ist erst am Montag wieder in der Praxis.«

»Und wer sind Sie?«

»Seine Sprechstundenhilfe.«

»Sind Sie in der Praxis?«

»Ja … aber …«

Ich lege auf.

Es ist so heiß, dass mir schon jetzt, um halb elf, das Hemd auf der Haut klebt. Ich schalte die Klimaanlage auf ganz kalt, lasse den Motor laufen und rufe Teresa auf ihrem Handy an.

»Gut geschlafen?«

»Wunderbar! Bei mir zu Hause ist es nicht so ruhig.«

»Tja, du solltest wieder hierher ziehen.«

»Tolle Idee!« Sie schnaubt. »Ich wollte dich auch gerade anrufen.« Ihre Stimme klingt auf einmal ernst. »Ich bin oben bei Mamá. Padre hat 'ne schlechte Nacht gehabt. Der Doktor ist eben gegangen.«

»Aber am Abend gings ihm doch noch ganz gut.«

»Unser Padre ist eben unberechenbar. Wann kommst du?«

»Heute Abend, nach Dienstschluss. Aber ruf mich sofort an, wenn es ihm schlechter geht.«

»Claro.«

»Un besito.«

Sie schmatzt ins Telefon. Ich frage mich wirklich, warum sie kein Glück hat mit den Männern.

Ich wende. Im Rückspiegel sehe ich, dass Tarzan in den Garten läuft.

Meine Fahrt geht durch eine wirklich gepflegte Wohngegend. Schwer und voll hängen die Datteln an den Palmen. Der Grünstreifen entlang der Grundstücksmauern ist ordentlich gemäht. Nur wenige trockene Blätter liegen am Rand, und nirgendwo sieht man Hundescheiße. Nach ein paar Metern komme ich an die Kreuzung. Inzwischen kenne ich mich aus und erwäge, gleich die Abbiegung nach links anstatt nach rechts zu nehmen. Dann müsste ich ein Stück weiter unten am Hang herauskommen und wäre schneller an der Überführung in die Stadt. Ich biege also links ab und fahre unterhalb des Wilke-Grundstücks entlang. Von diesen Häusern hier hat man einen noch besseren Blick über die tief unten liegende A-7 mit dem roten und weißen Oleander hinweg aufs Meer.

Ich stutze. Da im Vorgarten, der schwarzhaarige Mann, der mit der elektrischen Schere die Hecke schneidet, das ist doch …

Ich fahre an den Bordstein und steige aus.

»Hola, Hector! Sie arbeiten hier auch?«

Er blickt in meine Richtung und stellt den Motor der Heckenschere ab.

»Hola, Comisario«, sagt er mit einem schiefen Lächeln.

Jetzt habe ich ihn bei seinem zweiten Schwarzjob ertappt.

Er steigt von der Leiter und verschwindet aus meinem Blickfeld. Wenig später taucht er hinter dem imposanten schmiedeeisernen Tor wieder auf, in dessen Mitte sich ein goldenes Löwenpärchen ansieht. Darüber prangt ein goldfarbenes Wappen mit roten und blauen Querstreifen. Ist das hier ein Konsulat? Eine Flagge kann ich nicht entdecken.

»Wie ich sehe, sind Sie gut beschäftigt, Hector.«

»Ich … Es ist nur eine … Vertretung …«, stammelt er. »Ich arbeite sonst nur bei den Wilkes.«

»Ja, klar.« Ich trete näher und sage etwas gedämpft: »Apropos Wilke: Ich habe da so was gehört … der Señor und die Señora waren nicht immer einer Meinung …?«

Er antwortet nicht. Stattdessen blickt er auf die Heckenschere in seiner Hand.

»Hector?«

»Ja … ja«, sagt er wie aufgeschreckt. »Na ja …« Vage wiegt er den Kopf. »Na ja …«

»Ja?«, ermutige ich ihn.

Er zaudert noch ein bisschen und sagt dann: »Sie haben öfter gestritten, oder sie haben gar nicht miteinander gesprochen. Aber mehr weiß ich auch nicht, ich habe ja im Garten gearbeitet, und außerdem verstehe ich kein Deutsch …«

»Hector!«, schallt es in diesem Augenblick aus einem Fenster vom ersten Stock. Eine Frau steht dort oben, sie hat einen weißen Frottee-Turban auf dem Kopf.

»Alles in drei Stunden haben wir gesagt, verstanden? *Tutto completto*. Und vergessen Sie nicht den Rasen.«

»Si, si, Señora!«, ruft Hector eilfertig. »Ich muss wieder, Comisario …« Er hebt die Heckenschere an.

»Señor!«, ruft die Frau und meint offenbar mich. »Kann ich Ihnen behilflich sein?«

»Si!«, sage ich spontan.

»Was gibt es denn?«

Mein Blick fällt kurz auf Hector, um sie auf eine falsche Fährte zu locken, dann sage ich: »Darüber würde ich gern im Haus mit Ihnen reden.«

Hector ist schon wieder auf die Leiter gestiegen und hat den schrillen Motor der Gartenschere eingeschaltet, der jedes weitere Wort in Stücke reißt.

Das schwere Gartentor bleibt geschlossen. Ich blicke auf einen grünen, vorbildlich gewässerten Rasen mit Putten und nackten römischen Jünglingen. Die Stämme der hohen Palmen, die wie Säulen vor der zweistöckigen dunkelroten Villa stehen, sind ordentlich beschnitten. Auch an den Büschen – Hibiskus und Oleander, die wie Inseln auf dem Rasen aussehen – sind keine welken Blätter.

Die Haustür mit den blinkenden Metallbeschlägen wird aufgezogen, und ein hochgewachsener, etwas korpulenter Mann mit vollen grauen Haaren und mitternachtsblauem Satin-Hausmantel schreitet über den Kiesweg auf mich zu. Unter dem Hausmantel trägt er eine weinrote Seidenhose und passende Samtpantoffeln. Als er näher kommt, erkenne ich auf der Brusttasche ein goldenes Wappen. Es ist dasselbe wie auf dem Gartentor. Ein Konsul …?

Mit einer herrischen Handbewegung gibt er Hector zu verstehen, dass er die Heckenschere ausschalten soll. Mit einem Mal ist es wunderbar still.

»Comisario Benitez«, stelle ich mich jetzt vor und zeige meinen Ausweis.

Er scheint nicht überrascht zu sein. Wahrscheinlich weiß er schon, dass sein Nachbar gestorben ist. Hector wird es ihm erzählt haben.

»Rudolf von Eckstein«, sagt er und nickt hoheitsvoll, als würde er einen Untergebenen begrüßen.

Sein Blick wandert auch sogleich zu Hector, und mit einem falschen Lächeln sagt er: »Das ist der Freund der Tochter eines guten Freundes. Hin und wieder hilft er uns im Garten, selbstverständlich unentgeltlich.« Mit der Souveränität eines Diplomaten breitet sich ein Lächeln auf seinem Gesicht aus.

Für wie blöd hält der mich? Ich lächele auch – souverän wie Columbo – und sage: »Ja, schön, dass es so etwas heutzutage noch gibt. Normalerweise dreht es sich ja immer nur ums Geld.«

Er sagt nichts, sein Lächeln wirkt wie eingemeißelt. Der graue Schatten auf seinen Wangen verrät, dass er sich noch nicht rasiert hat.

»Ach, übrigens, Sie kannten ja sicher Señor Wilke …«, sage ich.

Jetzt lächelt er nicht mehr. »Ja, natürlich. Wir haben gehört, dass er einen Herzinfarkt hatte.«

»Es sieht so aus, ja. Vielleicht zu viel Stress«, sage ich.

»Stress ist oft selbst verschuldet«, meint er unbeeindruckt. Sein Spanisch klingt ein bisschen zu geschraubt.

»Ach, hat sich Señor Wilke so viel Stress gemacht?«

Eckstein steckt die Hände in die Taschen und ballt sie darin zu Fäusten, wie die runden Ausbuchtungen verraten. »Das weiß ich nicht. Wir sind gesellschaftlich nicht miteinander verkehrt.«

»Und nachbarschaftlich?«

»Auch nicht.«

Ich blicke an ihm vorbei, hinüber zum Wilke-Haus, dessen weiße Balkonsäulen zwischen den hohen Palmenstämmen des Eckstein-Grundstücks zu erkennen sind.

»Dabei wohnen Sie doch so nah beieinander.«

»Unsere Interessen haben sich wohl nicht berührt.«

»Sie waren nicht in denselben Clubs? Sie sind doch auch Deutscher, nicht wahr?«

»Ich sagte Ihnen gerade, dass sich unsere Interessen nicht berührten«, sagt er kurz angebunden.

»*Bueno*, ich habe gehört, Señor und Señora Wilke, sollen nicht so ganz … na, Sie wissen schon … Es gab wohl öfter Streit.«

»Das ist richtig. Wir lassen jeden Abend auf der Rückseite

die Läden herunter, damit wir diese ewigen Streitereien nicht mitbekommen.«

»Hm … haben Sie vielleicht am Freitagabend etwas mitbekommen? Gab es da einen Streit?«

»Nein!«, sagt er rasch und fügt dann hinzu: »Nein, wir … nun … mein Enkel war da und hat hier mit seinen Freunden ein bisschen gefeiert …« Er lacht und seine zu weißen Zähne blitzen auf. »Aber besser, sie feiern zu Hause als in diesen Clubs in Marbella und Puerto Banús.«

Ich werfe noch einen Blick auf sein Haus. Auf einem Balkon an der Schmalseite entdecke ich einen Stapel Mauersteine. »Sie haben ein sehr schönes Haus, Señor von Eckstein. Was bauen Sie denn da oben? Setzen sie noch ein Stockwerk drauf?«

Sein Blick wird kühl. »Das sind die Reste von den letzten Bauarbeiten. Wir warten immer noch darauf, dass sie abgeholt werden, aber Sie wissen ja, Comisario« – er lächelt spöttisch – »hier bei Ihnen dauert alles ein bisschen länger.«

»Na, dafür scheint hier bei uns meistens die Sonne«, erwidere ich. »Danke für Ihre Auskunft.« Ich drehe mich um. »Ach …«

»Ja?«, fragt er ungeduldig.

Ich wende mich ihm noch einmal zu. »Ich habe mich gerade gefragt, wieso sprechen Sie so gut Spanisch?«

»Ich hatte lange geschäftlich in Südamerika zu tun.«

»Aha, also, dann … Und hoffentlich wird das da oben bald abgeholt.«

»Schönen Tag noch, Comisario«, sagt er in einem Ton, der deutlich macht, dass es ihm herzlich egal ist, wie mein Tag verläuft.

Ich winke Hector auf der Leiter zu, der die Heckenschere wieder aufheulen lässt, ziehe die Autotür auf und steige ein.

Im Rückspiegel kann ich erkennen, dass von Eckstein immer noch dasteht und mir nachsieht.

Irgendetwas stimmt nicht mit den Wilkes, da bin ich mir sicher. Ich kann aber noch nicht sagen, was es ist.

Unterwegs rufe ich Teresa an.

»Unverändert.« Sie hört sich erschöpft an.

Ich verspreche ihr, dass ich sobald wie möglich zur Finca hochfahre. Als ich auflege, sehe ich, dass ich einen Anruf verpasst habe.

Im selben Moment klingelt mein Handy.

»Si?«

»Hijo de puta! Kaum bin ich weg, hast du schon eine andere!«

Dios mío – Leticia! Ich hätte aufs Display schauen sollen.

»Leticia, Teresa ist …«

Ein Schnellfeuer an spanischen Flüchen prasselt auf mich nieder.

»Leticia!«, schreie ich ins Telefon. »Ich muss mir nicht alles anhören. Lass mich zufrieden!«

»Willst du mich verhaften oder mit deiner Dienstwaffe abknallen?«

Schluss! Ich drücke auf den roten Knopf und werfe das Telefon auf den Beifahrersitz.

3

Ich kurve die abschüssigen Gassen der feinen Sierra Blanca hinunter bis zur A-7, nehme die Überführung und kämpfe mich durch die Gassen der Neustadt bis zur Avenida Ricardo Soriano, die Marbella von Anfang bis Ende durchzieht, auch wenn sie dabei immer wieder ihren Namen ändert. An den Schaufenstern von Zara und Mango und wie sie alle heißen prangt in großen Buchstaben REBAJAS. Ich weiß gar nicht, der wievielte Schlussverkauf das inzwischen ist. Bald wird man bei einem T-Shirt noch Geld dazubekommen.

Touristen mit Sonnenschirmen und Strandtaschen schlurfen in Badelatschen über den Bürgersteig und biegen in eine der vielen Gassen ab, die zum Meer hinunterführen. Am Paseo Marítimo sind die meisten Tische jetzt sicher besetzt. Ich fahre bis zum Kupferturm, einem in der Mitte der Straße aufragenden großen Kunstobjekt, das genauso aussieht, wie es heißt, und biege am Palacio de Congresos ab, wo gerade neue Plakate für eine Tagung oder eine Veranstaltung aufgehängt werden. Direkt gegenüber befindet sich das Hochhaus, in dem mehrere Arztpraxen untergebracht sind – auch die von Doktor Jimenez.

Ich parke direkt davor, steige aus, nehme die Stufen hinauf und gehe durch die große, leere Lobby, an deren rechter Wand Wasser herunterfließt, das in einem schmalen Becken mit grünen Pflanzen aufgefangen wird. Halbherzig hat hier jemand versucht, etwas Besonders zu schaffen. Vielleicht hat ihm jemand das Geld gestrichen, sodass er einen großartigen

Entwurf nicht zu Ende bringen konnte – oder aber es war von Anfang an eine mickrige Fehlplanung gewesen.

Manchmal sitzt hier ein Pförtner, aber heute ist der Platz leer. Sonntag, denke ich nur. Ich nehme einen der beiden Aufzüge an der Stirnseite und drücke auf die Vier, neben der ein Schild mit DOKTOR ÁNGEL JIMENEZ, KARDIOLOGE UND INTERNIST klebt.

Ich klingele an der Praxistür.

»*Buenos días*«, grüße ich die zierliche, kleine Frau, die mir öffnet. Sie duftet nach edlem Parfum, ist ungefähr Ende fünfzig, ihre Frisur sieht teuer aus und die Perlenkette passt exakt zu den Ohrringen. Ist das die Ehefrau von Doktor Jimenez?

Einen Moment wirkt sie erstaunt, lächelt dann aber freundlich.

»Haben Sie kein … äh … Zeug … äh … Werkzeug … bei sich?«, fragt sie mit starkem Akzent. Engländerin?

»Werkzeug?«, wiederhole ich irritiert. »Ich glaube, hier liegt ein Missverständnis vor. Señora, ich bin Comisario Benitez. Wir haben vorhin telefoniert.« Ich klappe meinen Ausweis auf.

Augenblicklich strafft sich ihre Haltung. »Oh, well, sorry, ich dachte, Sie kommen für die *air condition*.« Sie seufzt. »*Friday* ist sie kaputtgegangen … am Samstag wollte der Techniker kommen, ist aber nicht gekommen. Hat mich auf heute vertröstet. Morgen muss sie wieder repariert sein! Unbedingt! Wie soll Doktor Jimenez denn in dieser Hitze ohne *air condition* vernünftig arbeiten?«

Ich nicke verständnisvoll. »Darf ich reinkommen?«

»Tut mir leid. Der Doktor ist heute nicht da. Das habe ich Ihnen ja schon am Telefon gesagt. Worum geht es denn?«

»Einer seiner Patienten ist am Wochenende verstorben.«

»Oh.« Eine leichte Röte überzieht ihre blasse Haut.

»Darf ich jetzt kurz reinkommen?« Ich warte nicht, bis sie Ja oder Nein sagt, sondern mache einen Schritt auf sie zu. Das funktioniert meistens, und auch diesmal. Sie weicht zurück und schließt die Tür hinter mir.

Eine elegante Praxis. Weiß, sauber, mit großformatigen bunten Bildern an den Wänden und bequem aussehenden Ledersesseln. Auf einem großen, quadratischen Glastisch liegen vier ordentliche Stapel mit Hochglanzmagazinen. Eine Behandlung hier hat sicher seinen Preis. Und ganz bestimmt nimmt er nur Privatpatienten.

Die Sprechstundenhilfe hat sich hinter ihren Schreibtisch mit dem Computer zurückgezogen und sieht mich abwartend an.

»Schöne Praxis. Sind Sie … die Ehefrau von Doktor Jimenez?«

»Oh nein!« Sie lächelt geschmeichelt und streckt mir ihre schmale Hand entgegen. »*Well*, Natalie Henderson. Seine rechte und linke Hand.«

Wir lachen beide.

»Ist das … nein … Moment …« – ich stehe vor einer offenen Tür und weise in den Raum dahinter auf ein Bild mit furchtbaren, deformierten Gestalten – »… ein Picasso?« Der Name ist mir gerade noch eingefallen. Und schon bin ich im Sprechzimmer.

»*No! This is Francis Bacon*. Triptychon. Das Original wurde für fast neunzig Millionen Dollar verkauft.«

»Oh! Dann geht Doktor Jimenez' Praxis aber sehr gut.«

Sie lächelt amüsiert und betrachtet es. »Es ist gut geworden, *isn't it*? Ich male in meiner Freizeit.«

»Alle Achtung! Ich habe ja schon Schwierigkeiten, die Umrisse eines Opfers auf den Asphalt zu malen.«

Ihr Lachen ist glockenhell. »Und ich dachte immer, die spanische Polizei *has no sense of humour*.«

»Wie kommen Sie denn darauf, Señora?«

»Na, wenn ich Ihre Kollegen auf der Straße so sehe, die sehen immer so ernst und … wie sagt man?«

»Autoritär?«

»*Exactly*.«

»Ich bin die Ausnahme!«

Sie lacht erneut.

Inzwischen bin ich bis zum Schreibtisch vorgedrungen. Ein gerahmtes Foto steht dort genau so, dass der Patient es sehen kann. Es zeigt eine glückliche Familie.

Doktor Jimenez könnte ein südamerikanischer Polospieler sein: braun gebrannt, schlank, volles, gewelltes Haar, das glatt nach hinten gekämmt ist. Seinen Arm hat er um die Taille einer strahlend lächelnden, sehr blonden, sehr schlanken und sehr hübschen Frau gelegt. Skandinavierin? Vor den beiden stehen zwei Kinder, vielleicht acht und zehn Jahre alt, Kinder kann ich schlecht schätzen, ein Junge und ein Mädchen, in teuer aussehenden Kleidern. Eine wahre Bilderbuchfamilie.

»Ist das Doktor Jimenez?«

»Ja.«

»Und wo ist der Golden Retriever?«, frage ich.

»Woher wissen Sie, dass sie einen Golden Retriever haben?«, fragt sie überrascht.

»Zu dieser Familie gehört ein Golden Retriever, finden Sie nicht?«

Sie betrachtet das Foto versunken und rückt es schließlich zurecht, dabei habe ich es gar nicht angefasst.

»Der Verstorbene ist übrigens Señor Joachim Wilke«, lenke ich das Gespräch auf den eigentlichen Grund meines Besuchs.

»Ach – Mister Wilke?« Sie klingt ehrlich erschrocken.

»Er hatte offenbar einen Herzinfarkt«, sage ich.

»*Oh, no!*« Mädchenhaft schlägt sie sich die Hand vor den Mund.

»… und ist dann in den Swimmingpool gefallen.«

»Armer Mister Wilke! Ich weiß noch genau, wie er das letzte Mal hier war!«

»Wissen Sie noch, wann das war?«

»Ja, vor drei Wochen«, sagt sie ohne zu zögern. »An einem Freitagnachmittag.«

»Daran erinnern Sie sich aber genau. Haben Sie alle Termine im Kopf?«

»Nein, aber mein Mann hatte *his birthday*, und ich wollte eigentlich früher heim. Aber dann kamen Mister und Mistress Wilke. Der Arme hatte wieder Herzbeschwerden.«

»Hatte er schon einmal einen Herzinfarkt?«

»Ich weiß nicht, ob ich Ihnen das sagen darf.« Sie beißt sich auf die schmalen zartrosa Lippen.

»Ich bin von der Polizei.«

»Ja, aber … fragen Sie das bitte Doktor Jimenez, Comisario.«

»War Señor Wilke sympathisch?«

Jetzt wirkt sie irritiert.

»War er?« Ich lächele sie gewinnend an. Das funktioniert meistens.

»Ja … er schon …«

»Und Señora Wilke?«

Sie presst kurz die Lippen zusammen, dann sagt sie: »*Well* … *no* … nein, nicht sehr.«

Ich sehe sie erwartungsvoll an, bis sie weiterspricht.

»*Well* … *She had something* … Sie hatte etwas von … oben herab. *I am rich and you are* … nur eine Sprechstundenhilfe.«

Ich kann mir das bei Señora Wilke lebhaft vorstellen. Mich hat sie auch so behandelt.

»Dabei ist sie … *wrong*! Mein Mann hat genug Geld.« Ihr Lächeln verrät einen Anflug von Arroganz. »Ich müsste nicht arbeiten. Aber ich kann ja schließlich nicht den ganzen Tag golfen und lunchen!« Sie lacht amüsiert auf. »Bei der letzten Lions-Club-Veranstaltung habe ich Señora Wilke zugewinkt, *like the Queen*!« Eine leichte Röte, dass sie sich zu dieser Bemerkung hat hinreißen lassen, steigt ihr ins Gesicht, und sie sagt rasch und wieder geschäftsmäßig: »Am besten kommen Sie morgen *around* zwei *pm*, vor der Mittagspause.«

In dem Moment ertönt die Türglocke. Natalie Henderson eilt zur Tür und öffnet. Ein Mann im Trainingsanzug mit Werkzeugkasten kommt herein.

»Schön, dass es Handwerker gibt, die auch sonntags arbeiten«, sage ich.

Der Mann sieht mich an, als hätte ich einen ganz besonders geschmacklosen Witz gemacht. Womit er ja richtig liegt.

»Das ist ein *friend* von Doktor Jimenez, der so nett ist und heute am Sonntag …«, erklärt Natalie Henderson eilfertig.

Natürlich macht er es ohne Rechnung. Bei einer Mehrwertsteuer von 21 Prozent …

Ich verabschiede mich, fahre mit dem Aufzug hinunter, und während ich durch die große leere Lobby mit dem stumm an der Wand herunterrinnenden Wasser gehe, denke ich darüber nach, was ich gerade erfahren habe – ja, ob ich überhaupt etwas erfahren habe.

4

Halb drei. Mein Magen meldet sich. Zeit fürs *Tapita del Paco*. Es hat auch Sonntags auf. Statt aufs Meer sieht man auf einen Kiosk und eine Straßenkreuzung, und wenn man sich ein bisschen nach links reckt, auch auf einen Chinaladen – der auch immer geöffnet hat. Aber hier gibt es die besten Omeletts, na gut, die zweitbesten. Die besten macht natürlich Mamá.

Ich parke in zweiter Reihe und setze mich in den Schatten an einen gerade frei gewordenen Tisch. Drinnen läuft Fußball.

»Wer spielt?«, frage ich den Mann am Nebentisch.

Der winkt ab. »Japan gegen die Elfenbeinküste.«

Ich schiebe das benutzte Geschirr, das Schälchen mit den restlichen Oliven und zwei Biergläser an den Rand und hole mein Notizbuch heraus.

Filipa kommt lächelnd zu mir.

»Hola, Comisario!«, sagt sie in ihrer lässigen Art.

Ruck, zuck hat sie alles abgeräumt und den Tisch abgewischt.

»Omelett mit Tomaten und Zwiebeln. Und ein Alkoholfreies.«

»Heute hätten wir auch *Tortillitas de camarones*. Die magst du doch so.«

»Ja! Dann die!« Ich liebe diese knusprigen Garnelenfladen.

Gerade will ich mich meinen Notizen widmen, da höre ich eine altbekannte Stimme.

»Sieh mal an, wen haben wir denn da? Hola, Pablo! Was dagegen, wenn ich mich zu dir setze?«

Schon sitzt er, das iPhone am Ohr. Ramon Farinez. *Julio Iglesias* – wie er früher in unserer Abteilung hieß, obgleich er soweit ich weiß nicht singt.

»Hola, Ramon«, sage ich ein bisschen genervt, was er aber nicht zur Kenntnis nimmt, sondern schnell etwas in sein Handy spricht und dann auflegt.

»Wusste ich doch, dass du dich freust!«, sagt er mit seiner samtigen Stimme. In seinen Wangen bilden sich Grübchen. Seit ich ihn kenne, hat er dieselbe Frisur: die schwarzen – inzwischen etwas grauen – Haare sind mit Gel nach hinten gestrichen. Im Nacken rollen sie sich leicht nach außen. Sein beiger Sommeranzug hat sicher einiges mehr gekostet als meiner von Zara. Und das rosafarbene Hemd hätte ich auch gern.

»Willst du eine *Cervecita?*«, frage ich ihn. Wenn er nun schon mal hier sitzt, gebietet es der Anstand, ihm das anzubieten.

»Pablo! Bei deinem Gehalt sollte ich dich einladen!« Mit den ausdrucksvollen Augen und dieser Stimme ist er der Schwarm vieler Frauen.

»Nächstes Mal«, sage ich und gebe Filipa drinnen hinter der Theke ein Zeichen.

Ramon reckt sich und streckt die Beine von sich, als wäre er zu Hause auf seiner Terrasse – mit Meerblick. Ich war schon mal da. Ein Apartment mit weißen Marmorböden und allerhand blitzendem Messingzeug. Er hat es einem Klienten günstig abgekauft. Später am Abend, nach ein paar *Copas*, hat er mir anvertraut, dass der Klient vor dem Finanzamt nach Uruguay geflohen ist. Auf seinen Rat hin, wie er selbstgefällig hinzugefügt hat.

»Na, den Freitag streichen wir besser aus unserer Fußball-Geschichte, was?«, fängt Ramon an. »Jetzt sind sie hoffentlich aufgewacht, die Jungs. Wart's ab, am Mittwoch gegen Chile wird alles wieder gut.«

Ich winke ab. Mir ist nicht nach Fußballgesprächen.

»Und, wie laufen die Geschäfte?«, frage ich also, obwohl mich das auch nicht interessiert.

»Könnten kaum besser laufen! Das Misstrauen der Menschen wächst in Zeiten wie den unseren.«

»Das freut mich für dich.«

Elegant schlägt er die Beine übereinander. Zwischen dem Saum seiner Anzughose und seinen Wildlederslippern kommen gebräunte Knöchel und darüber feine schwarze Löckchen zum Vorschein.

»Danke. Warum sattelst du nicht um und arbeitest für mich?«

Er nimmt Filipa das Bierglas aus der Hand, bevor sie es auf den Tisch stellen kann, und trinkt einen kräftigen Schluck. Filipa reicht mir mit einem kaum merklichen Zwinkern mein Alkoholfreies.

»Und was ist mit meiner Rente, he?«, gebe ich zurück.

»Rente! Du glaubst noch an so was?« Er lacht laut. »Vielleicht erreichst du die ja gar nicht. Vielleicht haben sie dich bis dahin schon totgeschossen.«

»Mal nicht den Teufel an die Wand, Ramon.«

Er bekreuzigt sich. »Gott bewahre, Pablo!«

Das ist sein Spruch, seit er vor einigen Jahren die Polizei verlassen und eine Privatdetektei aufgemacht hat.

Filipa bringt meine *Tortillitas de camarones*.

Ramon blickt neidisch auf meinen Teller mit den knusprigen Garnelenfladen. »So was darf ich leider nicht mehr essen. War letzte Woche beim Arzt.« Er klopft sich auf die

Brust. »Muss bei der Affenhitze ein bisschen langsamer machen.«

»Gehst du zum Kardiologen?«

»Zum Gynäkologen muss ich erst nächste Woche.«

Typischer Witz von Ramon.

»Gehst du zu Doktor Jimenez?«

»Claro. Er ist zwar nicht ganz billig, aber für mein Herz ist mir nichts teuer genug. Warum, hast du es auch schon am Herzen?«

»Nein …«

»Deine Herzprobleme kann sowieso kein Kardiologe heilen, was?« Er kommentiert seinen Witz mit einem lauten Lachen. »Ich hab sie übrigens gesehen.«

»Wen?«

»Leticia.«

Ich verdrehe die Augen.

»Ich kann dich verstehen, Pablo. Wirklich. *Caliente, caliente!*« Er wedelt mit der Hand, als hätte er sich verbrannt.

Sein iPhone klingelt. Er wirft einen raschen Blick aufs Display. »Da muss ich drangehen.«

»Ja, ja«, sage ich.

Ich will nicht lauschen, aber sein »Ich rufe zurück« und »Nicht am Telefon« klingen etwas ungehalten.

»Ein neuer geheimer Auftrag?«

Meine flapsige Bemerkung lässt er unkommentiert. Dann setzt er sich aufrecht und fixiert mich mit seinem Röntgenblick, den er auch perfekt draufhat.

»Alles okay, Ramon?«

»Ja, ja …«, sagt er schnell, »ich muss wieder los.« Er trinkt sein Glas aus, steckt sich eine Olive in den Mund, legt mir den Kern auf die Serviette und wirft einen Geldschein auf den Tisch. »Bestell dir noch was!«

Schon ist er weg.

Verärgert mache ich mich an meine Tortillitas, solange sie noch warm sind.

Zurück im Büro schreibe ich das Protokoll, trinke einen Café solo, beantworte Mails und rufe Berrocal an. Ich hinterlasse ihm eine Nachricht auf der Mailbox.

Pedro ist immer noch da. Er scheint vollauf mit dem Russen-Fall beschäftigt zu sein.

»Diese Russen stinken vor Geld«, sagt er, als er sich mit einem erschöpften Ächzen auf seinen Stuhl hinter dem Schreibtisch fallen lässt, »die könnten sich glatt den Hintern mit Hunderteuroscheinen abwischen!«

Mein Telefon klingelt.

»Pablo, *Guapo*, La Jefa will dich sehen!«, säuselt mir Evas Stimme ins Ohr.

»Wann?«, hauche ich. Das ist unser Lieblingsspiel.

»Sofort«, haucht sie zurück.

»Wenn ich in einer halben Stunde nicht zurück bin, ruf die Polizei, *vale?*«, sage ich zu Pedro.

Das Büro von La Jefa hat ein großes Fenster, durch das das Meer hereinglitzert.

»Benitez!« Mercedes Delgado sieht kurz auf. In ihrem Bürosessel mit der hohen Lehne und in ihrem cremefarbenen Kleid mit der schweren Goldkette sieht sie aus wie eine Herrscherin. Irgendwie ist sie ja auch eine.

Das ganze Büro ist von ihrem üppigen Parfüm erfüllt. Neben dem obligatorischen Porträt des Königs hängt ein Foto von ihrem Lieblingspferd. Ein Andalusier mit wilder Mähne und genauso wildem Blick. Jedes Mal, wenn ich ihr Büro betrete, muss ich auf dieses Pferdebild schauen, und dann stelle ich mir La Jefa vor, wie sie im kurzen Lederkleid auf diesem weißen Hengst sitzt, mit wehendem Haar, bewaffnet mit Pfeil und Bogen, und ihrem Fußvolk – unserer Abteilung – vorangaloppiert.

»Benitez«, sagt sie ein zweites Mal und klopft ungeduldig mit dem goldenen Kugelschreiber auf die Schreibtischunterlage aus dunkelrotem Leder. »Was hat das alles zu bedeuten?« Sie nimmt ein Blatt Papier, setzt ihre Lesebrille auf und liest: »... der Tote war mit Boxershorts und Bademantel bekleidet, was nicht auf die Absicht hindeutet, schwimmen zu gehen. Eine Zeugin behauptet, Señor und Señora Wilke hätten sich oft lautstark gestritten. Der Gärtner behauptet ebenfalls, die beiden hätten häufiger gestritten. Ein Nachbar behauptet, er musste immer die Läden schließen, weil das Ehepaar sich lautstark zu streiten pflegte.« Sie lässt das Papier sinken, nimmt die Brille ab und sieht mich ungehalten an.

»Ja, so sieht es im Augenblick aus.«

Die hohe Lehne federt nach, als sie sich zurücksinken lässt. Eingehend betrachtet sie den Kugelschreiber in ihrer Hand – ich nehme an, es ist so etwas wie eine Konzentrationsübung. Ich hüte mich, sie dabei zu unterbrechen, und warte.

Nach einer kurzen Weile lässt sie sich wieder nach vorne schnellen, legt den Kugelschreiber weg und sagt: »Gut. Ich brauche Fakten, Benitez. Das heißt: Unterschriebene Aussagen und keine Behauptungen. Warum haben wir noch keinen Bericht von Doktor Berrocal? Ich scheine die Einzige hier zu sein, die am Sonntag arbeitet.«

Sie will keine Antwort, das weiß ich inzwischen, und so warte ich weiter.

»Señor Wilke war Mitglied in mehreren wichtigen Clubs, in denen die Bürgermeisterin und auch ich verkehren. Und solange der Fall nicht ordnungsgemäß abgeschlossen ist, muss ich überall Erklärungen abgeben und Ihre und somit auch meine Arbeit rechtfertigen, verstehen Sie?«

»Verstehe, Señora Delgado.« Sie liebt diese Club-Veranstaltungen, die sind ihre Bühne. Und Berrocal und ich vermiesen sie ihr, weil wir noch nicht *Herzinfarkt* ins Protokoll geschrieben haben.

»Sehr schön.« Sie lächelt jetzt. »Dann kann ich also in Bälde damit rechnen, dass der Fall abgeschlossen ist. Wie geht es übrigens Ihrem Vater?«

Es wundert mich, dass sie noch daran denkt. »Nicht sehr gut. Die ganze Familie ist da und …«

»Sie haben eine große Familie, nicht wahr?«

»Ja, vier Schwestern und …«

»Da können Sie sich glücklich schätzen. Eine Familie zu haben ist eine große Stütze in solchen Augenblicken, in denen uns das Leben fordert.«

Ich wundere mich über ihre Anteilnahme und verlasse auf ihren Wink hin das Büro.

Das Hospital Costa del Sol liegt nur ein paar Kilometer außerhalb von Marbella an der N 340. Direkt gegenüber, auf der Meerseite, steht ein Hotel mit Restaurant und großer Lounge. Monatelang hatte der Betreiber seinen Angestellten keinen Lohn gezahlt, als er in die Pleite steuerte. Jetzt gehört das Hotel einer anderen Firma, und die Kampfparolen auf den weißen Mauern sind übertüncht.

Ich nehme die Treppe in den dritten Stock, um ein bisschen zu trainieren. Antonios Zimmer habe ich schnell gefunden. Ein Verbandswagen steht vor der Tür.

In diesem Augenblick kommen drei Ärzte aus dem Zimmer. Ich erkenne sie an den weißen Kitteln, und um ihre Hälse hängen Stethoskope.

Der Schmächtigste von ihnen, mit einer roten modischen Brille, bleibt vor mir stehen. »Wollen Sie zu Antonio Moreno?«

»Ja.«

Er schüttelt den Kopf. »Das geht jetzt nicht. Señor Moreno braucht absolute Ruhe. Ich habe ihm gerade ein schmerzstillendes Mittel gegeben. Er schläft nun.«

»Ich bin ein Freund und Kollege. Kann ich nicht …?«

Der Arzt dreht sich um, öffnet die Tür und bedeutet mir, näher zu kommen. Ich bleibe auf der Schwelle stehen.

Ist das wirklich Antonio? Beide Beine und ein Arm sind dick verbunden und in einem Gestänge eingespannt, auch um den Kopf trägt er eine dicke weiße Binde, die ein geschwollenes Gesicht freilässt. Eine Infusion träufelt in seinen unverletzten Arm, der müde auf der Bettdecke liegt. Ein Überwachungsgerät am Kopfende zeigt irgendwelche Körperfunktionen an.

»Dios mío!«

»Er hat großes Glück gehabt«, sagt der Arzt leise, dann zieht er die Tür wieder zu.

5

Unten im Wagen wird mir übel. Antonios Anblick ist mir auf den Magen geschlagen. *Großes Glück gehabt* … Verdammt, das Leben kann einen ganz schön beuteln. Und man weiß nie, wann es passiert.

Auf der Fahrt durch die Berge, die auch jetzt, wo es schon auf acht Uhr zugeht, noch in der Sonne glühen, lasse ich den Tag vorüberziehen. Etwas wirklich Neues habe ich nicht erfahren.

Im Ort sitzen sie wieder vor den Bars. Über der Straße hängt ein Plakat, das ein Rockmusik-Wochenende ankündigt. Beim Brunnen am Ortsende parken zwei Autos mit offenem Kofferraum. Beim Vorbeifahren sehe ich zwei Männer, die Wasserkanister auffüllen. Alles, wie es schon immer war. Nur dass früher das kleine Schild über dem Brunnen fehlte. ACHTUNG: KEIN TRINKWASSER. Nur weil kein Chlor drin ist, sagen die Leute und ignorieren das Schildchen.

An der Finca angekommen parke ich zwischen Teresas Miet-Fiat und Miguels Citroen Picasso. Der Mercedes von Alfonso fehlt und auch Esperanzas klappriger Peugeot.

Ich steige aus und klingele. Die Klingel ist neu. Früher musste man rufen oder gegen das Tor schlagen. Oder hupen.

Teresa öffnet.

»Guapo!« Küsschen links, Küsschen rechts. »Na, hast du endlich irgendjemanden verhaftet?«

»Ich kann doch nicht jeden Tagen irgendwen verhaften, Teresa, wo kämen wir denn da hin?«, antworte ich und streichele Golfo, der an mir hochspringt. Niemand hat ihn wieder angekettet. Padre liegt also noch im Bett.

»Allmählich glaube ich, das ist alles nur Theater«, flüstert mir Teresa auf dem Weg ins Haus ins Ohr. »Wer stirbt schon so lange an einem schwachen Herzen?«

»Du weißt doch, dass Padre ein harter Brocken ist. Wie geht es Mamá?«

Sie zuckt mit den Schultern. »Ich glaube, wenn es nach ihr ginge, könnte das noch eine Weile so weitergehen. Alle Kinder sind da, und der Alte hält endlich mal sein Maul.«

Ich muss lachen.

»Sie sind in der Küche«, sagt Teresa und geht voraus.

Als Erstes gebe ich Mamá einen Kuss. Sie rührt in einer großen Schüssel eine *Salmorejo* an. Mir schmeckt keine andere. Weder die von Mercadona noch die teurere von Alcampo. Mamá macht sie nur aus den besten und reifsten Tomaten von unserer Finca, mit Paprika und mit mildem Knoblauch.

»Pablito!« Küsschen.

Maria Dolores schneidet den luftgetrockneten Serrano-Schinken, während Juanita die harten Eier hackt. Das eingeweichte Weißbrot steht daneben.

Küsschen, Küsschen.

»Wo ist Alfonso?«, frage ich.

»Er ist zu Hause bei Rocío«, sagt Juanita, »und guckt Fußball.«

»Hätte er hier doch auch gucken können.« Miguel kommt herein und steuert auf den Kühlschrank zu. »Padre hat doch extra das Abo gekauft! Hola, da ist ja unser Comisario wieder!«

»Ja, ja, dafür hat er Geld gehabt«, sagt Juanita mit schmalen Lippen, »aber Alfonso muss alles umsonst machen.«

»Jeder hat so seine Schwächen, was?« Gut gelaunt macht Miguel sein Bierchen auf. »Guckst du mit, Pablo? Honduras gegen Frankreich? Ich wette eins zu zwei für die Franzmänner.«

»Ich sehe erst mal nach Padre«, sage ich. Fußball gucke ich am liebsten mit meinen Kollegen und ein paar *Copas* in einer Bar. Sonst macht es nur halb so viel Spaß.

»Er schläft«, sagt Maria Dolores, was so viel heißt wie: Sei gefälligst leise, sonst weckst du ihn auf.

Ich gehe durch den kurzen schmalen Gang zum Schlafzimmer. Die Tür ist nur angelehnt, also schiebe ich sie vorsichtig auf. Padre liegt genauso da wie gestern. Sein Kopf ist tief ins dicke Kissen gesunken, am Fuß der Decke hat sich Señorito ausgestreckt. Als der mich bemerkt, hebt er träge den Kopf und gähnt.

Padre schnarcht leise, was ich irgendwie beruhigend finde. Ich lehne die Tür wieder an, gehe zurück in die Küche und hole mir ein Fläschchen Cruzcampo.

»Gib mir auch eins«, sagt Teresa mit einem Seufzen.

»Was hat der Doktor gesagt?«, frage ich in die Runde.

Mamá hört kurz mit dem Pürieren auf. »Der Doktor hat gesagt, wir müssen abwarten. Er darf sich auf keinen Fall aufregen.«

»Deswegen schleichen wir schon den ganzen Tag auf Zehenspitzen rum und warten ab«, sagt Teresa und nimmt einen kräftigen Schluck.

»Ich muss jedenfalls morgen wieder arbeiten. Das Büro wartet«, sagt Miguel und steckt sich eine Olive in den Mund.

»Ich komme morgen wieder, Mamá«, sagt Maria Dolores. »Juani muss ja auch wieder nach Marbella, und auf Espe ist kein Verlass.«

»Espe hat heute Dienst«, sagt Mamá in entschuldigendem

Ton. »Sie bekommt doch so wenig Urlaub, den kann sie nicht gleich aufbrauchen.«

»Urlaub?« Maria Dolores verdreht die Augen. »Miguel und ich haben schon seit zwei Jahren keinen richtigen Urlaub mehr gehabt.«

»Und deshalb hat natürlich auch sonst niemand Anspruch auf Urlaub, stimmts, Maria Dolores?«, sagt Teresa mit herausforderndem Lächeln.

»Hört auf damit!«, geht Mamá dazwischen. »Ihr seid ja nicht aus der Welt, und Nuria ist auch noch da. Sie hat mit mir die ganze Nacht bis heute Mittag an seinem Bett gesessen und gebetet. Jetzt ruht sie sich aus.« Sie gibt einen ordentlichen Schuss Sherry-Essig in die Salmorejo, und jetzt sagt keiner mehr was.

Señorito streicht bald schnurrend zwischen unseren Beinen herum. Wahrscheinlich sucht er nach Resten von Schinken und Weißbrot.

»Und, mein Junge«, sagt Mamá in das Schweigen hinein, »was hast du heute erlebt?«

Ich setze mich an den Tisch mit der hellblauen Wachstuchdecke. Das Blumenmuster ist an manchen Stellen verblasst, so alt ist sie. Olivenöl, Salz und Brot stehen schon da.

»Ich hab den Gärtner getroffen. Er arbeitet auch beim Nachbarn«, fange ich an, dankbar, dass ich alles Revue passieren lassen kann. Manchmal begreife ich erst am Abend, wie viel ich tagsüber geleistet habe.

»Der aus Ecuador?«, erinnert sich Juanita sofort und stellt die Teller auf den Tisch.

»Ja. Er hat dasselbe gesagt wie die Haushälterin.«

»Diese Argentinierin?«, kommt es von Maria Dolores, und Juanita nickt. Der kurze Streit ist schon vergessen.

»Ja. Sie sagen, das Ehepaar hätte sich oft gestritten. Und

der Nachbar sagt, er musste sogar die Fensterläden deswegen zumachen.«

»Bist du sicher, dass es Deutsche und nicht Spanier sind?«, wirft Teresa ein.

Maria Dolores sieht mich über den Rand ihrer Lesebrille an, die sie beim Kochen und Schneiden aufsetzt. »Vielleicht lügen die alle.«

»Aber auch der Gärtner hat …«, sage ich.

»Ecuador und Argentinien«, unterbricht mich Juanita. »Hab ich es nicht gesagt! Die stecken bestimmt unter einer Decke!«

»Genau, und …«, fängt Maria Dolores mit Begeisterung an.

»Seid doch mal still!«, ruft Teresa dazwischen. »Lasst Pablo erzählen!«

»Genau!«, ruft Miguel. Er ist schon ein bisschen angeheitert vom – wievielten? – Bier und hat sein Fußballspiel ganz vergessen. »Pablo, ich erteile dir das Wort!«

Ich lehne mich zurück und trinke noch einen Schluck kühles Cruzcampo. La Jefa hat ein wahres Wort gesagt. Ist es nicht schön, so eine große Familie zu haben?

»Pablito, jetzt los!« Teresa beugt sich über mich und zaust meine Locken. »Erzähl! Bitte! Bitte! Bitte!«

»Nur wenn du mir noch ein Bier gibst.«

Miguel macht den Kühlschrank auf und wirft Teresa ein Fläschchen zu. Sie macht es für mich auf.

»Bitte, bitte«, sagt sie noch mal.

»Gracias!« Ich trinke einen Schluck, gönne mir noch eine Kunstpause und fange dann an: »Also, ich sehe den Gärtner doch glatt auch beim Nachbarn …«

»Ja, ja, diese Ecuadorianer sind richtige Schlitzohren!«, sagt Miguel, der auch langsam in Fahrt kommt.

»Und dieser Nachbar! *Dios mío!* Ich hab gedacht, da kommt mir der Konsul persönlich entgegen. Ihr müsst ihn euch vorstellen: groß mit grauen Haaren, und diesem Blick … er hat Augen wie ein Dobermann.«

Alle lachen. Ja, es ist wunderbar, so eine Familie zu haben.

»Er hatte einen blauen Samtmantel an, mit einem goldenen Wappen, und das Wappen war dasselbe wie das auf dem Tor …«

Mamá stellt die Schüssel Salmorejo auf den Tisch, und schon sitzen alle da, und ich erzähle von diesem Eckstein und der englischen Sprechstundenhilfe und vom nassen Bademantel und dass der Herzinfarkt nicht im Pool passiert sein kann …

Miguel lässt beinahe den Löffel in die Suppe fallen. »Das hört sich alles sehr verdächtig an, Pablo. Also, wenn ich so was in der Art höre …« Er schüttelt den Kopf.

»Was hat er denn unter dem Bademantel angehabt?«, fragt Juanita neugierig und nimmt sich Pfeffer.

»Juanita!«, sagt Mamá ermahnend.

»Gut, dass Alfonso das nicht gehört hat!« Miguel lacht. Teresa auch.

Alle sehen mich gespannt an.

»Und?«, fragt Mamá in die Stille hinein.

»Er hatte jedenfalls keine Badehose an«, sage ich.

Teresa grinst, Juanita hebt vielsagend die Brauen, und Maria Dolores verzieht tadelnd den Mund. Miguel lacht am lautesten.

»Er hatte Boxershorts unter dem Bademantel an«, sage ich triumphierend.

»Damit geht man doch nicht schwimmen«, meint Juanita und stellt den Pfeffer zurück auf den Tisch.

Ich sehe die Leiche wieder vor mir, da am Rand des Pools, im geöffneten Plastiksack. Im Bademantel, mit Boxershorts … Juanita hat recht …

»Außer er ist immer im Bademantel geschwommen«, wirft Maria Dolores ein.

»Und in Boxershorts?«, sagt Teresa spöttisch.

»Ts! Jeder hat so seine Eigenarten.« Maria Dolores nimmt sich noch eine dicke Scheibe Brot. Vor ihrem Teller mit der Salmorejo liegen schon ganz viele Brotkrümel. Sie hat die Angewohnheit, das Brot erst zu zerrupfen und es sich dann in kleinen Stücken in den Mund zu stecken.

»Also, Pablito, da stimmt was nicht«, sagt Mamá überzeugt.

»Und diesen … diesen Konsul-Nachbar musst du dir auch noch mal vornehmen«, sagt Juanita. »Ich habe da ein ganz komisches Gefühl.«

»Weibliche Intuition, so heißt das doch, oder?« Miguel lacht wieder, setzt die Flasche an und stellt fest, dass sie schon leer ist.

»Du hättest zur Polizei gehen sollen«, sage ich zu Juanita.

Shakira plärrt in unser gut gelauntes Gelächter.

Diesmal schaue ich aufs Display. Nicht dass ich mir wieder Beschimpfungen von Leticia anhören muss.

J.

»La Jefa«, sage ich und springe auf. »Bin gleich wieder da.«

Im Flur nehme ich ab.

»Benitez!«, schallt es mir entgegen. Ein neuer Fall? »Ich habe morgen um acht einen Termin im Fernsehstudio. Ich werde die Bürgermeisterin vertreten. Sie musste überraschenderweise nach Madrid … wegen, ach, das führt jetzt zu weit.«

»Aha …« Weiter komme ich nicht.

»Also Benitez, für den Fernsehauftritt brauche ich ein paar Beispiele von Fällen … Hintergrundwissen … Sie wissen ja, wie das beim Fernsehen so ist …«

Nein, will ich sagen, das weiß ich nicht, aber sie spricht einfach weiter. Ich glaube, sie würde gar nicht merken, wenn ich zwischendurch auflegte.

»… die Sendung wird national ausgestrahlt, Benitez, Sie verstehen mich, ja? Im ganzen Land, nicht nur hier in Andalusien. Ich weiß, Ihre derzeitigen Umstände sind für Sie nicht gerade einfach … aber Sie sind momentan mein bester Mann.«

Ich fühle mich fast geschmeichelt.

»Sie müssen mir bis morgen früh etwas zusammenstellen. Eine bunte Mischung aus Skurrilem, Herzergreifendem und harter Polizeiarbeit! Kann ich mich auf Sie verlassen?«

»Si, Señora Delgado. Natürlich. Mach ich.«

»Danke, Benitez. Ich brauche alles morgen um sieben, damit ich mich ein bisschen vorbereiten kann.«

Um sieben? *Mierda!* Wie soll ich das hinkriegen? *»No problema!«*

»Danke, Benitez. Ich wusste, ich kann mich auf Sie verlassen.«

Klack.

Alle Augen sind auf mich gerichtet als ich wieder in die Küche komme.

»Noch ein Toter?«, kichert Miguel.

Ich schüttele den Kopf. »Meine Chefin ist morgen im Fernsehen … Ich muss noch mal ins Büro.«

»Und da hat sie dich angerufen?«, fragt Mamá mit Stolz in der Stimme.

»Ja, ich bin ihr bester Mann.« Das kleine, ärgerliche Wörtchen *momentan* unterschlage ich.

Mamá sieht mich bewundernd an.

»Du Ärmster!«, spöttelt Teresa.

»Um die Uhrzeit noch ins Büro? Hast du dir eigentlich schon mal überlegt, was anderes zu machen?«, fragt Miguel und fängt wieder an zu essen.

Schon der zweite, der mir heute so was sagt.

»Was anderes machen?«, fahre ich ihn verärgert an. Als wäre der Polizeidienst einfach irgendwas, das man so mal macht und dann aufhört, wenn man keine Lust mehr hat! »Ich bin doch keine launische Frau!«

»Aber ein kleiner Macho!«, sagt Teresa provozierend.

Ich schneide eine Grimasse in ihre Richtung.

»Miguel meint, irgendwas mit geregelten Arbeitszeiten«, beschwichtigt Maria Dolores und steckt sich eine Brotkrume in den Mund.

»So was wie du bei der Versicherung?«, frage ich aufgebracht. »Tagaus, tagein im Büro sitzen?«

»Ich habe jedenfalls immer pünktlich Feierabend.« Miguel streicht sich seine dünnen Haare glatt und lächelt selbstgefällig.

»Und sonst?« Ich mache einen Schritt auf ihn zu.

Irritiert sieht er zu mir hoch. »Wie *und sonst*?«

»Du spürst es nicht, oder?«

Miguel versteht gar nichts. Mit einem unsicheren Grinsen sieht er zu Maria Dolores hinüber, aber die reagiert nicht.

»*Das* spürst du nicht mehr!« Ich schlage mir auf die linke Brust. »Schau her, da drin schlägt es, stark und kräftig, das Herz für die Gerechtigkeit, für die Unschuldigen und für die Opfer, die sich nicht mehr wehren können. Für die Kinder und Frauen und Mä-«

»Ganz besonders für die Frauen?«, bemerkt Teresa, woraufhin Maria Dolores ein tadelndes Grunzen von sich gibt,

Juanita so tut, als habe sie nichts gehört, und Miguel schadenfroh grinst.

»Pablito ist eben ein wichtiger Mann«, sagt Mamá und spricht damit eine unumstößliche Wahrheit aus.

Ich liebe sie.

»Genau! Ihr habt ja keine Ahnung! Meine Chefin ist morgen im Fernsehen, und ich muss ihr Material zusammenstellen, Hintergrundwissen und harte Fakten, damit sie was Ordentliches sagen kann. Und sie hat mich angerufen, weil ich ihr bester Mann bin. Ich! Pablo Benitez!«

Niemand wagt jetzt noch eine dumme Bemerkung.

»Wenn ihr mich braucht, ruft mich an!«

Im beeindruckten Schweigen, das meine Worte hinterlassen haben, gebe ich Mamá zwei Küsse, winke den anderen zu, und stapfe hoch erhobenen Hauptes hinaus.

6

Kaum habe ich den Ort hinter mir gelassen und bin auf die A-355 eingebogen, ruft Juan Carlos an.

»Und, wie geht's deinem Vater?«

Juan Carlos kann sich alles merken, auch wenn er oft den Eindruck macht, dass ihn nichts interessiert – außer seinem eigenen Vergnügen.

»Schlecht, aber er lebt noch. Ich fahre gerade nach Marbella. Ich muss für La Jefa was vorbereiten.«

»Seit die Alte geschieden ist, ist sie noch unerträglicher geworden! Ich bin gerade auf dem Sprung ins *Macarena*. Will noch ein bisschen nachfeiern. Komm mit! Das bringt dich auf andere Gedanken.« Ich stelle ihn mir vor, wie er beim Kämmen sein unwiderstehliches Grinsen im Badezimmerspiegel übt.

»Ich kann nicht, die Jefa braucht die Unterlagen schon morgen früh um sieben.«

»Was für Unterlagen?«

»Fälle, spektakuläre und …«

»Ach, komm schon, Pablo, da reden wir bei ein paar *Copas* drüber. Und du machst dir Notizen dazu.«

Eigentlich habe ich keine große Lust, mich wieder ins Büro zu setzen. Juan Carlos' Vorschlag klingt eindeutig motivierender.

»*Vale*«, sag ich. »Ich komme.« Beschwingt trete ich aufs Gas, auch wenn hier nur siebzig erlaubt sind.

Ich mache einen kurzen Stopp in meinem Apartment, dusche, zieh mir ein hellblaues Hemd und beige Chinos an. Ich rasiere mich und sehe mir im Spiegel noch einmal in die Augen. Es ist in Ordnung, sage ich mir, ich kann für Padre sowieso gerade nichts tun. Und wenn Teresa mir eine SMS schickt, bin ich sofort oben. Trotzdem rufe ich noch einmal an, bevor ich die Wohnungstür abschließe.

»Er schläft wieder«, sagt Teresa. »Er hat sogar ein paar Löffel Salmorejo gegessen.«

»Das ist doch ein gutes Zeichen.«

»Das fürchte ich auch.«

Als ich aus dem Auto steige, habe ich sofort den Geruch von Meer und Sommer in der Nase – und den stampfenden Sound im Ohr, der gedämpft aus dem großen Metalltor dringt. Das *Macarena* liegt auf der meerabgewandten Seite der Hauptstraße mitten in einem tropischen Garten mit blühendem Oleander und vielen exotischen Pflanzen, deren Namen ich mir nie merken kann.

Ich parke in einer Lücke zwischen einem silberfarbenen BMW und einem roten Ferrari-Cabrio.

Juan Carlos steht, eine Hand lässig in der Hosentasche, in der anderen die Zigarette, neben einer Fackel am Eingangstor. Mit seinem unbekümmerten Grinsen nickt er den hereinkommenden Leuten zu, als würde ihm das *Macarena* gehören. Das hat er sich abgeguckt, gab er mal zu, von Filmstars und Prominenten aus dem Fernsehen. Über einen roten Teppich, der bis zum Metalltor führt, gehe ich auf ihn zu.

»Was ist, tippst du auf Argentinien?«, begrüßt er mich. Er hat sich in Schale geworfen. Trägt ein Polo von *Boss*, seiner Lieblingsmarke, wie immer eine Nummer zu klein, sodass es über seinen Muskeln spannt – eine helle Jeans, die seinen strammen Hintern betont, und braune Slipper.

»Gegen Bosnien?«, frage ich nach und überlege kurz. »Fünf zu eins.«

Juan Carlos nickt. »Ich sag mal drei zu null.« Übergangslos sagt er: »Tut mir leid mit deinem Padre. Aber, *Hombre,* diese Alten sind zäher, als man denkt. Mein Großvater ist 'ne ganze Woche lang gestorben, und am Ende hat er dann noch zwei Jahre gelebt.« Er schnippt die Zigarettenkippe weg. »Aber Schluss jetzt mit den Alten und Kranken. Wir müssen uns beeilen. Nicht dass die heißen *Chicas* alle schon vergeben sind.«

Drinnen dröhnt die Musik. House. Über die Tanzfläche streifen bunte Scheinwerfer, die mich an Suchscheinwerfer denken lassen. Ich möchte lieber nicht wissen, wie viel Koks und anderes Zeug hier auf den Klos geschnieft wird. Aber das ist nicht meine Abteilung.

Juan Carlos wippt im Takt mit und lässt den Blick schweifen wie ein Jäger. Wir steuern die Bar an, trinken zuerst ein Wasser, dann steigen wir auf Mojitos um.

»Mit Veronica habe ich das alles verpasst!«, schreit er gegen die Musik an. Er tänzelt auf der Stelle, lässt die Hüften kreisen und schnippt mit den Fingern.

Angeblich wollte Veronica immer nur zu Hause bleiben – und ins Bett mit ihm.

Er deutet mit dem Glas in der Hand auf die Tanzfläche. »Da, die Blonde!«, schreit er mir ins Ohr, *»caliente, caliente …* genau das Richtige für eine heiße Sommernacht!«

»Dann mal los!« Ich bin nicht in Stimmung. Irgendwie lässt mein Padre mich nicht los, und ich sehe schnell auf mein Handy. Nein, keine Nachricht, stelle ich erleichtert fest. Als ich wieder aufsehe, ist Juan Carlos schon bei der Blonden. Mit wiegenden Hüften tanzt er sich an sie ran.

Links neben mich stellt sich ein Typ mit ebenholzfarbener Haut. Das blütenweiße Hemd ist so hell wie seine vielen Zähne, die er zeigt, als er zwei Drinks bestellt. Er überragt mich um fast einen Kopf, und seine Armbanduhr ist so groß, dass ich die Uhrzeit darauf lesen kann.

Den Geldschein reicht er lässig zwischen Zeige- und Mittelfinger geklemmt dem Barkeeper. Das Wechselgeld würdigt er keines Blickes, auch weil er sich schon nach links einer Frau zugewendet hat. Ich werfe einen kurzen Blick auf sie – und stutze.

Diese honigblonden Haare habe ich doch schon mal gesehen.

Cristina?

Sie sieht zu mir herüber, Zufall oder nicht. Jedenfalls begegnen sich unsere Blicke, und sie bringt dabei ein scheues Lächeln zustande. Sie ist wirklich eine Schönheit. Diese braunen Augen, der Mund mit den vollen Lippen, die schimmernde Haut, diese Kurven … Ihr hellgrünes Kleid bringt alles perfekt zu Geltung.

Dem dunkelhäutigen Hünen ist der kurze Blickkontakt wohl nicht entgangen, denn er dreht sich zu mir um und sieht arrogant auf mich herunter.

Ihr Lächeln verblasst, als der Typ sie von der Bar wegzieht und mit ihr im Meer der Tanzenden verschwindet.

Auf einmal habe ich keine Lust mehr, hier zu sein. Ich fühle mich einsam. Ich lasse meinen Mojito stehen und trete den Rückzug an.

Draußen atme ich erst einmal tief durch. Auf meinem Smartphone sehe ich, dass Frankreich gegen Honduras drei zu null gewonnen hat.

Plötzlich nehme ich eine Bewegung schräg hinter mir wahr. Ich drehe mich um und blicke in die Augen von – ich kanns kaum glauben – Cristina. Auf ihrem hellgrünen Kleid spiegelt sich das Licht der Sterne, es leuchtet beinahe unwirklich.

Unwillkürlich sehe ich mich nach ihrem Begleiter um. Er ist nicht da.

Mit einer fahrigen Bewegung streicht sie sich die Haare zurück, die ihr in sanften Wellen bis auf die Schultern fallen.

»Sie werden doch nichts der Señora sagen? Dass ich Sie angerufen habe.«

Sie schaut sich um und streicht nun nervös über ihr Kleid. Ihre Hände sind dauernd in Bewegung, bemerke ich.

»Nein. Erst mal nicht. Haben Sie vor etwas Angst?«

»Nein, nein«, sagt sie rasch. »Ich wollte nur sicher sein, dass Sie nichts sagen. Und jetzt muss ich rein. James ist … schrecklich eifersüchtig.«

Kann ich verstehen. »Sind Sie schon lange mit ihm zusammen?«

Sie wirft einen kurzen Blick über die Schulter. »Es ist alles ein bisschen komplizierter.«

»Liebe ist doch immer kompliziert.«

Ihr Mund verzieht sich zu einem gequälten Lächeln, aber schnell wird sie wieder ernst. »Ich muss zurück, sonst …«

»Sonst *was*?«

»Ich habe Ihnen doch gesagt, dass er sehr eifersüchtig ist.«

»Würde er mich zum Duell fordern? Oder gleich umbringen?«

Sie dreht sich rasch um.

»Moment!« Ich fasse sie am Arm. Ihre Haut ist kühl und glatt. Sie sieht mir in die Augen, und einen Augenblick lang vergesse ich, was ich gerade sagen wollte. Dann fällt es mir wieder ein.

»Hat Señor Wilke Sie in irgendeiner Form belästigt?«

Ihr Lachen kommt schnell und schrill – und verstummt genauso schnell wieder. »Nein. Der Señor hat sich immer korrekt verhalten. Ich muss jetzt wirklich gehen.«

Ich lasse sie los, und sie geht schnell zurück in den Club.

Etwas in mir will sie zurückhalten. Dieses Etwas ist sich sicher, dass sie lügt.

Langsam fahre ich durch die Nacht und denke über das Gespräch mit Cristina nach. Hat Wilke sie belästigt? War die Señora eifersüchtig? War ihr Freund eifersüchtig? Und was ist mit Hector? Was denke ich da überhaupt? Nur weil meine Schwestern so daherreden?

Zu Hause mache ich mir einen Kaffee mit meiner altmodischen Espressokanne. Die ist so ziemlich das einzig Unmoderne in meinem Zwei-Zimmer-Apartment in dem achtstöckigen Haus. Ich habe es vor anderthalb Jahren möbliert gemietet. Der Vermieter hatte damals wohl einfach einen Ikea-Katalog aufgeschlagen, auf »Funktionell und praktisch« gedeutet und alles genauso gekauft, wie es auf dem Foto war. Helle Holzstühle, weißer Tisch, graue Ledercouch. Küche mit glatten grauen Flächen und ein bisschen Chrom. Leticia hat eines Tages ein Leopardenfell – Imitat natürlich – mitgebracht und es mit aufforderndem Blick vor die Couch gelegt. Ich frage mich, warum sie das nicht wieder mitgenommen hat.

Ana – meine Putzfrau – hat wie immer perfekt aufgeräumt. Unordnung macht mich nervös, deshalb behielt ich das funktionelle Apartment. Da kann man nicht viel umstellen und unordentlich machen. Während der Kaffee brodelt, inspiziere ich den Kühlschrank. Ana hat eine große Familie zu versorgen und kocht für mich mit. Das haben wir so vereinbart, denn ich kann nicht kochen. Albóndigas sehe ich in einer Tupperware, eine Tortilla und ein großes Stück von ihrem wunderbaren Mandelkuchen in zwei weiteren. Ich schneide ein Stück Tortilla ab und wärme es in der Mikrowelle auf.

Als der Kaffee fertig ist, gieße ich ihn in die Tasse, rühre extra viel Zucker hinein und stelle mich auf den Balkon. Hier oben ist es nicht mehr ganz so heiß wie unten in den Straßen.

Ich versuche, über den Bericht für die Jefa nachzudenken, aber ich kann mich nicht konzentrieren. Entweder taucht Cristina in ihrem grünen Kleid vor meinem geistigen Auge auf oder Padre im Bett.

Dann doch lieber die Fernsehfälle für La Jefa.

Ich gehe hinein, setze mich mit Tortilla und Notebook auf die Couch und fange an.

SCHIESSEREI AUF DER STRANDPROMENADE.

ZWEI KOLLEGEN WURDEN ZU EINER PÖBELEI VOR EINER STRANDBAR GERUFEN, ALS PLÖTZLICH …

Skyfall ertönt. Ich schrecke hoch und greife zum Handy.

»Comisario? Sie müssen mir helfen!«, kommt es atemlos aus dem Telefon.

Cristina?

Schon springe ich auf. »Was ist los?«

»James … und ich haben uns fürchterlich gestritten, und ich bin weggelaufen. Bitte! Sie müssen mir …«

»Wo sind Sie jetzt?«

»An der internationalen Apotheke, die in der Nähe vom Palacio de Congresos.«

»Okay, ich bin gleich da.« Ich, Comisario Pablo Benitez, der Retter der Hilflosen und der Frauen … Ich sehe sie vor mir, Cristina, außer Atem, in ihrem grünen, zerrissenen Kleid … in der Dunkelheit der Nacht fliehend … allein …

In Windeseile habe ich meine Dienstwaffe eingesteckt und sitze im Auto.

Halb drei Uhr morgens. Die fast leeren Straßen sind in den rötlichen Schein der Laternen getaucht, der süße Duft der Blumen weht durchs offene Fenster herein und steigt mir in die Nase. Was für eine Nacht! Ich überhole einen Müllwagen und kurz danach einen blitzblanken Bentley.

Hinter dem Kupferturm biege ich links ab. Am Palacio de Congresos parken Lastwagen.

Schon sehe ich das grüne Kreuz der Apotheke leuchten.

Ich fahre langsamer und versuche, in den tiefen Schatten der Ladeneingänge eine Bewegung oder eine Gestalt zu erkennen. Ich parke in der schrägen Parkbucht gegenüber der Zeile mit einem teuren Möbelladen, einem weiteren Einrichtungsgeschäft und der Apotheke an der Ecke.

Meine Hand tastet nach der Waffe. Vorsichtig gehe ich auf die Büsche am Eingang der Apotheke zu, hinter denen sich die Dunkelheit ausbreitet.

Der Hieb trifft mich brutal auf den Hinterkopf. Ich kann nicht einmal mehr schreien, denn ich stürze sofort ins Nichts.

7

Ich schmecke Gras und Sand. Als ich die Augen öffne, bleibt es dunkel. Bin ich jetzt blind? Panisch taste ich über meine Augen. Aber dann nehme ich ein grünliches Schimmern wahr, das sich zu einem Kreuz verdichtet. Die Apotheke. Cristina. Der Anruf. Der Schlag. So schnell ich in meinem Zustand kann, drehe ich mich zur Seite und rapple mich auf. Nur nicht wieder hinfallen, befehle ich mir, und nehme taumelnd Kurs auf die Hauswand. Geschafft. Mein Hinterkopf ist ein einziger großer dumpfer Schmerz. Ich zucke zusammen, als ich die Stelle betaste. Eine Beule. Kein Blut.

Ich sehe mich um, aber da ist niemand. Niedergeschlagen – im wahrsten Sinne des Wortes – schleppe ich mich zu meinem Auto.

»Comisario!«

Diesmal bin ich auf alles gefasst. Und diesmal habe ich meine Waffe sofort gezogen.

Hinter der Kühlerhaube erhebt sich eine Gestalt. Abwehrend hebt sie die Hände. Cristina.

»Verdammt! Wo kommen Sie denn her?«

»Schnell, wir müssen hier weg!«

»Was ist denn passiert?«, frage ich.

»Gleich, erst müssen wir hier weg!« Gehetzt sieht sie sich um. Sie trägt immer noch das grüne Kleid.

Ich lasse die Schlösser aufspringen. Wenige Sekunden später fahren wir los.

Als der Schein der Laterne kurz hereinfällt, sehe ich, dass

ihre Haare zerzaust sind und ein Träger ihres Kleides abgerissen ist. Und dieser Streifen in ihrem Gesicht, ist das ein Schatten oder …

»Hat er Sie geschlagen?«, frage ich.

»Dieser gemeine Kerl! Ich könnte ihn umbringen!«

»War das James? Den kauf ich mir!«

»Ich bin nicht sicher … es ging alles so schnell. Ich bin weggerannt … er hat mir gedroht … und da war plötzlich ein Schatten und … und dann waren Sie da … aber dann habe ich diesen Schlag gehört und … und habe mich versteckt. Es tut mir so leid! So leid!«

Sie fängt an zu weinen.

So wie manche kein Blut sehen können, kann ich Frauen nicht weinen sehen. Und ich weiß leider auch nie, wie ich sie trösten soll.

Ich greife in die Zwischenablage am Schalthebel, wo ich Kaugummis und Taschentücher liegen habe. »Hier.«

Schluchzend schnäuzt sie sich.

»Es tut mir so leid! Ich hätte Sie nicht da mit reinziehen dürfen!«

Sie weint weiter. In ihren Augen ist diese Panik, wie ich sie schon oft bei Frauen gesehen habe, die vor ihrem brutalen Ehemann weggelaufen sind.

»Aber doch! Dazu bin ich doch da.«

»Ach …« Sie zieht die Nase hoch. »Wohin fahren wir jetzt?«

»Ins Büro. Wir nehmen alles zu Protokoll.« Mein Schädel brummt.

»Nein!« Sie greift nach meiner Hand am Schaltknüppel. Ihre ist ganz kalt und steif.

»Wie, nein?«

»Nein! Bitte nicht jetzt zur Polizei! Ich glaube, ich muss schlafen, nur ein paar Stunden. Ich hab schon so lange nicht mehr richtig geschlafen …« Sie ist völlig aufgelöst. Und immer wieder sieht sie ängstlich in den Rückspiegel.

»Haben Sie eine Freundin oder jemandem, dem Sie vertrauen?«, frage ich sie.

Sie schüttelt den Kopf und tupft sich mit dem Taschentuch über die Augen.

»Nein! Bitte! Bitte, Sie dürfen mich nicht allein lassen! Bitte nicht …«

Etwas jagt ihr eine panische Angst ein. Ich kann sie in diesem Zustand nicht allein lassen. Außerdem muss ich wissen, was überhaupt los war.

»Dann bringe ich Sie erst mal in meine Wohnung.«

Pablo, was tust du da? Sie muss zu Protokoll geben, was geschehen ist, jetzt sofort. So lauten die Regeln. Egal ob sie müde ist oder hungrig ist oder Durst hat oder lieber fernsehen will …

»Und dort erzählen Sie mir dann in aller Ruhe, was passiert ist. Einverstanden?«

Ihr dankbarer Blick wärmt mir das Herz. Ein guter Comisario weiß, wann er mal eine Regel verletzen darf.

Die Apartmenttür ist nicht abgeschlossen, Licht fällt uns entgegen. Will Leticia jetzt die Bettwäsche holen? Oder ihr verdammtes Tigerfell?

Dann sehe ich Teresas Umrisse auf der Couch, schlaglichtartig erhellt von den schnell wechselnden Bildern im Fernsehen.

»Oh …«, bringt Cristina heraus.

»Oh …«, sagt Teresa überrascht.

»Ja …«, sage ich. »Das ist Teresa, meine Schwester, und das ist Cristina …«

»Ich will nicht stören«, sagt Cristina.

»Du störst nicht«, sagt Teresa schneller, als ich es kann. Schon ist sie aufgestanden. »Ich kann sowieso nicht schlafen und …« Sie stutzt. »Hast du eine Schlägerei gehabt?«

Ich blicke an mir herunter. An meinen Hosenbeinen ist Erde und mein Hemd ist auch schmutzig. Vorsichtig betaste ich meinen Hinterkopf. Nein, immer noch kein Blut.

»Könnte ich kurz ins Badezimmer?«, fragt Cristina.

»Ich zeige es dir«, sagt Teresa und wirft mir noch einen fragenden Blick zu, bevor sie mit Cristina im Flur verschwindet. »Da sind Handtücher«, höre ich sie gleich darauf sagen.

Erschöpft und zugleich aufgewühlt lasse ich mich auf die Couch fallen. »Jemand hat mich niedergeschlagen«, sage ich etwas lauter.

»Wer ist jemand?« Teresa kommt mit einem Eisbeutel aus der Küche zurück.

Ich lege ihn mir auf den Kopf. »Du bist ein Engel.«

»Laut Tía Nuria ein gefallener Engel.« Teresa schraubt die Flasche Carlos-I-Brandy auf, die ich mit ein paar anderen Spirituosen auf dem Regal mit den DVDs stehen habe. »Also, wer hat dich niedergeschlagen? Und wolltest du nicht einen Bericht für deine Jefa schreiben?« Ihre lebhaften Augen blitzen. »Ist das deine Sekretärin?«

Ich stöhne. »Es ist nicht so, wie du denkst.«

»Ja, das sagen die Männer immer.«

Teresa kommt mit drei Gläsern Carlos I zum Sofa und setzt sich im Schneidersitz neben mich.

»Und wie ist es dann?«

»Das ist die Haushälterin.«

»Wie, *Tango argentino?*« Teresa pfeift durch die Zähne.

»Genau die.«

Sie fährt sich mit beiden Händen durch ihre Löwenmähne und schüttelt sie. »Also, ehrlich, machst du das immer so?«

»Was?«

»Zeuginnen in deine Wohnung einladen?« Sie streicht mir über die Haare.

»Vorsicht!« Ich zucke zurück.

Sie deutet auf meinen Kopf. »War das ihr *Novio*, ihr Freund?«

Ich nehme einen kräftigen Schluck, und während im Badezimmer das Wasser rauscht, erzähle ich ihr, was passiert ist.

»Du hättest ihren Freund sehen sollen, da im *Macarena*. Ein aufgeplustertes selbstherrliches Arschloch!«

»Klingt, als wärst du eifersüchtig«, sagt sie mit einem spöttischen Unterton.

»Schenk mir lieber noch was ein!« Ich halte ihr mein fast leeres Glas entgegen. »Warum bist *du* eigentlich hier?«

Sie verdreht die Augen. »Ich hab's da oben nicht mehr ausgehalten. Padre hat wieder angefangen, Befehle zu erteilen. Und ich habe gewusst, wenn ich noch eine Sekunde länger bleibe, drehe ich entweder durch oder ich ersticke!« Ich weiß, was sie meint.

»Dann geht es ihm also besser?«

»Schon … aber der Arzt sagt, es kann auch das letzte Aufbäumen sein … Du weißt, so wie … wie eine Azalee … ich hatte mal eine, die verlor dauernd ihre Blüten und dann auch ihre Blätter. Und plötzlich« – sie wirft die Arme in die Luft – »bekommt sie tausend Blüten! Ich denke, endlich, sie lebt! Und sie blüht – und dann stirbt sie von einem Tag auf den anderen.«

»Und du meinst, mit Padre ist es genau …«, fange ich an, als sich die Badezimmertür öffnet.

Cristina steht im Türrahmen. Sie hat sich das Gesicht gewaschen, ihre Lippen nachgezogen und sich gekämmt. Nur der Riss im Träger und ihr verstörter Blick verraten, dass was passiert ist.

»Komm, setz dich zu uns.« Teresa klopft auf die Lehne des Sessels neben der Couch und drückt ihr ein Glas in die Hand.

Jetzt sitzen wir alle zusammen da wie alte Freunde.

»Na, dein Freund scheint ja ganz schön eifersüchtig zu sein«, fängt Teresa an.

Cristina seufzt. »Ja …«

»Schlägt er dich auch?«

Cristina beißt sich auf die Lippen und nickt.

»Warum zeigst du ihn nicht an?«

Anstatt zu antworten nimmt Cristina einen kräftigen Schluck Brandy.

Teresa wirkt überhaupt nicht so müde, wie ein normaler Mensch um vier Uhr morgens wirken müsste. Vielleicht ist sie froh, mal über was anderes zu reden als über den Gesundheitszustand von unserem Padre. Auch wenn es so etwas Unerfreuliches ist wie häusliche Gewalt.

»Wenn wir Frauen nichts dagegen unternehmen, wird sich nie was ändern! Wie viele Frauen sterben immer noch durch männliche Gewalt hier in Spanien? Es ist einfach unfassbar! Aber leider sind es ja immer die Frauen, die ein schlechtes Gewissen haben und sich schuldig fühlen, wenn sie ihr eigenes Leben führen wollen und nicht immer nur für andere da sind und für sie sorgen!« Teresa schwenkt wild ihr Glas, in dem nur noch eine kleine Pfütze Brandy ist. »Und das im einundzwanzigsten Jahrhundert. Mitten in Europa! Unglaublich!«

Sie redet sich langsam in Fahrt. »Aber ich verstehe natürlich, in deiner Heimat, in Südamerika, ist der Machismo ja noch viel gegenwärtiger als hier! Himmel, und das alles wegen diesem lächerlichen Minderwertigkeitsgefühl der Männer und ihrer symbiotischen Beziehung zu ihrer Mutter!«

Unbehaglich rutscht Cristina im Sessel herum und wirft mir einen hilfesuchenden Blick zu.

»Teresa, lass doch …«, sage ich sogleich, obwohl ich weiß, dass ich damit meine rebellische Zwillingsschwester in ihrer Mission nicht bremsen kann.

»Wahlrecht, Scheidungsrecht, Abtreibung«, redet sie weiter, »Frauen in der Politik, am Steuer, Bezahlung … Cristina! Wach auf! Wir müssen etwas unternehmen!«

Plötzlich fängt Cristina an zu weinen.

Teresa sieht mich betroffen an.

»Gut gemacht, Teresa«, sage ich verärgert.

»Cristina … es tut mir leid …«, sagt sie mitfühlend, »ich wollte dir nicht …«

Doch Cristinas lautes Schluchzen bringt sie zum Verstummen. »Es ist …« Und dann bricht es aus Cristina heraus. Unter Tränen erzählt sie, dass sie ihre Eltern früh verloren hat und bei einer Tante aufgewachsen ist. Die hat ihr eine Banklehre ermöglicht, doch wegen der schlechten Wirtschaftslage fand sie danach keine Stelle und jobbte in einem Restaurant. Auf dem Heimweg wurde sie eines Tages überfallen, vergewaltigt und schwer verletzt.

Teresa beißt sich auf die Lippen.

»Da habe ich beschlossen auszuwandern.« Cristina schnäuzt sich die Nase. Sie und ihr damaliger Freund gingen nach Spanien. Doch dort war die Arbeitssituation auch nicht besser, ihre Beziehung zerbrach, und sie schlug sich allein weiter durch. Auf einer Veranstaltung des Lions Clubs, wo sie für ein Catering-Unternehmen arbeitete, lernte sie die Wilkes kennen, und es ergab sich, dass sie ihr den Job als Haushälterin anboten.

Ich weiß nicht, was ich sagen soll, so bestürzt bin ich über ihre Geschichte. Ich weiß nicht, warum, aber ich sehe Blut auf flauschigen Teppichböden, blutdurchtränke Bettlaken und Blutschmierer an weißen Wänden – so sah das Haus in Los Altos de Marbella aus, letztes Jahr. Drei Leichen lagen dort und erst zwei Tage später verständigte die Putzfrau die Polizei. Alles deutete auf eine dieser bulgarischen Banden hin, für die ein Menschenleben nichts wert ist. Die kamen, raubten, mordeten und verschwanden wieder. Nicht einmal einen von denen haben wir gefasst.

Auf einmal sehe ich Cristina mit anderen Augen. *Dios mío!* Ich würde sie am liebsten umarmen und trösten, aber stattdessen hole ich uns lieber die Reserve-Flasche Carlos I aus dem Vorratsschrank in der Küche und eine Flasche Wasser, damit der Kater morgen nicht ganz so schlimm wird.

»Welche Macht bestimmt bloß, was uns im Leben zustößt?« Teresa hat die Arme theatralisch in die Höhe gestreckt, als ich zurückkomme.

»Gott«, meint Cristina trocken und nimmt einen Schluck Brandy.

»Gott? Was für ein Gott?«, braust Teresa auf.

Oh, das ist Teresas Lieblingsthema, gleich nach dem der Frauenbefreiung. Als sie von zu Hause auszog, trat sie aus der Kirche aus. (O-Ton: Das ist doch die reinste Abzocke! Und früher haben sie damit auch noch das Holz für die Scheiterhaufen gekauft!)

»Religion ist Opium des Volkes!«, verkündet sie nun.

»Ich bin katholisch!«

»Du Arme!«

»Nein, finde ich nicht!«, entgegnet Cristina. »Was macht das Leben denn für einen Sinn – ohne einen Gott?«

Während die Frauen darüber streiten, nehme ich noch einen Schluck und steige aus der Diskussion aus – oder vielmehr fallen mir die Augen zu.

Montag

1

Als ich sie wieder aufschlage, graut der Morgen, und ich liege verdreht auf der Couch. Das Pochen in meinem Kopf und der saure Geschmack in meinem Mund bringen mir schlagartig die Erinnerung zurück.

Mühsam komme ich auf die Beine und schlurfe in die Küche. Teresa hat nachts noch die Gläser in die Spüle gestellt. 6:18 Uhr zeigt die Uhr der Mikrowelle.

Vorsichtig mache ich die Schlafzimmertür auf. Teresa liegt zusammengerollt auf der rechten Seite und Cristina zusammengerollt auf der linken.

Mein Handy klingelt.

Ich haste in die Küche, denn da habe ich es liegen lassen. J. *Dios mío!* Der Bericht für La Jefa! *Mierda! Mierda! Mierda!* Den habe ich vollkommen vergessen! Ich … ihr *bester Mann!* Verdammt, was, wenn sie nun vor den Fernsehkameras stammelt und zum Gespött der ganzen Nation wird … und mit ihr die ganze Polizei … und überhaupt ist dann Marbella vollkommen am Arsch – publicitymäßig … Was sag ich nur? Was tu ich nur?

Auf der Arbeitsfläche plärrt das Handy und sein Display blinkt fordernd.

Ich werde einfach alles erzählen, schließlich bin ich brutal und hinterhältig zusammengeschlagen worden, wer kann da noch Berichte schreiben? Ja … eigentlich kann sie froh sein, dass ich – ihr bester Mann – noch am Leben bin …

Nach einem tiefen Atemzug nehme ich ab.

»Ja?«

»Benitez, ich hoffe, Sie haben sich nicht überarbeitet.«

Oh je, weiß sie etwa schon alles?

»Es tut mir …«, fange ich an.

»Aber nein«, fällt sie mir ins Wort, »mir tut es leid.«

Dios mío! So einfach kann sie mich doch nicht entlassen! So einfach geht das nicht! Ich bin schließlich Beamter … und seit, Himmel seit wie vielen Jahren im Dienst und … überhaupt, auf meine Erfahrung kann sie doch nicht einfach so verzichten, außerdem stirbt gerade mein Vater …

»Aber …«, setze ich zu einem Protest an, da fällt sie mir wieder ins Wort.

»Das Interview wurde verschoben. Die Bürgermeisterin wollte unbedingt selbst auftreten, na, Sie wissen ja, wie sie ist! Immer im Mittelpunkt stehen! Aber was will ich da machen? Sie haben jedenfalls etwas gut bei mir. Erinnern Sie mich daran bei Gelegenheit, Benitez.«

Ich komme noch nicht mal dazu, ein erleichtertes Ja auszustoßen, da hat sie schon aufgelegt.

»Es gibt doch einen gnädigen Gott!«, rufe ich aus.

»Was höre ich da?« Teresa steht in der Tür, reibt sich die Augen und gähnt.

»Ach …« Ich winke ab.

»Ich brauche unbedingt ein Aspirin.« Sie reibt sich die Schläfen. »Zwei oder besser noch drei.« Sie stutzt. »Warum bist du so guter Laune, bist du befördert worden?«

»So was Ähnliches … Das Aspirin ist im Bad, dritte Schublade. Was ist mit Cristina?«

Teresa zuckt die Achseln. »Schläft wie ein Murmeltier.«

Während ich dem Kaffee in der Maschine beim Brodeln zuhöre, versuche ich mir einen Schlachtplan zu überlegen.

Regel Nummer eins für einen Comisario: Habe immer einen Schlachtplan. Regel Nummer zwei: Wenn Plan A nicht funktioniert, dann greife zurück auf Plan B.

Teresa wirft mir die Aspirinschachtel auf die Arbeitsfläche. »Da sind keine mehr drin.« Sie zeigt auf die zischende Kaffeemaschine. »Vielleicht hilft das auch. Mit Zitrone. Hast du eigentlich schon mal dran gedacht, dass Cristina dir was vorspielt?«

»Was soll das jetzt, Teresa?«

Sie gießt sich Kaffee in eine kleine Tasse und quetscht eine aufgeschnittene halbe Zitrone darüber aus.

»Hat sie dir was anvertraut?«, frage ich.

»Nein, nur weibliche Intuition.«

Bevor ich noch etwas erwidern kann, ist sie rausgegangen. Ich höre, wie sie die Balkontür aufmacht und gleich darauf der Verkehrslärm von unten heraufdringt.

Nachdenklich werfe ich einen Blick durch den Türspalt ins Schlafzimmer. Cristina schläft selig in meinem Bett. Selbstverständlich irgendwie, und ich gebe mich kurz der Vorstellung hin, es gäbe keinen James, und sie wäre keine Zeugin und ich kein Comisario …

In zwei Sekunden bin ich bei Teresa auf dem Balkon.

»Ich fürchte, du hast deine weibliche Intuition mit Carlos I verloren.«

Diesmal bin ich weg, bevor sie was erwidern kann. Nehme eine Dusche, rasiere mich, ziehe mich an – ich habe meine Kleider im Wandschrank im Flur und muss nicht ins Schlafzimmer – und drücke Teresa einen Kuss auf die Wange.

»Ich muss los, Teresa, kümmerst du dich um sie? Ich will sie jetzt nicht wecken und ins Büro zerren …«

»Du bist so rücksichtsvoll, Pablito! Das hast du definitiv nicht von unserem Padre.«

Im Aufzug wird mir übel. Ich hätte die Treppe nehmen sollen, nach so viel Brandy und mit dieser Beule, die immer noch wehtut. Als die Türen sich öffnen, stürze ich an die frische Luft. Der süßliche Duft von Jasmin und Parfüm hängt in der Luft und fordert mir die nächste Selbstbeherrschung ab, bis ich endlich in meinem Auto durch die Straßen gleite. An manchen Tagen haben sich tausend Kleinigkeiten gegen einen Einzelnen verschworen. Heute scheine ich dran zu sein. Ein Müllauto stoppt meine Fahrt. Ich kann weder abbiegen noch kann ich in der schmalen Straße wenden, außerdem sind schon Autos hinter mir. Der süßlich faulige Müllgeruch dringt selbst durch die geschlossenen Scheiben herein. Ich werde ersticken. Darauf läuft es hinaus.

Shakira auf dem Beifahrersitz singt: *»Can't remember to forget you …«*

La Jefa, schon wieder. Jetzt muss sie bestimmt doch ins Fernsehen und braucht in zehn Sekunden den Bericht.

»Ja?«, schreie ich nach Atem ringend ins Handy.

»Was ich ganz vergessen habe, Benitez: Wann können wir diesen Wilke-Fall endlich abschließen? Der Staatsanwalt drängt auf eine Antwort. Und außerdem ist morgen Abend ein wichtiges Lions-Club-Treffen. Da würde ich gern unbelastet hingehen, verstehen Sie?«

»Ja, ja, ich werde sehen, was ich tun kann.«

»Was spricht gegen einen natürlichen Tod, Benitez? Könnte es vielleicht sein, dass Sie in diesen Fall zu viel hineininterpretieren?«

»Ich mache nur meine Arbeit, Señora Delgado!«, fahre ich sie empört an. So was hat sie noch nie gesagt. Der Müllwagen setzt sich endlich wieder in Bewegung.

»Das ist lobenswert, Benitez. Ich frage mich nur, warum es so ein Problem ist, einen Herzinfarkt zu attestieren. Es gibt doch keine anderen Hinweise, und soweit ich weiß – nein, es steht sogar in Ihrem Bericht –, war Señor Wilke herzkrank und in Behandlung bei Doktor Jimenez. Das ist doch korrekt, oder?«

»Ja, ja, das ist korrekt. Aber er hatte Wasser in der Lunge und war bekleidet – mit Bademantel und Boxershorts …« Der Müllwagen hält wieder. Ich werde noch wahnsinnig.

»Und? Ist das ein Problem? Er wollte den Bademantel vielleicht gerade ausziehen.«

»Aber sehen Sie das denn nicht?« Meine Stimme klingt bedenklich gereizt. »Warum sollte er mit Boxershorts schwimmen gehen?«

»Was weiß ich! Himmel, Benitez, diese Frage ist doch völlig unerheblich. Wir sind doch nicht für Modefragen zuständig!«

Ich sehe sie vor mir, wie sie ihren Kopf verständnislos schüttelt, die Goldkette auf ihrem sorgsam und vorsichtig gebräunten Dekolleté ruht und hinter ihrem Fenster das Meer blau blitzt. Während vor mir ein Müllcontainer in den stinkenden Schlund des Müllwagens gekippt wird. Abgenagte Hühnchenknochen, Windeln und sonstiges Unappetitliches fällt aus aufgerissenen Tüten dabei heraus und verbreitet seinen speziellen Geruch.

»Ich gebe Ihnen noch einen Tag, Benitez. Dann hoffe ich, dass da Herzinfarkt in der Spalte steht.« Ihre Stimme wird kurz vom Gerassel und Geschepper des Müllwagens übertönt. »Sonst muss ich bei der Lions-Club-Veranstaltung wohl absagen. Was würde ich da für ein Bild abgeben, wenn ich nur vage Auskünfte geben kann?« Ihr Blick senkt sich jetzt auf die Unterlagen vor ihr, das höre ich an ihrer Stimme. Gleich darauf hat sie aufgelegt.

Der Müllwagen fährt ein Stück vor, und links tut sich die

rettende Seitenstraße auf. Schon bin ich abgebogen und lasse die Fenster runter. Lions-Club-Veranstaltung! La Jefa hat vielleicht Sorgen!

Ich rufe Berrocal an. Soll der sich mal was einfallen lassen.

»Herman, wie sieht's aus? La Jefa will zum Lions-Club-Treffen und deshalb einen Herzinfarkt.«

»Das ist ja schön, dass sie das will. Ich will keinen.« Sein dröhnendes Lachen malträtiert meinen Kopf. »Ich wollte dich übrigens auch schon anrufen. Ich habe noch was entdeckt.«

Ich höre ihn gähnen. Hat er auch eine Zeugin gerettet anstatt zu schlafen? Wohl kaum. Seine Zeugen liegen ja reglos auf dem Tisch und laufen nicht mehr weg.

»Und?«

»Ich muss mal aus dem Kühlhaus raus. Wollen wir uns auf einen *Cafelito* treffen, unten am Meer, in dem kleinen italienischen Café unterhalb vom *Hapimag Hotel*? In ein paar Minütchen?«

Das heißt, ich muss wieder umdrehen und zurück in die Straße mit dem Müllauto.

Aber das Schicksal hat ein Einsehen mit mir. Der Müllwagen ist weg.

Ich halte im Parkverbot hinter dem Hotel. Von den weißen Balkons hängen bunte Badehandtücher wie Flaggen. Die Sonne sticht mir durch die Augen mitten ins Hirn. Schnell setze ich meine Ray-Ban auf und gehe los. Touristen mit zusammengerollten Bastmatten und bunten Sonnenschirmen aus den Chinaläden ziehen in Richtung Strand, überholt werden sie von Joggern in schrillen Trikots mit den neuesten iPods am Arm. Auf der Promenade ist um diese Uhrzeit im Sommer schon einiges los. Unten am Strand, wo die Bagger den Sand glatt gestrichen haben, sodass er unberührt aussieht wie auf einer einsamen Insel, werden die Liegestühle wieder in Reih und Glied gestellt. In den morschen, mit Sand gefüllten Fischerbooten wird neues Holz zum Grillen aufgeschichtet, und draußen auf dem Meer kreuzen die ersten Motorjachten mit Sonnenanbetern. Und da sind die Hunde, die an jeder Palme auf der marmorbelegten Promenade das Bein heben. So eine zuverlässige Gleichförmigkeit erschafft nur das Wetter, jeden Tag Sonne und blauer Himmel.

Berrocal sitzt schon am Tisch des Cafés und winkt mir zu. Seine Glatze glänzt in der Sonne wie ein polierter Avocadokern. Der Kaffee ist hier von Illy und teuer, und an den wenigen Tischen sitzen nur Touristen. Berrocals Tochter ist in Pisa verheiratet, und seitdem er sie dort hin und wieder besucht, weiß er den italienischen Kaffee zu schätzen. Das hat er mir mal erzählt.

Man könnte ihn für einen Pensionär halten, wie er so zufrieden und entspannt die Sonne und die freie Sicht aufs Meer genießt. Die Bedienung bringt ihm einen Cappuccino und ein Tellerchen mit einem winzigen, klebrigen Croissant.

»Jetzt hast du mich ertappt! Süßigkeiten sind meine Schwäche.« Er klopft sich auf den Bauch, über dem sein blau kariertes, etwas altmodisches Hemd spannt.

»Das wird nicht deine einzige sein, Herman.« Ich schiebe mir einen Stuhl in den Schatten. Kopfschmerzen und Sonne sind eine tödliche Mischung.

»Hast du das Spiel gestern gesehen?« Schlürfend trinkt er seinen Cappuccino.

»Verpasst.«

Berrocal setzt die Tasse ab und mustert mich. »Du siehst irgendwie mitgenommen aus, Pablo. Dein Vater?«

»Der hält uns alle in Atem.« Von meinem nächtlichen Ausflug sage ich nichts.

»Ja, ja … Eltern und Kinder …« Berrocal nickt wissend »Mein Vater hat noch seine Oliven geerntet, wollte meiner Mutter den Eimer geben, fällt an der Türschwelle um und ist tot. Tja, *es la Vida*.«

Ich stimme ihm mit einem Nicken zu, das ich sofort bereue. Es fühlt sich an, als würden in meinem Kopf Steine herumgewälzt.

Ich bestelle bei der freundlichen Bedienung ein Thunfisch-Tomaten-Sandwich, Wasser und einen doppelten Espresso. Bloß nichts Süßes!

Berrocal schaut versunken aufs Meer. Sieht aus, als wäre er in Gedanken bei seinem Vater. Gespräche über den Tod brauche ich jetzt gar nicht.

»Also, was hast du für mich, Herman?«

Sie sind hier schnell, die Bedienung bringt mir schon Wasser und Espresso.

»Würdest du eine Schlaftablette nehmen und dann schwimmen gehen?« Mit einem Bissen hat er das halbe Croissant verschlungen.

»Moment, Moment.« Zu spät merke ich, dass ich Zucker in meinen Kaffee gerührt habe, fatal bei Kater.

»Señor Wilke hat ein Schlafmittel genommen«, erklärt Berrocal.

»… und ist dann zum Pool gegangen und … gestolpert und hineingefallen? Oder …« In meinen Hirn beginnt sich ein anderer Gedanke an die Oberfläche zu kämpfen. »… jemand hat ihn hineingestoßen?«

»Nun, möglich wäre alles.« Berrocal spült den Rest Croissant mit dem neuen Kaffee herunter, den ihm die flinke Bedienung mit meinem Thunfisch-Tomaten-Sandwich gebracht hat, und sagt mit Schaum auf den Lippen: »Oder es war alles ganz anders.«

Es kann immer alles ganz anders gewesen sein. Aber irgendwo muss man anfangen, eine Theorie zu verfolgen. Regel Nummer drei.

»Hm«, mache ich mit vollem Mund, »könnten das Schlafmittel und der Rotwein am Herzinfarkt schuld gewesen sein?«

»Nein.«

Könnte es sein, dass Sie zu viel hineininterpretieren, Benitez? Die Bemerkung von *La Jefa* schmerzt noch immer.

»Und Anzeichen von Gewaltanwendung hast du auch nicht gefunden? Dann kannst du ja plötzlicher Herzinfarkt schreiben! *La Jefa* wird überglücklich sein! Dann kann sie morgen zu ihrem Lions-Club-Treffen. Worauf wartest du noch, Herman?«

»Ich habe irgendwie kein gutes Gefühl.« Nachdenklich lässt Berrocal den Blick über den Tisch hinweg über die Promenade schweifen.

Seit wann haben Gerichtsmediziner ein Gefühl? Es sind die Comisarios, die ein Gefühl haben, einen Instinkt … aber irgendwie ist mir wohl mein Instinkt mit Carlos I verloren gegangen. Ich stecke mir den letzten Bissen Thunfisch-Sandwich in den Mund und mir geht es ein kleines bisschen besser.

»Na, wen haben wir denn da?« Berrocal schaut auf eine Frau, die die Promenade herunterkommt, in unsere Richtung.

Señora Wilke trägt eine große Sonnenbrille und ein schlichtes, elegantes Kleid. Sie scheint es eilig zu haben.

»Wo hat sie denn ihren Tarzan?«, murmele ich.

Berrocal sieht mich fragend an.

»Ihren Hund«, sage ich, »einen Rhodesian Ridgeback.«

»Einen Gebäck… was?«

Bevor ich zu einer umständlichen Erklärung über Hunderassen anheben muss, hat etwas anderes Berrocals Aufmerksamkeit erregt.

»Ist das nicht Doktor Jimenez?« Er meint den Mann, der mit schnellen Schritten hinter Señora Wilke hergeht. Ich erinnere mich an das Foto auf dem Schreibtisch in seiner Praxis.

Berrocal reckt den Hals. »Was passiert denn hier?«

»Er will ihr vielleicht sein Beileid ausdrücken«, sage ich. »Señor Wilke war doch sein Patient.«

Doktor Jimenez, in weißer Hose und einem dunkelblauen Poloshirt, überholt eine Familie mit Handtüchern und erreicht Señora Wilke. Er sagt etwas zu ihr, was wir nicht hören, die Szene ist leider zwanzig Meter von uns entfernt.

Die Señora bleibt abrupt stehen.

»Sieht aus, als würden sie sich gleich streiten«, bemerkt Berrocal amüsiert und nippt an seinem Cappuccino, ohne die beiden aus den Augen zu lassen. »So sieht meine Frau auch aus, wenn sie wütend ist.«

Ich frage mich, was die beiden miteinander zu besprechen haben, und fasse einen spontanen Entschluss. »Herman, ich muss dich kurz allein lassen.«

In wenigen Schritten bin ich bei ihnen.

Hinter den dunklen Brillengläsern kann ich Señora Wilkes Augen nicht erkennen, aber ihre leicht geöffneten Lippen verraten, dass sie gerade ziemlich überrumpelt ist.

»Guten Tag, Señora, guten Tag, Señor«, fange ich im Plauderton an.

Doktor Jimenez mustert mich von oben bis unten.

Bevor ich meinen Ausweis gezogen habe, stellt mich Señora Wilke vor: »Comisario Benitez, er untersucht den Tod von meinem Mann.« Und an mich gewandt: »Und das ist Doktor Jimenez.«

Doktor Jimenez nickt höflich. Er sieht ein wenig älter aus als auf dem Foto, aber der südamerikanische Polospieler ist ihm geblieben.

»Schön, dass ich Sie hier treffe, Doktor«, fange ich an, »ich war gestern in Ihrer Praxis …«

»Sonntags behandele ich in der Regel nur Notfälle«, sagt er nicht unfreundlich und mit dem Selbstvertrauen eines Mannes, der seinen Gegner taxiert hat und als deutlich unterlegen einstuft.

»Ja, das hat mir Ihre hilfsbereite Sprechstundenhilfe auch erklärt. Ich hoffe, Ihr guter Freund konnte die Klimaanlage reparieren. Ich wollte Sie nach dem Gesundheitszustand von Señor Wilke befragen. Aber das kann ich ja nun gleich hier tun: Also, gab es denn irgendwelche Anzeichen eines drohenden Herzinfarkts – als Señor Wilke vor drei Wochen bei Ihnen in der Praxis war?«

Doktor Jimenez wirft einen kurzen Blick auf die Señora und lässt sich schließlich zu einer Erklärung herab. »Nun, er klagte über Brustbeschwerden und Übelkeit. Was man als Alarmsignale deuten kann. Blutanalyse und EKG waren unauffällig. Ich wollte ihn zur Beobachtung ins Krankenhaus einweisen, aber er hat sich geweigert.«

»Ja, er hielt nichts von spanischen Krankenhäusern«, schaltet sich Señora Wilke ein. »Er hatte vor, sich in Deutschland untersuchen zu lassen.« Sie seufzt. »Aber dann ging es ihm besser und er hat es wieder aufgeschoben.«

Doktor Jimenez wirft einen mitfühlenden Blick auf Señora Wilke, die gleich noch einmal seufzt. »Er konnte sehr dickköpfig sein.«

Doktor Jimenez räuspert sich. »Ich muss mich entschuldigen, ich habe einen Hausbesuch. Es hat mich gefreut, Sie kennenzulernen, Comisario.«

Er will mir die Hand geben, da sagt Señora Wilke: »Ist die … Leiche von ihm jetzt freigegeben? Ich möchte mich endlich um die Beerdigung kümmern.« Ihr Zeigefinger zittert, als sie den Steg der Sonnenbrille höher auf die Nase schiebt.

Der Kardiologe nickt zustimmend.

»Wissen Sie, wir fragen uns, warum er bekleidet schwimmen gegangen ist. Außerdem hat man ein Schlafmittel in seinem Blut nachweisen können.«

Señora Wilke rückt die Sonnenbrille immer noch zurecht.

»Was wollen Sie damit andeuten?« Ihr Ton hat zu kaum verhohlenem Ärger gewechselt.

»Vielleicht war er nicht ganz bei sich, als er ins Wasser gefallen und ertrunken ist.« Hin und wieder muss ein guter Comisario provozieren, um die Leute aus der Reserve zu locken.

»Wie soll ich das jetzt verstehen, Comisario?«, fragt Señora Wilke nun gereizt.

Doktor Jimenez ist etwas näher zu Señora Wilke getreten und tätschelt ihr beruhigend den Arm.

»Ich wollte Ihnen nur Bescheid geben, dass die Untersuchung noch andauert. Hat mich ebenfalls gefreut, Sie kennenzulernen, Doktor Jimenez.« Ich nicke leicht in Richtung Señora Wilke. »Sie hören von uns, Señora.«

Damit lasse ich sie stehen und kehre an den Tisch zurück, wo mich Berrocal neugierig erwartet. »Hättest du nicht etwas lauter sprechen können, Pablo?«

Ich setze mich wieder und trinke einen Schluck von meinem kalt gewordenen Kaffee. »Irgendwas gefällt mir an der ganzen Sache nicht.«

Berrocal wiegt den Kopf hin und her. Er hat ein zweites Croissant vor sich. »Hast du übrigens schon mit der reizenden Haushälterin gesprochen?«

»Nein«, sage ich barsch, sodass mich Berrocal überrascht ansieht. »Nein«, wiederhole ich ein wenig sanfter und stehe auf. »Ich muss los.« Ob Cristina immer noch schläft?

»Ein seltsamer Fall«, sagt Berrocal. »Alles scheint so offensichtlich und ist es doch nicht.«

2

An meiner Windschutzscheibe klemmt doch tatsächlich ein Strafzettel. Den kriegt gleich Raimundo, damit ihm die Arbeit bis zum Ruhestand nicht ausgeht.

Ich lasse den Motor an, just als mein Telefon klingelt.

»Pablito!« Teresas aufgeregte Stimme schallt mir entgegen.

»Ist was mit Padre?«

»Nein, ihm geht's gut. Er hat gerade zwei Stück Tortilla gegessen, hat mir Mamá am Telefon gesagt. Aber dein Schützling ist verschwunden.«

»Cristina? *Joder!* Du solltest dich doch um sie …«

»Herrje, Pablito! Dann hättest du mir deine Handschellen dalassen sollen. Sie hat einen Kaffee getrunken, ich bin kurz ins Bad, und als ich zurückkam, war sie weg!«

»Ich kümmere mich darum. Fährst du nachher noch hoch zu Padre?«

»Ja! Aber mir graut vor diesem Azaleen-Schicksal.«

Ich brauche einen Moment, bis mir ihre Geschichte von gestern Abend wieder einfällt. »Teresa, Padre ist keine Azalee – eher ein Olivenbaum, und die überstehen Dürren und werden uralt.«

Auf dem Weg ins Büro versuche ich, Cristina anzurufen, aber sie nimmt nicht ab. Ihre Mobilbox verkündet nur, dass sie nicht erreichbar ist und man es später versuchen soll. *Mierda!* Und meine Kopfschmerzen sind auch nicht besser geworden.

Raimundo lässt gerade seinen Kalender in der Schublade verschwinden, als ich hereinkomme. Vor ihm steht eine große Tasse dickflüssige Schokolade, daneben liegt eine Tüte mit Fettflecken. Alles in allem rund fünftausend Kalorien, schätzte ich.

»Churros?« Ich tue so, als wollte ich ihm die Tüte nehmen. Er reagiert blitzschnell und schnappt sie mir weg. So schnell ist er sonst nie.

»Hol dir selbst welche!«, fährt er mich ärgerlich an.

»He, war doch nur ein Spaß, Raimundo.«

»*Qué gracioso*, du Witzbold!«, murrt er, ohne die Tüte loszulassen.

Ich lege ihm den Strafzettel auf den Schreibtisch. »Arbeit für dich, *Flojo!*«

»Kümmer dich selbst drum, *Cabrón!*«

Ich schneide ihm eine Grimasse, woraufhin er mir den Stinkefinger zeigt.

Eva kommt mir mit einem Becher aus der Küche entgegen. Ihre drallen Kurven werden heute von einem Kleid mit außergewöhnlichem Muster und einer Nietenapplikation am Ausschnitt betont.

»Gefällt's dir?«, haucht Eva und hebt fragend die Augenbrauen.

»Sehr. Von … Desigual?«, hauche ich zurück.

»Ja, Modell Sanzibar«, raunt sie.

»Wunderbar …«

Ihr Lächeln wird wieder geschäftsmäßig. »La Jefa macht mich ganz verrückt wegen diesem Lions-Club-Treffen. Der deutsche Konsul soll angeblich auch kommen, sie will irgendwas mit ihm besprechen. Inoffiziell natürlich.«

Pedro sieht von seinem Schreibtisch auf. Er hat den letzten Satz mitbekommen. »Soll sie mich doch hinschicken«, sagt er zu uns mit seinem anzüglichen Grinsen. »Ich mach's gern inoffiziell.«

Eva verdreht die Augen, und ich spare mir einen Kommentar.

»Berrocal hat Schlafmittel im Blut gefunden«, wende ich mich wieder an Eva. »Das wirft ein neues Licht auf die Sache. Ohne zu viel hineininterpretieren zu wollen. Sag ihr das bitte.«

»Soll ich ihr das wirklich genau so sagen?«

»Bitte, ja. Wortwörtlich.«

»Du bist ein mutiger Mann, Pablo!« Mit gekonntem Schwung wirft sie die Haare zurück und stöckelt davon.

Gleich darauf wird die Tür aufgerissen und La Jefa höchstpersönlich steht im Türrahmen. »Benitez! In mein Büro!«

Sie hat tatsächlich einen Hund, einen deutschen Schäferhund, der heißt ungelogen Rex. Und einen spanischen Comisario. Der heißt Benitez.

Pedro grinst mich hämisch an. So ist er. Schadenfroh. Illoyal. Und ein untreuer Ehemann. Wie weit ist es nur mit der spanischen Polizei gekommen?

La Jefas giftiger Blick geleitet mich in ihr Büro bis zum Besucherstuhl. Sie bleibt vor mir stehen. Hoheitsvoll, im königsblauen Dolce-&-Gabbana-Kostüm.

»Wieso brauchen Sie so lange, Benitez?«, fragt sie in schneidendem Ton. »Ich bin mit meiner Geduld langsam aber sicher am Ende. Es geht um nichts weniger als um unser Image. Glaubt doch die ganze Welt, wir sitzen den ganzen Tag am Paseo Marítimo in der Sonne und trinken Kaffee. *Sie* müssen sich ja nicht ständig der Öffentlichkeit aussetzen. Aber *ich* bin die Repräsentantin dieser Polizei! Und damit auch des Staates. Wir verstehen uns, ja?«

»Ja … Sie wollen …«

»Ich will uns reinwaschen, Benitez!«

»Moment, nur damit ich Sie richtig verstehe: Sie wollen den Fall abschließen, egal ob er aufgeklärt ist oder nicht? Ist das Reinwaschen?« Irgendwann bin ich mit meiner Geduld auch am Ende.

Sie sieht mich an, als überlegte sie, in welcher Reihenfolge sie meine Knochen am besten zerlegen soll. »Sie haben doch gar keine stichhaltigen Beweise. Alles basiert auf Vermutungen! Wahrscheinlich will sich Berrocal kurz vor seiner Pensionierung noch mal profilieren! Wie auch immer, ich nehme nicht an, dass Sie das Image der spanischen Polizei noch weiter beschädigen wollen. Dass Sie … letztlich mit schuld sein wollen, dass uns *La Merkel* aus der EU wirft!«

Ich bin sprachlos. La Jefa fährt gerade alle Geschütze auf.

»Und jetzt bringen Sie diesen Fall schnellstens zu Ende. Damit wäre uns wirklich allen geholfen.«

Draußen trete ich wütend Pedros Papierkorb um.

»Die Hölle kann vielerlei Gestalt annehmen, Pablo«, witzelt er.

Es muss schlecht um mich stehen, denn Raimundo bietet mir tatsächlich aus seiner fettigen Tüte ein Stück Churros an.

Ich lehne dankend ab. »Sag mal, Raimundo, was machst du eigentlich die ganze Zeit außer essen?«

Die dichten Augenbrauen ziehen sich in dem runden Gesicht zusammen. Und er sieht in dem Moment richtig gefährlich aus.

»Was ist das wohl, *Tonto?*« Er schlägt mit der flachen Hand auf einen hohen Stapel von Papieren.

»Alles liegen geblieben?«, frage ich hämisch.

»Alles passiert!« Er zerrt ein paar Seiten von oben herunter. »Hier: Schlägerei am Samstag, zwei Latinos wegen einer Frau. Avenida Trapiche! Autoklau, Puerto Deportivo, ein

Mercedes! Autoklau auf der Avenida Soriano, gefasst zwei Rumänen, Einbruch auf dem Duque Ahumado, bei Señor Ubrique, Lärmbelästigung und Schlägerei in La Campanilla, bei von Eckstein …«

Ich reiße ihm das Protokoll aus der Hand.

LÄRMBELÄSTIGUNG UND KÖRPERVERLETZUNG BEI EINER PARTY, steht da. In der Nacht von Freitag auf Samstag. In der Nacht, als Señor Wilke starb.

»He, Pablo, ich habe noch mehr davon. Nimm dir doch den ganzen, verdammten Stoß!«, ruft Raimundo mir nach.

Aber da bin ich schon so gut wie weg. Es war an diesem Abend ganz schön viel los – in der Nachbarschaft der Wilkes.

Draußen bricht mir sofort der Schweiß aus, rinnt mir überall herunter und ich spüre, wie sich unter den Achseln mein Hemd vollsaugt. Meine Kopfschmerzen erinnern mich daran, dass ich vergessen habe, eine Tablette zu nehmen. Schnell zum Auto, Türen zu und Klimaanlage aufdrehen lautet jetzt mein Nahziel, doch da klingelt mein Handy und ich bleibe im Schatten unter einer der beiden Palmen auf dem Grünstreifen stehen.

»Ich bin's, Cristina.«

»Wo bist du? Ist alles in Ordnung?«

»Ja …«, kommt es zögernd. »Er hat mich angerufen …«

»James? Cristina, du gibst mir jetzt sofort seinen Nachnamen und seine Adresse, dann schicke ich einen von unseren Leuten!«

»Nein!«

»Wieso, nein?«

»Du darfst niemanden schicken, Pablo. Ich wollte sagen, es … war wohl ein Missverständnis.«

»Was?«, schreie ich ins Telefon.

»Er hat sich bei mir entschuldigt. Und ich …« Ihr unsicheres Lachen klingt blechern und unecht aus diesem verfluchten Telefon.

»Ich habe in Panik reagiert. Weil …« Sie stockt. »Na ja, weil …« Ein Schluchzen kommt aus ihrer Kehle, das mir das Herz zerreißt. »Weil … seit damals … seit dem Überfall … ergreift mich sofort die Panik, wenn jemand laut und heftig wird.«

Meine Wut auf diesen Kerl wächst.

»Cristina. Du musst keine Angst haben. Du musst ihn nur anzeigen. Teresa hat recht. Wenn er es war, der mich angegriffen hat, dann kriegt er gewaltigen Ärger!«

»Danke, dass du mir geholfen hast. Aber ich glaube, jetzt ist alles okay.«

»Okay?« Was ist mit ihr los?

»Ja, Pablo … danke. Du warst mein Retter.«

Das klingt zwar genau so, wie ich es mir gewünscht habe, aber trotzdem sinnlos. Warum hängt sie sich wieder an diesen Kerl?

»Nein, Cristina, ich nehme ihn mir vor!«

»Ach, Pablo, es ist nicht … so einfach …«

»Doch! Manche Dinge sind einfach. Viel einfacher als man denkt!«

»Wenn du mir helfen willst, dann vergiss das alles.«

Bevor ich noch etwas erwidern kann, hat sie schon aufgelegt.

»*Mierda!*« Was soll das denn heißen? Ich bin Comisario! Auch wenn sie mal in meinem Bett geschlafen hat.

Ich rufe noch mal an. Aber sie nimmt nicht ab.

Es dürfte nicht so schwer sein, diesen James ausfindig zu machen. Der sieht ja nicht gerade unauffällig aus. Ich rufe Juan Carlos an, der hat heute frei.

»He Pablo, du hast dich im *Macarena* ja einfach verdünnisiert. Muss ja 'ne scharfe Nummer gewesen sein!«, fängt er gleich an.

»Es war gar keine Nummer. Ich brauche mal deine Hilfe.« Und dann erkläre ich ihm, was passiert ist und was ich von ihm will.

»Klar ist mir der Typ aufgefallen. Ich frage im *Macarena* nach. Wozu hat man Freunde? Was tippst du? Deutschland gegen Portugal?

»Zwei zu drei für Portugal.«

»Wirklich? Ich sag vier zu zwei für die Deutschen. War übrigens ein Flop, die blonde *Chica*.«

»Wieso?«

»'Ne Lesbe.«

Heute ist nicht mein Tag.

Um kurz nach zwei sind alle Straßen verstopft. Jeder will so schnell wie möglich nach Hause, was essen und dann Siesta halten, bis es um fünf oder sechs weitergeht. Die Touristen, die heute Morgen an den Strand geschlappt sind, schlappen jetzt zurück ins Hotel oder ins Restaurant. Die Geschäfte lassen ihre Rollos runter, nur die Chinesen nicht. Die haben immer auf. Außer Nachts. Verkaufen tonnenweise Plastikkram, giftiges Schminkzeug, Thermometer, die nicht funktionieren, Planen, die nach zwei Tagen reißen, Werkzeug, das beim ersten Gebrauch auseinanderbricht, Klebeband, das nicht klebt, Kugelschreiber, die nicht schreiben. Und trotzdem ist an jeder Ecke einer, denn trotzdem kaufen die Leute immer wieder dort ein.

Endlich bin ich am Kreisel, von dem ich rechts hoch auf die Carretera komme, und dann die zweite Abfahrt nach La Campanilla nehmen muss. Wieder stehe ich im Stau. Die

Sonne brennt auf die Autobleche, dass die Luft darüber flimmert. Von rechts drängt sich ein Audi Cabrio rein. Ich hab nichts gegen Frauen am Steuer, wirklich nicht. Sie sind nur rücksichtsloser, egoistischer, erbarmungsloser und ignoranter – und fahren schlechter. Die Rothaarige in ihrem weißen Cabrio hebt noch nicht mal die Hand zum Dank, dass ich sie reingelassen habe.

Shakira singt. Heute geht sie mir auf die Nerven. Ich muss unbedingt mal den Klingelton ändern.

Teresa schon wieder. Jetzt ist es soweit …

»Pablo, es wäre besser, du kämst hoch. Es geht ihm wieder schlechter!« Ich hab's gewusst.

»Aber er hat doch zwei Stück Tortilla …«, erinnere ich mich. Und Mamás Tortillas sind gehaltvoll, mit mindestens acht Eiern.

»Ich habe dir doch das mit der Azalee gesagt!«, kommt es ungeduldig aus dem Telefon.

»Ja, ja … aber ich bin gerade auf dem Weg zu …«

»Du musst jetzt hochkommen!«, unterbricht sie mich.

»Ist Maria Dolores denn nicht da? Und was ist mit Espe und mit Juani?«

»Juani und Espe müssen arbeiten, und Maria Dolores ist beim Zahnarzt.«

»Ausgerechnet jetzt?«

»*Mierda*, Pablo! Sie hat plötzlich wahnsinnige Zahnschmerzen gekriegt.«

Ich verspreche ihr, gleich loszufahren. Eckstein, Wilke und Cristina erledige ich dann eben auf dem Rückweg.

Kreisel haben auch ihren Vorteil. Ich gebe Gas, rase einfach noch mal rum und nehme dann die andere Ausfahrt. Auf dem Parkplatz des Shopping Centers *La Cañnada* reiht sich Blech an Blech – wie die Badetücher am Strand.

Schließlich bin ich endlich auf der Straße Richtung Ojén und Coín. Ich überhole einen altersschwachen Lastwagen und einen nagelneuen Mietwagen, und dann ist die Strecke frei. Mit hundertzwanzig anstatt der erlaubten siebzig nehme ich die gewundene Bergstraße. Berrocals Schwäche ist Süßes, meine ist schnelles Kurvenfahren. Aber diesmal macht es mir nicht so richtig Spaß.

3

»*Buenas tardes*, Pablo!« Doktor Ramirez sitzt mit einem Kaffee in der Küche und sieht mich über den Goldrand seiner Brille an.

Beim Reinkommen gebe ich Mamá einen Kuss. Sie sieht ganz elend aus und streichelt mir nur kurz über die Wange. Dann wischt sie sich die Hände an der Kittelschürze ab und gießt Doktor Ramirez Kaffee nach.

Dieser Mann hat mich und Teresa hier im Haus auf die Welt geholt – und ist seit Menschengedenken der Hausarzt unserer Familie. Schon immer hat er was Distinguiertes gehabt. Auch jetzt im Alter ist er immer noch größer als die meisten älteren Männer hier, er ist schlank, fast mager, und sein volles, schlohweißes Haar liegt in sanften Wellen um seinen Kopf. Früher war es pechschwarz. Mamá hat erzählt, seine Vorfahren seien irgendwann mal aus der Sahara gekommen. Im Fernsehen habe ich mal einen Dirigenten gesehen, der hatte auch dieses weiße Haar und denselben, verklärten, leicht abwesenden Blick, mit dem er die Welt betrachtet. Doktor Ramirez' Blick kann aber von einem Moment auf den anderen herzlich warm werden, wenn er sich mit jemandem unterhält, den er mag.

»*Buenas tardes,* Doktor Ramirez, wie schlimm ist es?«

»Aus medizinischer Sicht, nun ja. Aber du kennst ja deinen Vater, Pablo … der ist zäh. Das ist ja nicht das erste Mal.« Er spricht leise, noch ein Merkmal, das ihn von den Leuten – und unserer Familie – unterscheidet. Hier sprechen alle laut, schreien geradezu. Selbst im Fernsehen sind die Stimmen viel lauter als die bei englischen und deutschen Sendern.

»Und was macht die Arbeit, Pablo?«, fragt Doktor Ramirez.

»Willst du auch einen Kaffee, Pablito?«, fragt meine Mutter.

»Nein, danke, Mamá.« Und zu Doktor Ramirez sage ich: »Na ja … ist immer was los. Diesmal war es vielleicht ein Herzinfarkt. Der Mann ist ausgerutscht und in seinem Pool ertrunken.«

»Und warum nur vielleicht?« Interessiert sieht mich Doktor Ramirez mit der Tasse in der Hand an.

Ich will jetzt nicht wieder das mit den Boxershorts und dem Bademantel erzählen. Je länger ich nämlich darüber nachdenke, umso unerheblicher erscheint mir das Detail. Vielleicht ist er einfach immer mit Boxershorts schwimmen gegangen. Während ich aus der Küchenschublade die Packung Aspirin nehme, sage ich also: »Weil der Gerichtsmediziner ein Schlafmittel im Blut des Toten entdeckt hat. Er hat außerdem viel Rotwein getrunken. Warum trinkt jemand, der Herzprobleme hat, erst Rotwein und nimmt dann noch ein Schlafmittel, Doktor Ramirez?« Ich schlucke gleich zwei Tabletten und spüle sie mit einem Glas Wasser runter.

»Tja, manche gehen mit ihrer Gesundheit sehr leichtfertig um.« Er stellt die Tasse zurück und tupft sich mit einem Taschentuch die Mundwinkel ab.

»Genauso wie mit der Wahrheit«, pflichte ich ihm bei.

Er lacht leise. Die Sonne, die durch das kleine Küchenfenster hereinfällt, lässt sein weißes Haar silbern aufleuchten. Ein Weiser, denke ich in dem Augenblick ehrfürchtig. Meine Mutter stellt ihm ein Tellerchen mit Keksen hin. Er nickt ihr dankend zu, und sie lächelt. Schwach. Aber sie lächelt. Und das hat sie schon lange nicht mehr getan.

»Tja« – Doktor Ramirez legt die Fingerspitzen aneinander – »die Menschen lügen, betrügen, und manchmal töten sie auch. Daran hat sich seit Adam und Eva, Kain und Abel leider nichts geändert.«

Ich nicke und denke wieder an Cristina. Ihr grünes Kleid war zerrissen. Und jetzt ist sie zu ihm zurückgekehrt … Doktor Ramirez nippt an seinem Kaffee und beißt dann ein Stück vom *Galetta* ab. Es sind die ganz einfachen Kekse von Mercadona. Die kauft Mamá, seit es sie gibt. Manchmal macht sie auch einen Nachtisch damit, mit Pudding und Sahne. An den Geschmack werde ich mich noch auf dem Sterbebett erinnern.

»Und, Pablo, wann heiratest du?« Doktor Ramirez hat den zweiten Keks in der Hand.

»Pablito wartet noch auf die Richtige.« Mamá hebt unschuldig die Brauen, als ich ihr einen vorwurfsvollen Blick zuwerfe.

»So wie Yolanda«, sagt Doktor Ramirez.

Ich erinnere mich gut an das große Mädchen mit dem krausen schwarzen Haar und den Mandelaugen. Ich war sieben und unsterblich verliebt in sie. »Wie geht es ihr?«

Versonnen betrachtet er den Keks in seiner Hand. »Ich war so glücklich, als sie auch Medizin studieren wollte. Sie hätte meine Praxis übernehmen können. Aber was macht sie? Studiert Medizin in Madrid, macht dann Karriere in Boston, heiratet nicht und kriegt keine Kinder. Und jetzt frage ich mich fast jeden Tag, ob ich es nicht lieber hätte, sie wäre hier, arbeitslos und hätte drei Kinder.«

Tja, wir wünschen uns den anderen immer anders, denke ich. Die Eltern wünschen sich ihre Kinder anders, die Kinder ihre Eltern. Die Frauen ihre Männer und die Männer ihre Frauen.

Die Schlafzimmertür steht einen Spalt offen. Das Erste, was ich sehe, ist Nurias graues Haarnest. Jenseits davon erhebt sich die dunkle Bettstatt des Patriarchen.

Teresa atmet erleichtert auf, als ich hereinkomme. Sie sitzt unter dem Fenster gleich neben dem Nachttisch, auf dem ein neuer Blumenstrauß steht. Es riecht noch ein bisschen nach Weihrauch, obgleich keiner mehr verbrennt.

»Wenn du das jetzt noch deinen Kindern überschreibst, sparen die einen ganzen Batzen Steuern«, höre ich Nurias krächzende Stimme. Sie nickt mir kurz zu, und ich gebe ihr zwei Küsse. »Dir würde wirklich kein Zacken aus der Krone brechen, Pablo«, redet Nuria weiter, während ich mich neben Teresa setze. »Oder willst du diesen elenden *Bandoleros* vom Finanzamt dein ganzes Hab und Gut schenken? Dein Leben lang hast du hart dafür gearbeitet!«

Padre liegt da, auf dem hohen Kissen, die Augen geschlossen, den Mund halb geöffnet. Nur wenn man genau auf die Bettdecke achtet, erkennt man, dass sie sich schwach hebt und senkt.

»Endlich bist du da«, Teresa legt mir die Hand auf den Arm. In ihren Augen erkenne ich einen unnatürlichen Glanz. Entweder ist sie kurz vorm Weinen, oder sie hat einen Joint geraucht. »Ich kann das einfach nicht ertragen.«

Ich drücke ihre Hand. »Sein Leben war ja gar nicht so schlecht. Er hat Mamá gefunden, er hat Kinder, Enkelkinder, ein Haus, Land … Er hat mehr, als wir haben werden, Teresa.«

»Die Erbschaftssteuer stürzt deine Kinder in den Ruin«, redet Nuria weiter auf den reglosen Padre ein.

Teresa schnieft und tupft sich mit einem zerknüllten Papiertaschentuch die Nase ab. »Ja, du hast ja recht, trotzdem, sein Karma … wer weiß, als was er wiedergeboren wird.«

»Das glaubst *du*. *Er* glaubt an die christliche Auferstehung. Und wer weiß, vielleicht hast du ja ausnahmsweise mal unrecht.«

Sie schluchzt auf.

»Wir müssen alle mal gehen«, bemerkt Nuria trocken mit ihrem Rosenkranz in den Fingern. »Da ist nicht dran zu rütteln. Die einen früher, die anderen später, Teresa. Jeder stirbt dann, wann Gott es will.«

Teresa schnäuzt sich. »Kommst du mit nach draußen?«

Die Helligkeit macht mich für ein paar Sekunden blind, bis ich die Sonnenbrille aufgesetzt habe. Golfo kommt von irgendwoher, freut sich, Gesellschaft zu haben. Ich streichele ihn, und er setzt sich zu uns.

Mit zitternden Händen zündet sich Teresa eine Zigarette an. Hier in der grellen Sonne wirkt sie ein bisschen kränklich. Ich möchte mich jetzt auch nicht im Spiegel ansehen. Es war definitiv zu viel Carlos I für uns.

Wir gehen in den Schatten des Mispelbaums neben dem Küchenfenster. Golfo folgt uns auf Schritt und Tritt. Mamá macht aus den Früchten Marmelade, jetzt im Sommer sind ihm nur die großen, rauen Blätter geblieben.

»Wolltest du nicht heute zurückfliegen?«, fällt mir ein.

»Die Scheiß-Typen vom Finanzamt! *Pajeros!*« Schnaubend stößt sie den Rauch aus. »Bitte, Pablito, ich frage dich, mit welchem Recht kassieren die die Hälfte meiner Einnahmen plus einundzwanzig Prozent? Kannst du mir das verraten? Die Mehrwertsteuer ist absolut überflüssig!«

Ich denke an all die bunten Hippie-Klamotten, Gürtel und Ohrringe, die in ihrem Laden hängen. Wer weiß, woher sie die hat. Aus Marokko vielleicht. Sicher nicht offiziell auf Rechnung gekauft.

»Und deshalb fliegst du nicht zurück?« Golfo steht neben mir wie mein persönlicher Wachhund. Ich kraule ihn.

»Ich flieg ja, in drei Tagen. Aber … ich habe da so was wie eine … Scheiß-Steuerprüfung …«

Langsam ahne ich, worum es geht. »Du hast keine Mehrwertsteuer abgeführt?«

»*Mierda*, ja! Zivilen Ungehorsam nennt man das! Ich frag mich wirklich, warum wir uns alle das bieten lassen? Diese Typen in ihren Gremien und Sitzungssälen erfinden so was und erhöhen sich dann einfach noch die Gehälter.«

»Der neue König will seins doch kürzen.«

Sie lacht spitz auf. »Der König! Mit welchem Recht ist dieser *Tonto* denn König? Weil Franco seinen Vater dazu gemacht hat? Komm schon, Pablito, die da oben machen mit uns doch, was sie wollen. Und wir nehmen es einfach so hin, wie wir es schon immer gemacht haben. Wir ziehen zu unseren Eltern und Großeltern zurück, weil wir weder einen Job noch Geld haben. Nein, Pablito. Dieser Staat muss weg!« Sie stößt den Rauch aus, als könnte sie ihn bis nach Madrid blasen und dort alle Politiker vergiften.

»Kannst du denn nicht ein bisschen …«

»Ein bisschen was?«

»Na ja, dich ein bisschen anpassen … an die Regeln.«

»*Dios mío,* Pablo!« Ihr Schnauben macht jede weitere Erklärung überflüssig. »Und, was macht der Cristina-Fall?«, wechselt sie einfach das Thema.

»Nichts«, antworte ich missmutig. Da ist er wieder, der Stachel im Fleisch – und der Kopfschmerz.

»Es gibt also gar keinen Cristina-Fall?«

»Nein, gibt es nicht.«

»Ich muss zugeben, sie sieht wirklich gut aus. Sexy. *Tango argentino!*« Ruckartig wirft sie den Kopf in den Nacken und schnalzt ein paar typische Tangotakte. »Und hat auch noch dieses tragische Erlebnis gehabt … *Olé!*«

Ich sehe sie von der Seite an. Und Golfo bellt.

Sie reißt die Augen auf. Die Unschuld in Person. »Sie war wirklich zu süß in ihrem grünen Kleidchen …«

»Teresa, manchmal bist du echt geschmacklos.«

Mit einem Grinsen knufft sie mich in die Seite. »Komm schon, Pablito, es gibt noch mehr schöne Frauen auf dieser Welt.«

Ich seufze.

»Und was machst du jetzt mit deinem Laden? Du willst dich doch nicht hier vor der Steuer verstecken?«

Ihr Blick schweift über das Land mit den Orangen- und Mandelbäumen, weiter hinunter ins Tal, wo der Bach fließt, und dann wieder hinauf bis zu den Bergen, hinter denen die Küste liegt. Das Meer. Und Marbella.

»Ich muss mein Leben ändern.«

So was habe ich sie schon öfter sagen hören. Meistens nachdem sie einen Typen verlassen hat. Oder der sie.

»Willst du die Finca übernehmen? Schnell, geh, rein und sag es Padre! Dann stirbt er bestimmt nicht!«

Teresa stemmt die Arme in die Hüften und presst die Lippen zusammen. Jetzt sieht sie fast so aus wie Maria Dolores.

Ich grinse sie an. »Oder was hast du gemeint mit *Leben ändern?*«

In der linken Hand hält sie das Feuerzeug im Anschlag, in der anderen eine neue Zigarette. »Ich weiß nicht. Irgendwo hingehen, nach Indien, in einen Aschram. Oder was aufziehen in einer Kommune, die kein Geld braucht. Weil es Dinge gibt, die man tauschen kann. Dinge und Fähigkeiten.« Sie lässt das Feuerzeug aufschnappen.

»Hm, gilt das auch für Menschen? Jeder mit jedem?« Ich sehe zu, wie sie den Rauch tief einsaugt und das Zigarettenpapier knisternd verbrennt.

»Du machst schon dieselben Witze wie die Alten hier«, kommt es durch die Qualmwolke vor ihrem Gesicht. »Du solltest mal dein Weltbild überprüfen.«

Ich erwidere lieber nichts, denn ich weiß, wohin das führt. Und streiten will ich nicht mit ihr. Ich lasse sie noch drei Züge rauchen und sage dann: »Gehen wir rein. Sonst verzeihen wir es uns nie, wenn wir nicht bei ihm waren.«

»Ja, wir haben schon genug Albträume.«

Nach zwei Stunden schläft und atmet Padre immer noch. Doktor Ramirez hat sich wegen eines anderen Hausbesuchs verabschiedet, versprach aber, heute Abend noch mal vorbeizukommen. Nuria betet ihren Rosenkranz, und Teresa und ich sitzen auf den harten Stühlen neben dem Nachttisch mit den Blumen, stehen ab und zu mal auf und gehen vors Haus. Hin und wieder kommt auch Mamá, bleibt eine Weile und geht dann wieder seufzend in die Küche, um sich zu beschäftigen. Esperanza hat schon zweimal angerufen und sich nach dem Stand der Dinge erkundigt, und Juanita wollte eigentlich längst da sein, ist es aber nicht. Maria Dolores hat nach einer schmerzhaften Wurzelbehandlung – die sie uns in allen Einzelheiten geschildert hat – eine starke Schmerztablette genommen und schnarcht jetzt auf dem Sofa im Wohnzimmer.

»Wo ist eigentlich Señorito?« Ich habe den Kater schon eine ganze Weile nicht gesehen, auch draußen nicht.

Nuria unterbricht ihren Rosenkranz, straft mich mit einem bösen Blick. Mamá legt die Finger auf die Lippen.

»Er ist seit gestern Abend verschwunden«, erklärt mir Teresa leise.

»Señorito? Verschwunden?«, kommt es vom Bett.

Wir fahren zusammen.

»Señorito?«, kommt es noch mal und diesmal kräftiger. Padre richtet sich auf und sieht uns aus tiefen Augenhöhlen an. Sein Gesicht ist bleich, faltig und eingefallen.

»Warum habt ihr euch nicht um meinen Kater gekümmert?«, donnert er erstaunlich laut.

»Pablo! *Dios mío!*« Mamá findet als Erste ihre Sprache wieder. »Willst du nicht dem Allmächtigen danken, dass er dich noch etwas weiterleben lässt?«

Doch er hört sie gar nicht. Wütend flackern seine Augen, als er jeden von uns der Reihe nach ansieht. »So schnell sterbe ich nicht! Rosa! Meinen Morgenmantel! Ich hab Hunger! Und was ist mit Fußball? Wer spielt?«

Sofort steht meine arme Mamá auf und nimmt den Bademantel vom Haken an der Tür.

Teresa ist wütend aufgesprungen. »Wie kannst du Mamá so behandeln! Der einzige Mensch, der immer zu dir gehalten hat!«

Padres Blick bohrt sich in Teresas Augen. »Endlich sagt mal einer von euch undankbaren Nichtsnutzen die Wahrheit! *Desgraciados!*«

»Pablo! Beruhige dich doch!« Meine Mutter hält ihm seinen Bademantel hin. »Du bist ja gar nicht richtig bei dir!«

Padre schwenkt seinen Blick zu ihr hinüber. »Was sagst du da? Ich war noch nie so klar wie jetzt! Señorito? Wo ist Señorito?« Schon hat er Mamá den Bademantel aus der Hand gerissen und versucht, die Beine seitlich unter der Bettdecke hervorzuschieben.

Fasziniert und zugleich entsetzt über meinen Vater, der jetzt deutlich sein wahres Wesen zeigt, sehe ich zu, wie seine mageren weißen Beine zum Vorschein kommen.

Ungeduldig zappelt er damit. »Meine Pantoffeln!«

»Da stehen sie doch, Pablo«, sagt meine Mutter leise, »direkt unter deinen Füßen.«

Teresa stöhnt auf. »Na, dann können wir ja endlich gehen! Machen wir *Desgraciados* uns doch noch einen schönen Tag!« Mit einer schnellen Bewegung wirft sie die zerknüllten Taschentücher aufs Bett. »Und geheult haben wir auch noch! Was für eine Verschwendung!«

»Das hast du jetzt davon, Pablo!« Mühsam erhebt sich Nuria. »Pablito, hilf mir mal. Nicht dass ich noch hinfalle und die Nächste in diesem Bett bin. Unglück sucht gern nach Gesellschaft.« Ich geleite sie zwischen den Stühlen zur Schlafzimmertür hinaus.

Zurück bleiben Padre und Mamá. Vielleicht haben sie sich ja noch was zu sagen. Doch kaum bin ich draußen, kommt auch Mamá. Sie sieht so traurig aus. So traurig und einsam, dass ich sie in die Arme nehme.

»Ach, Pablito«, weint sie leise, »er hat es nicht so gemeint. So ist er eben.«

»Was sagst du da, Mamá?« Teresa dreht sich vor der Spüle um. »Er hat es ganz genau so gemeint. *Desgraciados!* Nichtsnutze! So hat er uns schon immer gesehen. Weil wir keine Söhne waren! In seinen Augen sind wir doch nur was wert, wenn wir heiraten und Kinder kriegen. Söhne am besten. Nein, Mamá, du musst ihn nicht in Schutz nehmen! Und wenn er sich wieder mal einfallen lässt zu sterben, dann ohne mich! So was mache ich nicht noch mal mit!«

»Ach, Teresa …«, fängt Mamá an und will schon wieder weinen.

Auch die Söhne haben es nicht leicht, denke ich. Was bleibt ihnen übrig, wenn der Vater sie schlägt? Sie hassen ihren Vater und lieben ihre Mutter, die wiederum sie über alles in der

Welt liebt und in Schutz nimmt. Welche andere Frau würde das jemals tun? Eben. Wir können eigentlich keine andere Frau lieben als unsere Mamá.

Ich umarme sie, und ich umarme Teresa, die das alles irgendwie kapiert hat und trotzdem aus Barcelona hergekommen ist.

4

Jetzt im Sommer sind die Abende fast unendlich lang. Erst um elf wird es richtig dunkel, die Temperaturen werden erträglich – und wir bekommen Appetit. Einen Geschäftstermin abends um acht oder neun wahrzunehmen ist nicht außergewöhnlich für uns Andalusier. Aber für die Ausländer aus dem Norden. Die fragen sich, ob wir verrückt geworden sind. Oder plötzlich arbeitswütig. Keiner von uns käme hingegen auf die Idee, sie arbeitsfaul zu nennen, weil sie spätestens um sieben ihr Büro abschließen und gleich darauf auch schon zu Abend gegessen haben. Wir werden uns wahrscheinlich nie verstehen.

Es ist kurz nach neun, und es ist immer noch heiß. Die goldenen Löwen auf dem schmiedeeisernen Tor der Eckstein-Villa blitzen in der Sonne.

Diesmal ist kein Hector zu sehen, und ich will gerade den Finger auf den goldenen Klingelknopf legen, als hinter mir ein Motorroller heranknattert. Ein junger Mann setzt den Helm ab und fährt sich durch die blonden, feuchten Haare. Auf seinem Ringel-T-Shirt steht in großen aufgenähten Buchstaben »Hollister«. Er grinst mich ein wenig unsicher an.

»Wollen Sie zu uns?« Zögernd steigt er ab. Seine Haut ist tief gebräunt. Ich schätze ihn auf siebzehn.

»Wohnen Sie hier?«, frage ich.

»Sind Sie … von der Polizei?«

»Erwarten Sie die Polizei?«

»Sind Sie es nicht?«

»Haben Sie was zu verbergen?«

Um der Fragerei ein Ende zu machen, ziehe ich meinen Ausweis. »Comisario Pablo Benitez.«

Beschwichtigend hebt er die Hände. »He, es war keiner von uns. Jedenfalls niemand von meinen Kumpels, die ich eingeladen hatte.«

Den Motorradhelm im Arm, die Cargo-Shorts fast in den Kniekehlen und die sandigen Füße in Havaianas, steht er vor mir und redet in dieser coolen Scheiß-egal-Nachlässigkeit auf mich ein. Ich habe keine Ahnung, was er mir da erzählen will, aber ich nicke interessiert. »Und weiter?«

»Da kamen so gegen vier drei Proll-Typen.«

Seine Haltung ist so schlecht, dass ich ihn am liebsten aufgefordert hätte: Nimm die Schultern zurück!

»Die haben mitgekriegt, dass hier was abgeht. Aber ich habe ihnen klargemacht, das ist 'ne private Party und sie sollen abziehen. Da haben sie Stress gemacht. Haben Toby und noch einen Freund angerempelt. Na ja. Ist ja verständlich, dass die sich dann gewehrt haben, oder?«

Ich mache eine vage Kopfbewegung und lasse ihn weiterreden.

»Wir haben die Typen echt vertrieben, aber dann hat sich einer von denen umgedreht. Ich habe zuerst nicht gesehen, was er da in der Faust hatte. Dann hat es gekracht. Er hat einen Pflasterstein geworfen. Direkt in eine Autoscheibe.«

»Und?«

»Na ... Ich habe gedacht, Sie kommen deswegen. Weil der Besitzer 'ne Anzeige gemacht hat.«

»Wer ist denn der Besitzer?«

»Keine Ahnung. Die Kiste war auf jeden Fall am nächsten

Morgen weg.« Er zieht eine dunkle Ray-Ban aus der Hosentasche und schiebt sie sich in die Haare. »Ist doch total strange. Da setzt sich einer stillschweigend in seine Luxuskiste und fährt mit 'ner eingeschlagenen Frontscheibe weg. Fragt noch nicht mal in der Nachbarschaft, ob jemand was mitgekriegt hat. Also, entweder war der Typ stoned und hatte Schiss vor der Polizei, oder er war sonst nicht ganz sauber. Na, hab ich den Eignungstest bei der spanischen Polizei bestanden?« Er grinst übermütig.

»Leben Sie hier?«

»In Glitzi-Pitzi-Marbella?« Er lacht wieder. »Seh ich so aus, Mann?« Er blickt an sich hinunter. »Ja, ich meine, ich bin hier aufgewachsen. Meine Eltern wohnen in Elviria Hills. Die sind aber alte Spießer und haben was gegen Partys. Opa hat mir angeboten, ich könnte hier feiern.«

»Wie großzügig von ihm.«

»Ja, er ist cool.«

»Ist er denn jetzt da, Ihr Großvater?«

»Glaub schon. Er geht immer nur frühmorgens zum Golfen. Soll ich ihn rufen?«

»Ja. Das wäre nett.«

Er macht einen Schritt auf das Gartentor zu.

»Hat Ihnen Ihr Großvater das mit dem Nachbarn erzählt?«

»Der Tote im Pool? Ja. Tut mir leid. So was sieht man immer im Film, he, und jetzt passiert so was nebenan.«

»Haben Sie Señor Wilke gekannt?«

»Nee. Aber mein Opa hat sich oft über ihn aufgeregt.«

»Weswegen?«

»Sehen Sie da oben auf dem Dach die Steine? Da sollte eine coole Wohnung drauf. So 'ne Art Atelier. Ist ein Wahnsinnsblick von da oben. Bis nach Gibraltar. Aber dieser Typ hat alle Hebel in Bewegung gesetzt, Bauamt, Anwalt und so. Mein Opa hätte ihn am liebsten ermordet.« Er grinst plötzlich. »Oh, Scheiße, so habe ich das natürlich nicht gemeint …«

Ich grinse auch.

»Was ist jetzt mit dem Auto?«, fragt er rasch. »Unternehmen Sie da was?«

»Erinnern Sie sich an die Marke? Farbe? Kennzeichen vielleicht?«

»Es war ja Nacht. Vielleicht schwarz oder nachtblau. Jedenfalls war's ein Porsche 911 Cabrio Carrera S.«

»Das ist doch schon mal was.«

»Die Kiste hätte ich auch gerne.«

»Kann ich mir vorstellen. Wie heißen Sie eigentlich?«

»Felix. Felix von Eckstein.«

In dem Moment geht die Haustür auf.

Rudolf von Eckstein trägt heute so was wie Zivilkleidung: ein weißes Leinen-Kurzarm-Hemd über einer roten Leinenhose. Sein graues gewelltes Haar ist an der Seite etwas zerdrückt, überhaupt sieht er ein bisschen angetrunken aus, wie er da so aus dem Haus über den Kiesweg auf mich zukommt.

Vielleicht hat er das vier zu null gefeiert?

»Sie arbeiten um diese Zeit noch, Comisario?« Er öffnet das Tor nur einen Spalt und bleibt dort stehen.

»Die andalusische Polizei ist besser als ihr Ruf.«

Ecksteins Lächeln misslingt.

»Ich habe dem Comisario alles schon erzählt«, sagt sein Enkel, hebt die Hand zum Gruß und schlurft an mir und seinem Großvater vorbei durchs Tor und verschwindet im Haus.

Von Eckstein runzelt die Stirn, als er ihm nachsieht.

»Hat sich das mit dem Auto mittlerweile aufgeklärt?«, fragt er kurz angebunden.

»Ich bin nicht wegen des Autos hier, Señor Eckstein.«

»So?« Ecksteins Augen verengen sich zu schmalen Schlitzen und seine Schultern straffen sich. »Sie sind also nicht wegen des Autos hier. Und trotzdem sind Sie hier. Also, was ist es diesmal?«

»Die Anzeige wegen Lärmbelästigung und der Schlägerei. Ich habe mich gefragt, warum Sie die das letztes Mal nicht erwähnt haben.«

»Warum? Du lieber Himmel, Sie kommen und befragen mich über meinen Nachbarn, der gerade verstorben ist, und da soll ich Ihnen von solchen Halbstarken-Dummheiten erzählen? Was hat denn das eine mit dem anderen zu tun?«

»Schließlich ist ausgerechnet in dieser Nacht, das heißt am frühen Morgen, Señor Wilke gestorben.«

»Comisario, wollen Sie damit andeuten, die laute Musik war schuld an seinem Tod?« Er hat etwas Unverrückbares, wie er da so in dem nur spaltbreit geöffneten Tor steht, die goldenen Löwen an seiner Seite. »War's das dann?« Von Eckstein wirft einen Blick auf seine Armbanduhr.

Ich zeige hinauf aufs Dach. »Bei unserer letzten Unterhaltung meinten Sie, es gäbe keine sich berührenden Interessen zwischen Ihnen und Señor Wilke. Waren Sie nicht sehr ärgerlich, dass er was gegen Ihr Bauvorhaben hatte?«

»In der Tat, eine ärgerliche Angelegenheit, die ich längst ad acta gelegt habe.«

»In der Tat, eine ärgerliche – und für Sie sicher auch eine sehr teure Angelegenheit, Señor von Eckstein.«

Von Eckstein sieht wieder auf seine Uhr. »Ich erwarte noch einen wichtigen Anruf.«

Und damit lässt er mich mit den Löwen allein.

In der Wendeschleife vor dem Haus der Wilkes, oder vielmehr dem von Señora Wilke, liegen Blätter und vertrocknete

Oleanderblüten auf dem Asphalt und in den Beeten vor der Gartenmauer. Ein Blütenstrauch lässt die Blätter hängen und könnte ein bisschen Wasser vertragen. Auch der Weg zum Gartentor müsste mal wieder gefegt werden. Ob Hector wohl aus Angst vor den Behörden nicht mehr kommt?

Das Klingeln und Bellen drinnen höre ich durch die Haustür. Ich muss nicht lange warten, da ertönt der Summer und ich stoße das Gartentor auf. Im selben Moment öffnet sich die Haustür. Aber nicht Señora Wilke steht da, sondern Cristina. Die honigblonden Haare hat sie hochgesteckt und goldfarbener Lidschatten schimmert über ihren dunklen Augen. Ich muss mich zwingen, sie nicht anzustarren. Diesmal trägt sie ein geblümtes Kleid mit Spaghetti-Trägern und weitem Rock. Sie sieht nicht aus wie eine Haushälterin, sondern eher wie eine Bekannte von Señora Wilke.

»Hola Cristina …«, fange ich an und will gerade loslegen, was sie sich eigentlich dabei gedacht hat, einfach aufzulegen, da taucht Señora Wilke hinter ihr auf.

»Comisario.« Sie sieht mitgenommen aus. Ihre Haut wirkt blasser, ihre Bewegungen haben etwas Fahriges, und ihre Züge sind angespannt. Die Trauer verändert die Menschen, das habe ich schon oft gesehen.

»Cristina hat etwas von ihren Sachen vergessen«, erklärt sie rasch.

Cristina nickt, und ich folge ihrem Blick zu ihrer Handtasche. Klamotten kann sie nicht vergessen haben. Schuhe auch nicht. Ihre Zahnbürste vielleicht?

»Adíos Señora, Comisario …«, sagt Cristina mit einem flüchtigen, unsicheren Lächeln, als sie an mir vorbei durchs Gartentor geht.

Ich suche noch etwas in ihrem Blick. So was wie ein Bedauern vielleicht, aber da ist nur etwas Gehetztes, und dann ist sie weg. Nur den Hauch ihres Parfüms lässt sie da. Ich werde mich später um diese Sache kümmern.

Señora Wilke sieht ihr nach, bis sie hinter dem mächtigen Gummibaum des Nachbargrundstücks verschwunden ist. Dann heult ein Motor auf.

»Ich habe ihr gekündigt«, sagt Señora Wilke, zu der ich aufsehen muss, weil sie auf den drei Stufen der Treppe vor der Haustür steht.

»Ich brauche keine Haushälterin für das bisschen Essen.«

Stimmt, Salat mit Hühnerbrust, Mineralwasser, Salat mit Shrimps, Mineralwasser. Salat mit Ei, Mineralwasser. Salat mit …

»Darf ich reinkommen, Señora?«

»Bitte.« Ihr ablehnender Ton legt das Gegenteil nahe.

»Ich mache mir immer Sorgen um Menschen, die ihren Job verlieren. Heutzutage, in der Krise«, rede ich weiter.

»So ist das Leben«, sagt sie schulterzuckend. »Die einen gewinnen. Die anderen verlieren.«

»Und Sie haben Ihren Mann verloren.«

Ein schmerzlicher Ausdruck gleitet über ihr Gesicht wie ein Schatten.

»Das ist sicher sehr schlimm für Sie.«

Sie beißt sich auf die Lippen und nickt.

Heute trägt sie keine Ohrringe. Ich folge ihr ins Haus. Auch an ihren Handgelenken klimpert nichts.

Erst im Zimmer mit dem schwarzen Flügel dreht sie sich zu mir um und sagt: »Joachim war meine große Liebe, leider ist er mir erst so spät in meinem Leben begegnet.«

Tarzan erhebt sich aus seinem Korb neben der Couch, schnuppert kurz an meiner Hand und legt sich wieder auf seinen Platz.

»Wie lange waren Sie verheiratet?«

»Dieses Jahr wären es zehn Jahre gewesen.«

Sie scheint in der Stimmung zu sein, mir etwas zu erzählen.

»Wo haben Sie sich kennengelernt?«

Ihr Blick gleitet an mir vorbei durch die Scheibe und weiter über den Balkon zu den Palmen des Eckstein-Grundstücks.

»Beim Geburtstag meines Vaters.«

Ich versuche, mir die Situation gerade vorzustellen, da redet sie bereits weiter. »Mein Vater hatte ein Statikbüro und arbeitete öfter mit ihm zusammen. Joachim lebte zu der Zeit schon in Trennung, und ich hatte gerade eine schwierige Beziehung hinter mir mit einem …« – sie verdreht kurz die Augen und wirkt dabei wie ein junges Mädchen – »wirklich verrückten Fotografen. Alles drehte sich nur um seine Fotos, seine Reisen und« – sie seufzt – »seine Models.« Einen Moment lang betrachtet sie ihren Ring. »Joachim und ich haben uns auf Anhieb verstanden. Er war so wohltuend für mich nach dieser aufreibenden Beziehung. Joachim liebte genau wie ich das Theater, Ausstellungen, Konzerte und gepflegte Gespräche, kultivierte Restaurants … Er hatte einfach *Savoir-vivre* …«

Ihr Blick kehrt von den Eckstein-Palmen zu mir ins Piano-Zimmer zurück.

»Wann kann ich ihn endlich beerdigen?«, fragt sie, und es klingt wie ein Flehen.

»Wir geben unser Bestes. Aber es kann noch ein paar Tage dauern.«

»Comisario, ich verstehe nicht …«

Ich lasse meinen Blick auch zu den Palmen gleiten. Dahinter erhebt sich das Haus der Ecksteins. Ihr Garten grenzt an den der Wilkes. Eine hohe Hecke aus Eiben oder Zypressen, so genau kenne ich mich nicht aus, verdeckt fast vollkommen einen Maschendrahtzaun.

»Übrigens: Die Party bei den Ecksteins. Sie haben sie gar nicht erwähnt, dabei war ja einiges los.«

Ist sie eben ein bisschen errötet? Haben ihre Augenlider geflattert?

»Mein Gott, Comisario! Mein Mann stirbt plötzlich, da denke ich doch nicht mehr an eine Party bei den Nachbarn!«

»Ich meine auch nicht die Party an sich, sondern was dort los war. Eine Prügelei. Eine eingeworfene Autoscheibe … und das passiert alles ungefähr zu der Zeit, in der Ihr Mann unten im Pool stirbt.«

Sie zuckt die Achseln und verzieht den Mund zu einem müden Lächeln.

»Der Fahrer des beschädigten Autos hat keine Anzeige erstattet, ist einfach davongefahren.«

»Was hat denn das mit dem Tod meines Mannes zu tun?«, fragt sie in plötzlich scharfem Ton. »Wissen Sie, was ich glaube? Sie wollen sich profilieren. Sie wollen befördert werden. So ist das. Und ich bin die Leidtragende! Ihre Chefin und ich sehen uns regelmäßig im Lions-Club. Ich werde mich über Sie beschweren!«

»Nein, Señora, so ist es nicht.« Ich versuche, meine Stimme beruhigend klingen zu lassen. »Ich will nur meine Arbeit ordentlich machen.« Ich deute auf den imposanten Flügel. »Spielen Sie Klavier?«

»Ein bisschen. Ich dachte, ich hätte hier mehr Zeit und Muße zu spielen, aber … ach …« In ihren Augen schimmert etwas Resigniertes. »… irgendwie hab ich meine Zeit mit so viel anderem Zeug vergeudet.« Ihr scheint wieder einzufallen, dass ich von der Polizei bin. Und sie sagt in geschäftsmäßigem Ton: »Ja, ich erinnere mich natürlich an die Party bei den von Ecksteins. Es war laut. Ziemlich laut. Aber wie ich schon sagte, wir hatten ein bisschen zu viel Rotwein getrunken – und außerdem schlafe ich mit Ohropax und Joachim hat in letzter Zeit öfter ein Schlafmittel genommen. Er hatte an der Börse einige Fehlinvestitionen und die Sache mit seinem Sohn … da konnte er oft nachts nicht gut schlafen.« Sie holt Luft. »Und er hatte Probleme mit dem Herz, das hat Ihnen ja auch Doktor Jimenez bestätigt.«

»Sie können Ihren Mann sicher bald beerdigen, Señora.« Ich bedenke sie mit einem zuversichtlichen Lächeln, das sie mit einem dankbaren erwidert. Ich frage mich, wer von uns besser schauspielern kann.

»Ich danke Ihnen, Comisario. Wissen Sie, es ist ein seltsames Gefühl, so plötzlich allein zu sein.« Ihr Blick verschleiert sich.

Ich nicke und mache einen Schritt zur Tür. »Da fällt mir noch was ein: Ist Doktor Jimenez eigentlich ein Freund von Ihnen?«

»Ein Freund?«, fragt sie erstaunt.

»Ich dachte nur. Es kam mir so vor auf der Promenade. Und es sah so aus, als hätten Sie Meinungsverschiedenheiten.«

Sie winkt ab. »Doktor Jimenez war kein Freund von uns, eher ein Bekannter. Wir trafen uns öfter bei Veranstaltungen und beim Golfen. Und auf der Promenade war ich verärgert, weil er Joachim nicht nachdrücklicher zu einem Eingriff geraten hat.«

»Was macht Cristina jetzt, ohne den Job bei Ihnen? Und wo wohnt sie?«, wechsle ich wieder das Thema.

»Sie wird bestimmt einen neuen Job finden. Und soweit ich weiß, hat ihr Freund Geld.«

»Sie meinen James?«

»Seinen Namen kenne ich nicht.«

Ein energisches Bellen kommt aus dem Korb neben der Couch.

»Tarzan hat Hunger«, sagt sie.

»Dann sollten Sie ihn nicht warten lassen. Wer weiß, wozu er hungrig imstande ist«, sage ich und verabschiede mich.

Es passiert mir nicht oft, aber hin und wieder doch. Dann zieht sich auf einmal eine dunkle Wolke über mir zusammen, nein, der ganze Himmel droht auf mich herabzustürzen. Die Welt ist in dunkles Grau getaucht, und ich bin plötzlich allein. Und ich weiß nicht, woran es liegt. So auch jetzt.

Schluss damit, Benitez, sage ich mir, atme tief durch und mache die Autotür auf. Doch eine Bewegung, eine Farbe, etwas, was da nicht an meinen Vorderreifen gehört, zieht meinen Blick an.

5

Ich bücke mich. Ein helles Wollknäuel liegt da an meinem Reifen und bewegt sich.

»*Dios mío*, Hund! Was willst du denn hier?«

Das Knäuel passt in meine beiden Hände. Es schnüffelt und zittert und winselt.

Ich sehe mich um.

Niemand weit und breit.

»Du bist ja nur Fell und Knochen.« Ich will es wieder auf den Boden setzen, aber das Hündchen krallt sich in meine Handflächen.

»*Tranquilo, tranquilo,* … was soll ich denn mit dir machen?«

Ich könnte es da drüben unter das andere Auto legen. Aber das denke ich nur für eine Sekunde. Was, wenn der Fahrer einfach einsteigt und losfährt?

»Kann ich Ihnen helfen?«

Ich drehe mich um.

Eine Frau schaut misstrauisch zwischen einer Hecke aus weißem Oleander hervor. Als sie den Hund sieht, wird ihr Blick weich. »Na, so ein süßer Welpe …«, sagt sie mit irgendeinem Akzent.

»Er lag unter meinem Auto.« Ich hebe das Wollknäuel in ihre Richtung. Sie streckt die Arme über den Zaun und nimmt ihn.

»Ach, du süßes Kerlchen!« Zärtlich fährt sie durch das Fell.

»Das ist ja eine kleine Hundedame!«

»Wollen Sie sie nicht nehmen?« Ich weiche schon einen Schritt zurück.

»Nein, nein! Ich habe drei Katzen! Hier, nehmen Sie!« Mit beiden Armen hält sie mir den Hund wieder hin.

Ich muss gestehen, ich bin wirklich versucht, mich einfach umzudrehen und wegzulaufen. Aber rechtzeitig entsinne ich mich, dass ich Comisario bin. Und schon habe ich das Tierchen wieder im Arm.

»Bringen Sie die Kleine ins Tierheim! Das ist das Beste«, sagt die Frau. »Gleich oben, hinter *La Cañnada*, das ist ein großartiges Tierheim. Viel Glück, junger Mann. Es ist wunderbar, dass es Menschen wie Sie gibt!«

Die Oleanderbüsche schließen die Lücke, wo gerade noch ihr Gesicht gewesen war.

Das Hündchen knabbert an meinen Fingern.

»Glaub bloß nicht, dass du dich so bei mir einschmeicheln kannst!«

Zwischen blonden Locken sehen mich große braune Augen an.

Im Kofferraum habe ich eine Decke, die ich auf den Beifahrersitz lege. Ich setze das Hündchen darauf, wo es sich gleich zusammenrollt und sich nicht mehr rührt. Als hätte es Angst, ich würde es wieder auf die Straße legen, wenn es einen Mucks von sich gibt.

»So, ich fahr dich jetzt ins Tierheim. Da bist du besser aufgehoben als auf der Straße.«

Ich drehe die Klimaanlage auf und fahre ganz langsam an den ockerfarbenen und roten Mauern vorbei, über die üppiger Oleander und schwere Bougainvilleen hängen, als wäre drinnen im Garten nicht mehr genug Platz für all die Fülle. Drei, vier, fünf Porsche zähle ich, alle mit unbeschädigter

Frontscheibe, auf der sich die letzten Strahlen der Abendsonne spiegeln.

Um zum Tierheim zu kommen, muss ich für ein paar wenige Kilometer auf die dreispurige N-340 und dann die nächste Abfahrt nehmen. Die Nationalstraße zieht sich wie ein Rückgrat entlang des Meeres und wie Nervenstränge gehen die Straßen rechts und links davon ab.

Das Tierheim liegt auf der Straße hinauf nach Ojén, nicht weit hinter dem Einkaufscenter *La Cañnada*, das jetzt gerade schließt.

Als ich den staubigen Weg erst hinunter und dann auf der anderen Seite wieder hinaufgefahren und endlich am Zaun des Tierheims angekommen und ausgestiegen bin, fällt mir das Schild mit den Öffnungszeiten ins Auge. Von 9:00 bis 17:00 Uhr.

Ich suche nach einer Klingel. Jemand müsste doch für Notfälle da sein. Da ist aber keine Klingel, nur eine Handynummer.

Eine Mobilbox schaltet sich an. Mit wenig Hoffnung auf den versprochenen Rückruf hinterlasse ich meine Nummer.

»Tja, was machen wir denn jetzt mit dir?«, frage ich, als ich mich zurück ins Auto setze. »Verdammt! Wo bist du?«

Die Innenbeleuchtung zeigt mir einen leeren Beifahrersitz.

»Du kannst dich doch nicht in Luft aufgelöst haben! Bist du zur Tür raus entwischt?« Ich will gerade draußen nachsehen, da höre ich ein Rascheln in meinem Rücken. Unter einigen Verrenkungen greife ich unter den Sitz, wo das kleine Wuschelchen ein Stück Papiertüte auffrisst – in dem irgendwas Fettiges war.

»Da bist du ja! Aber das ist nichts für Hunde!«

Wir liefern uns einen Kampf, denn die Kleine will ihre Beute so schnell nicht aufgeben.

»Ich habe dich verstanden. Du hast Hunger.«

An der Tankstelle unten am Einkaufscenter erstehe ich zwei Dosen Hundefutter. Eine für heute und eine für morgen früh, bevor wir wieder zum Tierheim fahren.

Mein Leben bewegt sich in einem Fünfeck: meine Wohnung, mein Frühstückslokal *Rinconcito* für einen frühen, schnellen Kaffee, mein Büro, Filipas *La Tapita del Paco* für mittags und das *La Rambla* für abends und auf ein spätes, schnelles Bier.

Ich stehe an der roten Ampel hinter der Brücke über die N-340, als ich eine WhatsApp-Nachricht von Juan Carlos bekomme.

Bist du zu Hause?

Der Einfachheit halber rufe ich ihn an. »Nein, aber gleich.«

»Gehen wir noch ein Bier trinken?«

Zwei Gründe, Nein zu sagen: Mein Kater von gestern und der kleine Hund da auf dem Rücksitz, der auf sein Futter wartet.

»Ich hab Informationen für dich. In zehn Minuten bei dir an der Ecke im *La Rambla*?«

Den Hund kann ich auch dort füttern. Und dem Kater tut ein Bier gut.

Bevor ich vor meinem Haus aussteige, mache ich dem Hündchen die Dose Hundefutter auf, das es in Sekundenschnelle verschlungen hat.

Es leckt sich das Maul und rülpst.

»Das heißt, es hat geschmeckt, oder?«

Ich nehme es auf den Arm, wo es sich behaglich einkuschelt und gehe die paar Schritte zum *La Rambla*.

Juan Carlos winkt mir von einem der vier Tische draußen zu.

Von innen dringen die typischen Geräusche einer Fußballübertragung heraus. Ich weiß gar nicht, wer jetzt spielt.

»Was hast du denn da im Arm? Eine Handtasche von 'ner *Chica*?« Juan Carlos stellt das leere Bierglas auf Franciscos Tablett, und nimmt sich ein frisches.

»Lag unter meinem Auto. Hätte es um ein Haar überfahren.«

»Das ist aber süß, Pablo!« Francisco streichelt dem Hündchen mit seiner großen Hand überraschend zart über das Fell. »Genau das Richtige für dich!«

»Das Tierheim hatte schon zu«, sage ich, doch das geht im dröhnenden Lachen der beiden unter.

Das Hündchen zittert und krallt sich in mein Hemd.

»Bring mir auch ein Bier und Wasser für die Kleine«, brumme ich.

Juan Carlos betrachtet uns. »Steht dir irgendwie.«

»Hör auf, Juan. Also, was hast du rausgekriegt?«

Er greift nach seinem Bier und trinkt es in einem Zug fast aus. Ich warte.

»Hast du das Spiel gesehen? Wie diese Deutschen es den Portugiesen gezeigt haben? So hätten unsere spielen sollen! Genau so!«

»Was ist, willst du mit mir über Fußball reden?«, frage ich ein bisschen unwirsch. Ich bin müde und das mit dem Tierheim hat mich irgendwie frustriert.

»*Bueno*«, sagt er gedehnt. »Heute kein Humor. Also, dein schwarzer Hüne heißt James McCann, ist 33, britischer Staatsbürger, geboren in Brighton. Mutter aus Kamerun, Vater ist Brite. Informatik-Studium in London, spricht vier Sprachen, arbeitet als Software-Berater für verschiedene Internet-Wett-Firmen in Gibraltar und wohnt in Puerto Banús.

Und rate mal, was der für ein Auto fährt?« Juan Carlos hat die muskulösen Arme vor der Brust verschränkt und sieht mich abwartend an.

»Einen Porsche 911 Cabrio Carrera S«, sage ich mit einem gewissen Triumph. »Und der musste in die Werkstatt, weil jemand die Frontscheibe eingeworfen hat.«

Juan Carlos sieht mich an, als hätte ich gerade den größten Schwachsinn von mir gegeben. »Er fährt ein Ferrari Cabrio. Rot.«

Enttäuscht zucke ich die Schultern, und Juan Carlos schüttelt den Kopf über mich. »Ich habe gedacht, du sagst wenigstens Wow! Und übrigens: Der Typ ist ein paarmal von unseren Kollegen kontrolliert worden. Er bewegt sich im Dunstkreis gewisser Geschäftsleute. Clubbesitzer, Immobilienagenturen, Investoren. Einige davon sind wegen Steuerhinterziehung dran – oder gleich ins Ausland abgehauen. McCann konnte man bisher nichts nachweisen.«

»Weiße Weste, also.« Ich trinke mein Bier auch in einem Zug aus. Die Hitze hat mich durstig gemacht.

»Zumindest trägt er die Flecken innen«, sagt Juan Carlos.

Der kleine Hund wird in meinem Arm immer schwerer.

»Ich glaube sie ist eingeschlafen«, sage ich leise.

»Ich wusste es schon immer, in dir steckt doch ein Vater, Pablo! Es wird Zeit, dass du heiratest und viele Kinder machst.«

Ich erspare mir einen bösen Kommentar.

»Das ist erst mal alles. Ach, hier, die Adresse von dem Typen.« Juan Carlos zupft einen Notizzettel aus der Hemdbrusttasche und reicht ihn mir.

»Danke. Ich muss nach Hause. Die Kleine braucht ihren Schlaf«, füge ich bissig hinzu, stecke den Zettel ein und will aufstehen.

»Da wär noch was anderes«, fängt er betont lässig an.

»Soll *ich* dir einen Gefallen tun?«

»Nein, nein …« Er räuspert sich und beugt sich ein wenig über den Tisch. »Sag mal«, fährt er gedämpft fort, »hättest du ein Problem damit, wenn …« Wieder räuspert er sich und rückt auf seinem Stuhl herum »wenn ich mich … ich meine … hin und wieder …«

»Jetzt spuck's schon aus!«

Er holt Luft und stößt hervor: »Mich mit Leticia treffe?«

Erst mal bin ich sprachlos. Ich stelle mir die beiden gerade vor. Dann frage ich mich, wie lange das schon geht zwischen ihnen und werde wütend. Aber ich lasse mir das nicht anmerken und winke großzügig ab.

»Also hast du kein Problem damit?«, fragt Juan Carlos.

»Nein, kein Problem. Werdet glücklich miteinander!«

»So weit ist es ja noch nicht …« Er wirkt erleichtert.

»Wie auch immer, Juan« – ich erhebe mich vorsichtig, damit der kleine Hund nicht aufwacht – »kannst du bezahlen? Sonst wacht sie auf. Und gib Bescheid, wenn du das Leopardenfell haben willst.«

Ich habe Teresa in meinem Apartment erwartet, aber sie ist nicht da. Zuerst setze ich die kleine Hündin ab und ziehe mein Hemd aus. Darauf hat sie nämlich gepinkelt, als ich sie im Arm hatte.

Und nicht nur ich brauche ein Bad, die Kleine auch. Zuerst sträubt sie sich mit allen Kräften, als ich sie in die Plastikwanne mit dem warmen Wasser legen will, in der sonst meine Bügelwäsche liegt.

»He, ist gar nicht so schlimm, so ein Bad, glaub mir«, rede ich auf sie ein. Und ganz langsam nimmt sie die Krallen aus meinem Arm. »Siehst du, das macht doch Spaß …«

Wir planschen ein bisschen, und als das Wasser schmutzig genug ist, wickele ich das Hündchen in ein sauberes Handtuch.

»Bist du sicher, dass du ein Hund bist und keine Maus?« Jetzt, mit dem nassen Fell sieht sie wirklich nur noch nach Haut und Knochen aus. »Bist du ein Wasserhund? Ein Pudel? Etwas von allem? He, nicht ins Handtuch beißen! Hörst du auf damit! He! Jetzt bist du wenigstens sauber fürs Tierheim.«

Ich falte eine Fleecedecke und lege sie auf den Boden neben die Couch. »Schau mal, das ist dein Platz. Ich muss jetzt unter die Dusche. Du bleibst da.«

Mit Nachdruck setze ich die Kleine auf die Decke. Obwohl ich sie trocken gerieben habe, ist sie immer noch nass. Aber bei den Temperaturen wird sie sich bestimmt nicht erkälten.

Ich springe unter die Dusche. Als ich zurück ins Wohnzimmer komme, ist das Hündchen verschwunden.

»*Mierda!*« Ich habe die Balkontür einen Spalt offen gelassen! Doch auf dem Balkon ist sie auch nicht. Runtergefallen? Ich lehne mich über die Brüstung. Aber in der Dunkelheit sehe ich nichts.

»*Mierda!*«

Ich gehe wieder rein und überlege, ob ich wirklich unten im Garten nach dem Hündchen suchen will, beziehungsweise nach dem toten Hündchen, denn einen Sturz aus dem sechsten Stock überlebt selbst so ein Hündchen nicht, das schon viel Schlimmes für sein Alter erlebt hat.

»Ach, da bist du! *Dios mío,* du hast mir vielleicht einen Schrecken eingejagt!«

Das Hündchen ist auf die Couch geklettert und liegt als kleiner Wollknäuel in der Ecke. Es hebt den Kopf und sieht mich schläfrig an.

»Ich muss jetzt schlafen. Und du auch. Morgen haben wir einen anstrengenden Tag vor uns.« Ich streichele noch mal über das nach dem Bad noch flauschigere Fell.

Erst als ich mich im Bett ausstrecke und ein fremder Geruch von meinem Kissen aufsteigt, wird mir klar, dass ich die Bettwäsche nicht gewechselt habe. Cristina hat auf der Seite gelegen.

Hombre! Wie soll ich da einschlafen?

Ich hab's fast geschafft, als sich etwas an der Bettdecke hochzieht. Dann stapft etwas ganz vorsichtig über meine Beine, dann weiter hinauf und kuschelt sich in meiner Armbeuge wohlig ein. Ich bin zu müde für Erziehungsmaßnahmen.

»Ausnahmsweise. Weil du morgen ins Tierheim musst.«

Dienstag

1

Erst verhaltenes, dann immer wilderes Rumgehüpfe weckt mich. Das Hündchen spielt mit den Sonnenstrahlen auf meiner Decke, die durch das Rollo hereinfallen.

»Du bist ja schlimmer als mein Wecker! Der hätte mich noch zehn Minuten schlafen lassen!«

Aber gut, denke ich, dann können wir vor dem Büro ins Tierheim. Dann fällt mir das Schild mit den Öffnungszeiten wieder ein. Ab neun. Wir haben noch fast zwei Stunden. Ich will mich aufs Kissen zurückfallen lassen, aber das Hündchen will etwas anders. Es beißt mir zart in die Finger, als ich es streicheln will. »Das heißt Hunger, ja? Nein! Du musst bestimmt mal!«

Ruckzuck habe ich mich aus dem Bett geschwungen, in Rekordgeschwindigkeit angezogen und bin gerade an der Tür, als ich das Häufchen im Flur sehe.

»Tja, sollen wir trotzdem runter?«

Geduldig warte ich unten bis das Hündchen alle Blumen und Grashalme auf dem Grünstreifen zwischen Haus und hauseigenem Parkplatz abgeschnüffelt und endlich auch noch mal gepinkelt hat. Dann nehme ich es wieder auf den Arm und gebe ihm in der Küche die zweite Dose. Während es schmatzend frisst, entferne ich den Unfall im Flur und putze gründlich mit Estrella nach – darauf schwört Ana.

Dann ist es halb acht, und ich habe noch keinen Kaffee getrunken. Das *Rinconcito* muss heute ausfallen. Wer weiß, was die Kleine im Auto sonst anstellt. In wenigen Minuten habe ich hier meinen Kaffee getrunken und sogar noch einen Keks im Schrank gefunden.

»So, wir müssen los!« Ich nehme die Kleine auf meinen Arm, wo sie sich schon ganz heimisch fühlt. »Ich gebe dir die Decke mit, ja?«

Mit Hund und Decke bepackt will ich in den Aufzug steigen, als mein Handy klingelt. Etwas umständlich, aber ohne den Hund abzusetzen, gehe ich ran.

»Ich wollte mich nur mal melden, nicht dass du dir Sorgen machst.« Teresa.

»Ja … nein, ich meine, gut, dass du anrufst. Wo warst du?«

»Ach, ich war ein bisschen unterwegs. Tanzen und so.«

»Und, alles in Ordnung?« Ihre Stimme klingt nicht so, als wäre alles in Ordnung.

»Ich habe mein Auto vor dem *Macarena* stehen lassen. Geld habe ich auch keins mehr. Kannst du mich abholen, Pablito? Ich will nicht hoch zur Finca fahren und Mamá das Taxi bezahlen lassen. Oder gar Padre …«

»Wo bist du?«

»Calle Alfredo Palma. Am Kreisel.«

»Ich bin gleich da.« Typisch Teresa. Ich kann mir schon vorstellen, was sie mit *und so* gemeint hat.

»Du bist ein Schatz.«

»Wir machen einen kleinen Umweg«, erkläre ich dem Hund, der mich fragend ansieht, und lege ihn in seiner Decke auf den Rücksitz.

Teresa ist nicht zu übersehen: Minikleid mit Ethnomuster, Römersandalen und Fransentasche, die Haare wild hochgesteckt. Jeder Kollege würde sie nach ihren Papieren fragen und sie einem Drogentest unterziehen.

Sie winkt mir mit ausgestreckten Armen.

Mit einem Ruck hat sie die Autotür aufgerissen. »Himmel, Pablito!« Sie lässt sich auf den Beifahrersitz fallen. »Ich bin am Ende! Ich habe die ganze Nacht nicht geschlafen!«

»Hat's wenigstens Spaß gemacht?«

Sie grinst mich anzüglich an, als uns beide ein zaghaftes Wuff herumfahren lässt.

»Was ist denn das?« Sie hat sich umgedreht und die Hand nach dem kleinen Hund ausgestreckt, der neugierig daran schnüffelt. »Ist der süß! *Hola Guapo!*«

»Es ist eine Sie. Lag unter meinem Auto.«

Teresa nimmt den kleinen Hund sofort auf den Schoß und steckt ihre Nase in sein Fell. »Du riechst aber gut! Und so süße Löckchen!«

»Ich habe sie gebadet. Jetzt sind wir auf dem Weg ins Tierheim.«

»Tierheim?« Sie sieht mich entsetzt an.

»Ja, oben bei *La Cañnada* …«

»Ich weiß, wo hier das Tierheim ist! Wie kannst du nur so herzlos sein, Pablito! Weißt du, was die mit den Hunden machen?«

»Vermitteln an nette Leute, die einen Hund suchen.«

»Pah, das denkst auch nur du! So viele nette Leute, die einen Hund suchen, gibt's gar nicht! Und jeden Tag kommen neue Hunde dazu.«

»Was willst du mir damit sagen, Teresa?«

»Ich will damit sagen, dass Hunde, die eine Weile da sind und nicht von deinen sogenannten netten Leuten adoptiert werden, die Todesspritze kriegen!«

»Teresa … jetzt mal den Teufel nicht an die Wand!«

»Das erzählen die natürlich nicht auf ihren scheinheiligen Veranstaltungen, auf denen sie Geld sammeln.«

»Immerhin tun sie was.«

Sie küsst und herzt das kleine Wollknäuel, dem das offenbar gefällt. Jedenfalls bellt es nicht, und Teresa schreit auch nicht auf, als es sie in den Finger beißt.

»Behalte du sie doch«, sage ich und fahre endlich los.

»Nein, ich finde eher, du könntest einen Hund gebrauchen.«

Beinahe hätte ich laut aufgelacht. »Wozu? Um Verbrecher zu fangen? Es gab mal so 'ne Fernsehserie, da hat der Schäferhund des Kommissars …«

»Ja … wer kennt die nicht. Aber nein, du brauchst etwas zum … zum …«

»Zum was, Teresa?« Ich bremse. Nicht wegen Teresas Bemerkung, sondern wegen der roten Ampel.

»… zum Kümmern. Etwas, auf das du Rücksicht nehmen und aufpassen musst.«

»Das tue ich den ganzen Tag. Ich passe auf diese ganze Stadt auf!«

»Dieses Hündchen würde es dir danken. Schau doch mal: diese Augen!« Ganz entzückt hält sie den kleinen Hund vor ihr Gesicht.

»Dir würde das auch guttun, Teresa.«

»Wie meinst du das jetzt?«

»Genau so. Du bist viel zu … zu …«

»Zu was?«

»Zu selbstbezogen, zu egoistisch … zu … warum heiratest du nicht und bekommst süße Kinder?«

»Das fragst ausgerechnet *du* mich? He, Pablo, hören wir auf mit diesem bescheuerten Gespräch und einigen wir uns darauf: Wir sind beide beziehungsunfähig! Du wegen Mamá und ich wegen Padre.«

Irgendwo klingelt mein Handy.

»*Mierda!*« Es liegt nicht mehr auf dem Beifahrersitz. Denn da sitzt ja Teresa.

»Hier!« Sie bückt sich in den Fußraum.

Die Ampel wird grün. »Nimm du mal ab, ja?«

»Hallo? Wer? Julio Iglesias?« Ihr Blick fragt mich, ob der Typ verrückt ist.

»Frag ihn, was er will!« Ich habe jetzt keinen Nerv für Ramon.

»Moment«, sagt sie ins Telefon und leise zu mir: »Julio? *Der* Julio Iglesias? Kennst du den echt persönlich?«

Ich nicke. »Frag ihn doch, ob er dir ein Autogramm gibt.«

Einer der seltenen Momente tritt gerade ein, in denen ihr keine schlagfertige Antwort einfällt. Stumm streckt sie mir das Handy hin.

»Hola, Ramon!«, sage ich ins Telefon mit Blick zu Teresa, die sich an die Stirn tippt.

»Pablo, ich würde gern mal mit dir reden«, kommt es ernst zurück.

»Willst du mir wieder einen Job anbieten? Oder willst du bei uns mitmachen?«

»Können wir uns in Puerto Banús treffen, unten am Hafen, vor Jimmy Choo?«

»Wann?«

»Wenn's geht, jetzt gleich.«

Ich drehe mit quietschenden Reifen noch eine Runde im Kreisel, nehme dann die Ausfahrt auf die A-7 nach Puerto Banús.

»Ein Mord?«, fragt Teresa begeistert mit der Hand am Griff über der Tür. »Ich wollte schon immer mal bei so was dabei sein. Aber ausgerechnet jetzt? Wo ich mich von dieser Nacht erholen muss?«

»Das Leben lässt uns keine Wahl, Teresa. Bitte schnall dich an.«

Auf der Überholspur der A-7 geht's vorbei an Nagüeles mit seinen teuren Villen und großen Gärten, am Fuß unseres Hausbergs La Concha. Seine spiralförmige Spitze, die wirklich an ein Schneckenhaus erinnert, blitzt silbern in der Sonne. La Concha und der Sierra Blanca verdanken wir unser mildes Mikroklima, auf das wir so stolz sind – und mit dem wir unser Geld machen. Fegt einem in Estepona der Wind um die Ohren, ist es bei uns windstill und ein paar Grade wärmer.

Der Verkehr ist im Sommer um diese Uhrzeit noch überschaubar. Schon in einer Stunde wird auf allen drei Spuren ziemlicher Betrieb herrschen, und man muss mit allem rechnen: ortsunkundige Touristen in nagelneuen Mietwagen entscheiden sich im letzten Moment für eine Ausfahrt, altersschwache und völlig überladene Transporter mit marokkanischem Kennzeichen scheren unerwartet aus, Raser in teuren Sportwagen ignorieren jede Regel, weil sie für die Golfrunde spät dran sind, und dann gibt's die, die stur auf der Mittelspur bleiben, aus Angst, hinter einem langsamen Auto hängenzubleiben, oder einfach aus Faulheit und mangelnder Fahrpraxis.

Mit hundert statt den vorgeschriebenen achtzig tauche ich in den Tunnel bei Istán ein, tauche wieder auf, zische am Golfplatz vorbei und nehme die Abfahrt vor dem Spielcasino von Nueva Andalucía, einem anderen Villenort.

Dann geht's durch die Unterführung nach Puerto Banús. Den Corte Inglés lasse ich rechts liegen und fahre an der überdachten – aber schlecht besuchten – Einkaufszeile vorbei bis hinunter zur Promenade, wo die Sportlichen schon unterwegs sind. Die Sonne lässt das Meer blau erstrahlen und den Strand golden. Das Paradies sieht kaum anders aus, sollte man meinen. Links, zwischen Straße und Meer, erstreckt sich der eigentliche Ort: ein im arabischen Turmstil errichteter Häuserkomplex mit teuren Wohnungen, feinen Praxen, Büros, Cafés, Restaurants, Mode- und Schmuckläden.

Ich biege zum Jachthafen ein und winke an der Schranke Manuel zu, der schon seit ewigen Zeiten diesen Job hat. Er öffnet mir gleich, und ich fahre im Schritttempo in die Seele von Puerto Banús. Links Luxusjachten und parkende Lexus, BMWs, Mercedes, Porsches, Bentleys und Maseratis, rechts Bars, Cafés, Restaurants und Läden wie Dolce & Gabbana, Bulgari und Chanel. Dazwischen flanieren die richtig Reichen, die weniger Reichen, die immerhin so tun und alles auf Pump kaufen, und die, die sich das alles nur anschauen.

Die Russen erkennt man meistens an ihrer bulligen Statur und ihren superblonden Frauen, die Araber an ihren verschleierten Frauen und philippinischen Kindermädchen, die die Kinderwagen schieben, und die anderen europäischen Touristen erkennt man daran, dass sie sich vor den Autos und Jachten fotografieren.

»Schau dir das an.« Teresa sieht einer Gruppe von fünf verschleierten Frauen hinterher, angeführt von einem teuer gekleideten arabischen Mann. »Die scheren sich überhaupt nicht um Aufklärung und Emanzipation! Aber wir sind selbst schuld. Warum haben sich unsere klugen Wissenschaftler nicht mal mehr angestrengt und schon längst einen Ersatz fürs Erdöl erfunden?«

»Wie meinst du das?«

Der kleine Hund bellt. Teresa hat ihn auf den Schoß genommen und er schaut neugierig zum geöffneten Fenster hinaus.

»Na, dann hätte es die Kriege im Iran und Irak nicht gegeben, kein Bin Laden, kein Nine Eleven … die Scheichs wären nicht durch unser Geld so reich geworden und …«

»Ach, Teresa! Und wer hat jedes Jahr Hunderttausende von Euro in Marbella ausgegeben? Und wer gibt es immer noch aus? Die Scheichs. Ohne die würde es das alles hier nicht geben.«

»Wär das so schlimm?«

»Du kannst die Welt nicht verändern, Teresa.«

»Stimmt! Deshalb bist du ja auch Polizist geworden. Um den Status quo zu erhalten. Die Ordnung. Denn ohne Ordnung sind wir verloren, nicht wahr?« Herausfordernd sieht sie mich an.

»Ich bin Polizist geworden, weil ich schnell Geld verdienen wollte und weil der Cousin von …«

»Nein, nein«, unterbricht sie mich, »ich weiß schon: wegen der schicken Uniformen.« Sie zupft an meiner Krawatte. »Und nun trägst du nicht mal mehr eine!«

2

Jimmy Choo hat wie alle Läden hier in der Gegend morgens um neun noch nicht geöffnet. Bei Chanel wird das Schaufenster geputzt und vor Boss der Teppich gesaugt.

Ein Wagen kommt mir entgegen und gleitet neben meinen. Ich stutze. Es ist ein schwarzer Porsche ohne Verdeck. Darin sitzt doch tatsächlich Ramon. In meinem Gehirn blitzt es wie bei einem Gewitter. Was hat Ramon mit den Wilkes zu tun? Wieso sollte er am letzten Freitag vor Ecksteins Haus geparkt haben?

»Hola, Pablo!«

»Ramon? Ich hoffe, du hast einen guten Grund, mich hierherzubestellen.«

Unsere Autos stehen ziemlich dicht nebeneinander, sodass wir nicht die ganze Straße versperren.

»Ist das deine Assistentin?« Er schiebt die Sonnenbrille auf die Haare und macht eine galante Geste zu Teresa.

»Meine Zwillingsschwester«, sage ich durchs offene Fenster.

»Sie sieht aber besser aus als du, Pablo!«

Teresa setzt eine aufreizend ausdruckslose Miene auf. »Ist das alles, was du drauf hast, Julio Iglesias?«

Für einen Moment ist Ramon sprachlos, dann bricht er in schallendes Lachen aus.

»Ich trinke solange da drüben einen Kaffee«, wendet sie sich an mich.

Ramon sieht auf ihren Hintern, als sie mit dem Hündchen auf dem Arm zum Café mit der ausgefahrenen Markise geht.

»Was ist so ernst, dass du mich bis nach Puerto Banús fahren lässt? Hier gibt's ja noch nicht mal einen Parkplatz.«

»Tut mir leid, Pablo, aber ich habe hier gleich noch einen Termin. Bleiben wir einfach im Auto. Sag mal« – er senkt die Stimme und lehnt sich ein bisschen weiter aus dem Fenster zu mir – »du bist doch an dieser Sache mit dem Deutschen dran.«

Ich frage mich, woher er das schon wieder weiß, doch da er mir darauf sowieso keine Antwort geben würde, spare ich mir die Frage. »Und?«

»Ist das jetzt abgeschlossen? War es ein Herzinfarkt?«

»Wieso interessiert dich das?«, gebe ich ziemlich überrascht zurück.

»Na ja, wir kannten uns. Ich hatte mal einen Auftrag von ihm.«

»Was für einen Auftrag?«

Einen Augenblick überlegt er, ob er mir darauf antworten soll, dann gibt er sich einen Ruck. »Ach, nichts Besonderes. Ich sollte einen Nachbarn überprüfen.«

»Rudolf von Eckstein?« Einen anderen Nachbarn kenne ich ja nicht mit Namen.

Erstaunt hebt er die Brauen und nickt.

»Und worum ging's?«

Ramon blickt sich rasch um und beugt sich noch ein bisschen weiter zu mir herüber. »Ich erzähle dir das jetzt im Vertrauen, Pablo: Eckstein wollte ein Extra-Stockwerk auf sein Haus draufsetzen. Aber das hat Wilke gestört. Er hatte Angst, dass dann nicht mehr genug Sonne in seinen Garten fällt. Als Wilke keinen Baustopp erwirken konnte, hat er mich beauftragt, nach dunklen Stellen in Ecksteins Vergangenheit zu suchen, um ihn unter Druck zu setzen.«

»Und, hast du was gefunden?«

»Jede Menge, Pablo. Der feine Rudolf von Eckstein heißt eigentlich Rudolf Schröder und hatte irgendwo in Deutschland einen Schrotthandel, der krumme Geschäfte in Südamerika gemacht hat.«

»Und den Namen …«

»Den hat er sich gekauft. Als Eintrittskarte für die besseren Kreise.«

»Und was hat Wilke mit der Info gemacht?«

Jetzt zögert Ramon.

»Komm schon, Ramon. Ich bin nicht hierhergefahren, um mir nur die halbe Story anzuhören.«

»Ja … ja … ist ja schon gut. Wilke hat von Eckstein angedroht, ihn bloßzustellen und gesellschaftlich zu ruinieren. Der distinguierte Geschäftsmann mit goldenem Wappen auf der Clubjacke ist eigentlich ein Schrotthändler mit Dreck am Stecken.«

»Dann war es also gar kein offizieller Baustopp?«

»Nein. Von Eckstein hat seinen nichtadligen Schwanz eingezogen. Hat zwar jetzt keine Penthouse-Wohnung, aber dafür seinen gesellschaftlichen Status behalten. Wenn das mal nichts ist.«

Ramons Aufmerksamkeit wird von einer langbeinigen Farbigen in einem gelben Kleid in Anspruch genommen. Sie schlendert im Laufsteg-Modus über die Straße auf einen heranrollenden Bentley zu.

»Sag mir, warum kriegen manche Geld und Schönheit mit und andere nur Armut und Krankheit?«, fragt Ramon gedankenverloren.

Das mieseste Schwein findet die beste Eichel, würde Nuria sagen. Ich sage: »*Es la Vida* – aber warum wolltest du das jetzt mit dem Herzinfarkt wissen? Meinst du, von Eckstein hat sich an Wilke gerächt …?«

»Nein. Nein, das kann ich mir nicht vorstellen. So weit würde er nicht gehen.«

»Schickes Auto übrigens«, sage ich beiläufig. »Fährst du den schon lang?«

Ramon grinst geschmeichelt. »Der erste Eindruck entscheidet, wie wir wissen. So sehen meine Klienten gleich, dass ich erfolgreich bin.«

»Ach … und du warst nicht zufällig am letzten Freitag oben bei den Wilkes?«

»Ich? Was hätte ich dort tun sollen?«

»Und es hat sich auch niemand dein Auto ausgeliehen?«

»Bist du verrückt?«

»Du warst mit dem Wagen auch nicht in einer Werkstatt – vor Kurzem?«

»Sag mal, was soll die Fragerei?«

»Routine«, sage ich betont gleichmütig.

Er glaubt mir natürlich nicht, das sagen mir seine über der Nasenwurzel zusammengezogenen Brauen. »Und … Pablo, war's jetzt ein Herzinfarkt?«

»Das wissen wir noch nicht. Vielleicht – vielleicht auch nicht.«

Lächelnd hebe ich die Hand zum Gruß und fahre an. Ein rotes Mercedes Coupé rangiert umständlich aus der Parkbucht vor der zweistöckigen, mehr protzigen als schönen Jacht. Ich warte und schlüpfe hinein. Glück gehabt.

Teresa winkt mir von einem kleinen runden Tisch zu. Seltsamerweise wirkt sie trotz Hippie-Look gar nicht so fehl am Platz, hier unter den Reichen und Schönen, mit dem blonden Wuschelhündchen auf dem Schoß. Ein paar Männer in teuren Klamotten mustern sie interessiert.

»Du könntest dir hier einen reichen Typen angeln, Teresa«, flüstere ich ihr ins Ohr.

»Daran habe ich auch schon gedacht.« Sie lässt ein unbenutztes Tütchen Zucker in ihrer Fransentasche verschwinden. »Aber Geld ist nicht alles«, schnaubt sie verächtlich. »Und, was ist jetzt mit dem Mord?«

»Heute kein Mord.«

Die Bedienung bringt ihr ein Bocadillo.

»Wir müssen zurück, Teresa, lass es dir einpacken.«

»Warte!« Teresa zieht ein Stückchen Schinken heraus und gibt es dem Hündchen. Ruck, zuck ist es in seinem kleinen Maul verschwunden.

»Ist es nicht süß, Pablito?« Teresa wuschelt ihm durchs Fell.

»Sehr süß. Aber komm jetzt. Oder bleibst du doch hier und angelst dir noch einen Millionär?«

Unterwegs grübele ich darüber nach, ob es eine Bedeutung hat, dass Ramon einen schwarzen Porsche Cabrio 911 fährt.

»Und wohin jetzt?«, fragt Teresa unternehmungslustig. Von den Strapazen der letzten Nacht hat sie sich erstaunlich schnell erholt. Und Padre haben wir beide wohl vergessen.

»Ins Tierheim.«

»Nein!«

»Was nein?«

»Das kannst du nicht machen, Pablito!«

»Dann nimm du es.«

»*Es!* Genau! Du sagst *es*, obwohl du weißt, dass *es* ein Mädchen ist. Also, gib ihr wenigstens einen Namen.«

»Aber ich behalte sie nicht. Andere sollen ihr einen Namen geben.«

»Gib ihr einen Namen! Los!«

»Teresa …« Ich ziehe links an einem langsamen Mietwagen vorbei.

»Los! Wir wollen einen Namen, stimmt's, Kleine?«

Zu allem Überfluss macht der kleine Hund auch noch *wuff, wuff.* Ich gebe auf.

»Also gut: Chica.«

»Chica? Na ja, nicht besonders geistreich, aber immerhin. Du heißt jetzt Chica.« Sie gibt dem Hündchen einen Kuss auf den Kopf. »Chica, meine Süße. Wenn man einem Tier einen Namen gegeben hat, fällt es noch schwerer, es abzugeben.« In ihrem Ton ist unverhohlener Triumph.

»Danke, Teresa! Wirklich, vielen Dank!« Ich ärgere mich. Soll doch sie den Hund nehmen! »*Du* könntest mal ein bisschen Verantwortung übernehmen, Teresa.«

»Meine Güte, Pablo, ich breche manchmal zusammen unter der ganzen Verantwortung!«

Ich sehe kurz zu ihr hinüber. »Wieso brichst du zusammen?«

»Wieso? Die Welt geht unter und ich versuche, noch irgendwas zu retten!« Sie legt den Kopf an die Lehne und schließt die Augen, denkt wahrscheinlich an all die Wale, Menschenaffen und Urwaldbäume, die in dieser Sekunde ihr Leben lassen, während ich den nächsten dahinschleichenden Mietwagen überhole.

»Wo steht dein Auto?«, will ich wissen. »Am besten nimmst du den Hund mit. Du kommst doch sowieso am Tierheim vorbei.« Die geniale Idee hätte mir schon früher kommen können.

»Vergiss es, Pablo! *Ich* bringe Chica *nicht* dorthin!« Sie küsst den Hund wieder auf den Kopf.

»Und *ich* kann sie nicht ins Büro mitnehmen. Was glaubst du, was La Jefa sagen würde?«

»Ich denke, sie hat auch einen Hund?«

»Und Pferde. Aber sie bringt sie nicht mit ins Büro.«

»Deshalb kannst du ja Chica mitnehmen.«

Ja, Teresa hat eine ganz besondere Logik. Und meistens auch das letzte Wort.

3

Eva bleibt mit dem Kaffeebecher, den sie wohl gerade für La Jefa aus der Küche geholt hat, erstaunt stehen.

»Was ist das denn?«

»Keine Angst, es beißt nicht«, sage ich und streichele das Hündchen in meinem Arm. Sicher fürchtet sie sich hier, in so einem Büro. Teresa hat sich weder mit Drohungen noch mit Schmeicheleien dazu bringen lassen, Chica im Tierheim abzuliefern.

»Ist das niedlich!« Eva hat den Kaffee abgestellt. »Gib's mir mal!« Schon hat sie mir Chica aus den Händen genommen. »Wie heißt du denn?«

»Chica.«

»Chica! Was für ein origineller Name! Na, da hast du dir aber große Mühe gegeben, was, Pablo?« Ihre Augen funkeln spöttisch.

Ich nutze die Gunst der Stunde. »Schau mal, du bist eine der wenigen Frauen, die sie mag!« Chica schnüffelt neugierig in ihren Ausschnitt. »Willst du sie nicht behalten?«

»Ich? Ich bin doch den ganzen Tag im Büro!«

Sie gibt mir Chica zurück und betrachtet uns mit schräg gelegtem Kopf. »Außerdem passt sie besser zu dir.«

»Was hast du nur für ein Bild von mir, Eva?«

Sie lächelt vage und nimmt den Kaffeebecher wieder auf. »Oh, *Mierda*, der ist jetzt kalt, ich muss ihr einen neuen machen …«

La Jefa reißt die Tür ihres Büros auf. »Eva!«

Alle Köpfe rucken in ihre Richtung. Jetzt hat sie mich entdeckt.

»Ah! Hola, Benitez!«

Ihre gute Laune macht mich stutzig. Nicht, dass sie immer schlechter Laune wäre, aber jetzt hat sie etwas geradezu Euphorisches.

»Hola«, erwidere ich vorsichtig.

Sie macht eine einladende Handbewegung in ihr Büro. Rasch nehme ich Eva den Kaffeebecher aus der Hand und drücke ihr dafür das Hündchen wieder in den Arm.

Ich schließe die Tür hinter mir, und sie setzt sich an ihren Schreibtisch. La Jefas Blick heftet sich auf den Fernseher, wo eine Diskussion über das Flüchtlingsproblem in Melilla läuft.

»Diese armen Menschen!«, meint sie. »Wie muss es sich wohl anfühlen, so entwurzelt zu sein?«

Ich warte, vielleicht hat sie mich ja schon vergessen. Dann aber dreht sie den Ton leiser und wendet sich mir zu.

»So, ich bin froh, dass wir diesen Fall, der keiner war, abgeschlossen haben.« Zufrieden lächelnd faltet sie die Hände auf der weinroten Lederunterlage. »Doktor Berrocal hat einen Herzinfarkt attestiert. Und ich habe mich daran erinnert, dass ich Ihnen einen Gefallen schulde, Benitez. Ich gebe Ihnen hiermit zwei Tage frei, das heißt, heute und morgen – und dann greifen Sie Ihrem Kollegen bei dem Russenfall unter die Arme.«

»Herzinfarkt …?« Wieso hat mir Berrocal nichts gesagt? Und der heutige Tag ist ja schon halb vorbei. »Aber wie hat Doktor Berrocal jetzt so schnell …«

»Er hat etwas anderes zu tun, als sich mit einem Fall aufzuhalten, der, wie ich ja bereits sagte, gar keiner ist. Zwei Tote im China-Restaurant in Elviria. Die chinesische Mafia haben wir jetzt auch noch hier.« Seufzend sieht sie aus dem Fenster in die gleißende Sonne. Ihre gute Laune ist auf einmal dahin. »Das Paradies auf Erden könnten wir hier haben …«

Ich bin nicht sicher, was sie von mir hören will – ob sie überhaupt etwas von mir hören will. Deshalb warte ich, bis ihr Blick ins Hier und Jetzt zurückkehrt.

Dann sagt sie mit einem wieder zufriedenen Lächeln: »Wenigstens kann ich heute Abend unbehelligt zum Lions-Club-Empfang. Da wäre noch etwas: Ich habe Unterstützung für Sie aus Sevilla angefordert. Moreno wird für mindestens drei Monate ausfallen. Ich habe vorhin mit seinem Arzt gesprochen. Er kann ab heute Besuch empfangen. Richten Sie ihm von mir einen besonderen Gruß aus, und sagen Sie ihm, ich werde ihn besuchen, sobald es meine Zeit erlaubt.«

»Ja, natürlich, Señora Delgado.« Ich weiß nicht, was sie unter einem *besonderen Gruß* versteht: einfach nur einen Gruß, oder gibt sie mir etwas für ihn mit? Etwas Materielles? Als sie keine Anstalten macht, etwas Materielles aus der Schublade oder sonst woher zu holen, gehe ich von einem einfachen *besonderen Gruß* aus.

»Wie geht es Ihrem Vater?«, fällt ihr ein, als ich schon an der Tür bin.

»Besser. Viel besser.«

»Das freut mich für Sie und Ihre Familie. Übrigens sind Sie für eine Beförderung vorgesehen.«

»Oh …« Beförderung ist gleich mehr Gehalt. Oder gibt's einen Haken? Ich warte.

Aber sie hebt die Fernbedienung zum Fernsehen, um die Lautstärke höher zu schalten. Ihre Aufmerksamkeit gilt dem nächsten Bericht.

Leise schließe ich die Tür beim Rausgehen.

Alle Köpfe drehen sich zu mir.

»Ich habe heute und morgen freibekommen«, sage ich schulterzuckend. Das mit der Beförderung lasse ich weg. Wer weiß, was am Ende dabei herauskommt.

»Na, da kannst du ja gleich mal mit ihr Gassi gehen!« Eva drückt mir Chica naserümpfend in die Arme.

Kaum bin ich draußen vor dem Gebäude, setzt sich Chica auch schon hin. Sie hinterlässt ein paar harte Kugeln, die ich gemäß unserer Kampagne für ein hundekotfreies Marbella in einer Plastiktüte aufsammeln müsste. Doch ich habe keine Plastiktüte parat und noch nicht mal ein Papiertaschentuch eingesteckt. Also mache ich es, wie die meisten: Unauffällig lasse ich meinen Blick schweifen, und als ich keinen Zeugen entdecke, nehme ich Chica auf den Arm und gehe schnell wieder hinein.

»He, *Flojo!* Darf man einen Hund mit ins Krankenhaus nehmen?«, frage ich ziemlich laut Raimundo, der in seinem Sessel vor sich hingedöst hat und jetzt aufschreckt. Verdattert sieht er mich an.

»Vergiss es, Pablo«, mischt sich Pedro ein. »Die würden dir sofort die Eier abreißen! Denk doch mal an all die Bakterien, die die an den Pfoten haben.«

»Dann passt mal gut auf Chica auf, bis ich wieder da bin. Ich besuche jetzt Antonio.«

Bevor Raimundo protestieren kann, habe ich den Hund schon auf seinen Schreibtisch gesetzt und bin an der Tür.

Ohne die Krankenwagen vor der Einfahrt würde man glatt meinen, es wäre ein Hotel. Mit Palmen und freier Sicht aufs Meer.

Der Duft von den Sardinengrills in den Chiringuitos am Strand dringt durch die Fenster herein und erinnert wie das

Knattern der Motorboote den Kranken in seinem Bett daran, dass da draußen das Leben auf ihn wartet – oder auch, dass es ohne ihn weitergeht. Das kommt auf die Stimmungslage, die Erkrankung, aber vor allem auf die Lebenseinstellung an.

Antonio gehört zu der zweiten Kategorie. Schwach hebt er die Hand, als ich hereinkomme. Den Kopfverband haben sie ihm abgenommen, nur ein dickes Pflaster klebt noch etwas oberhalb der Schläfe. Die Schürfwunden in seinem Gesicht sind verkrustet. Aber sein Bein und sein Arm hängen immer noch in diesen Gestängen.

»Pablo! Ich hab schon gedacht, ihr habt mich vergessen!«, krächzt er.

»Dich? Du bist doch die Stütze der Abteilung!« Ich bin erleichtert, seine Stimme wieder zu hören.

»In dem Zustand? Warte, ob ich's noch zusammenkriege: offene Frakturen, vier Rippenbrüche, Poly… polyirgendwas und stressbedingte … Angina … Angina pectoris …«

»Klingt wie 'n Lexikon.«

Wir lachen beide, Antonio etwas verhalten, denn ihm dürfte alles wehtun.

Ich ziehe mir einen Stuhl heran und setze mich. »La Jefa lässt dir übrigens ganz *besondere Grüße* ausrichten. Eine Gehaltserhöhung habe ich leider nicht rauskitzeln können. Als Trost habe ich dir wenigstens das mitgebracht.«

Ich reiße die Tüte Calamares fritos mit Aioli-Soße auf – aus dem *Las Golondrinas*, wo wir sie uns öfter geholt haben – und lege sie auf den Nachttisch.

»Ich vermisse unseren Laden.« Mühsam hebt den Kopf. »Schieb mir mal das Kissen höher.«

Ich tue mein Bestes, aber Antonio kann sich kaum nach vorne beugen. Schließlich bewerkstelligen wir es trotzdem irgendwie, und er lässt sich stöhnend aufs Kissen zurücksinken.

»Du wärst 'ne miserable Krankenschwester, Pablo. *Hombre*, ich habe immer damit gerechnet, dass mich so ein *Idiota* anschießt, aber nicht, dass mich 'ne halbblinde Achtzigjährige vom Sattel holt. War vielleicht ein Scheißgefühl, da auf den Asphalt zu knallen. Das war's jetzt, Antonio, habe ich gedacht.« Er stöhnt wieder. »Wieso bin ich bloß mit dem Motorrad gefahren? Diese *Hija de Puta* hat mir mein Leben ruiniert! Adriana ist für mich gestorben!« Sein Gesicht mit den Schürfwunden glüht rötlich vor Zorn, seine Wutausbrüche kenne ich, da flogen nicht nur Papierkörbe durchs Büro.

»Ja, ja …«, sage ich besänftigend und deute auf die Calamares. »Ich habe mich extra angestellt. Und Angela hat sie besonders knusprig gebraten! Na?«

»*Die* Angela …?« Mit seiner unverletzten Hand beschreibt er eine eindeutige, auf Angelas Busen hinweisende Bewegung.

»So schlecht kann's dir ja nicht gehen«, bemerke ich.

Während wir essen, erzähle ich ihm alles über den Fall Wilke – der ja laut Jefa nie einer war.

»Herman hätte es natürlich zuerst *dir* sagen müssen! Und nicht der Jefa«, sagt Antonio, als ich geendet habe, und leckt sich einen Finger ab. »Aber … wahrscheinlich hat sie ihn bedrängt – und der Staatsanwalt genauso. Na ja, und wenn es keine weiteren Hinweise gab …« Mit erstaunlichem Appetit beißt er in den nächsten knusprigen Tintenfischring, den er vorher in die Aioli-Soße getunkt hat. »Und mit den toten Schlitzaugen hat er wahrscheinlich weiß Gott genug zu tun.«

Ich nehme mir ein Stück Calamar aus der vom Fett ganz durchsichtigen Papiertüte. »Du kennst doch Ramon.«

»Julio Iglesias? Wer kennt den nicht?«

»Ich lasse ihn gerade überprüfen, weil er auch einen Porsche fährt.« Und dann erzähle ich ihm von der Begegnung in Puerto Banús und von Ramons gesteigertem Interesse am Fall Wilke.

Antonio tunkt ein neues Stück in die Aioli-Soße. »Hm. Ramon hat überall seine Finger im Spiel. *Bandido!* Das Schlitzohr hat doch früher schon mit allen Tricks gearbeitet. Und war dabei immer der Gentleman, immer charmant. Dem haben die Frauen auf dem Silbertablett nicht nur ihre Geständnisse serviert.« Antonio lacht zweideutig und erinnert sich: »Wie er mit dieser, na, wie hieß sie noch mal, dieser Polopferde-Trainerin …«

Ja, und ob ich mich erinnere. Sie war ein Prachtweib. Sah ein bisschen aus wie La Jefa, groß und kurvig und mit ihrem lüsternen Blick zog sie jeden von uns aus.

Ramon hat sich tapfer *geopfert* – und fand dann in ihrer Wohnung die Tatwaffe. Eine Glock. Groß und silbern und wie geschaffen für ihr Händchen. Sie wurde verhaftet. Ramon war danach tagelang geknickt. Er wäre am liebsten mit ihr über alle Berge getürmt, doch schließlich siegte sein Pflichtbewusstsein über seinen …

»Jetzt hätte ich Lust auf ein Bierchen«, sagt Antonio auf einmal wieder fast so lebendig wie sonst.

»Soll ich uns eins holen?« Wenn ich es recht bedenke, hätte ich auch Lust auf eins.

»Nein, nein, ich will die kleine, süße Krankenschwester nicht enttäuschen.« Er verzieht den Mund zu einem Lächeln. »Du ahnst ja gar nicht, was sich die Verwaltung für Mühe gibt, uns Patienten bei Laune zu halten. Da gibt's für jeden etwas. Sportliche mit solchen Oberschenkeln und Üppige mit so 'nem Vorbau und solchen Kurven … aber lassen wir das.«

Antonio ist richtig in Fahrt gekommen und versucht, sich

ein bisschen mehr aufzusetzen. »Sag mal, wieso lässt du Ramon überprüfen? Verdächtigst du ihn, am Herzinfarkt von dem Wilke schuld zu sein?«

»Er benimmt sich merkwürdig und außerdem hat er für Wilke gearbeitet. Aber vielleicht verbeiße ich mich da in was, nur weil …«

Antonio bringt so etwas wie ein ahnungsvolles Grinsen zustande. »Es geht um eine *Chica*, stimmt's?«

»Ja, sie hat mich irgendwie angerührt, und jetzt krieg ich sie nicht mehr aus dem Kopf.« Ich erzähle ihm von Cristina, von ihren honigblonden Haaren und ihrem Freund, diesem Angeber.

»Die muss natürlich gerettet werden …«, sinniert Antonio, und ich nicke dankbar.

Eine Weile hängen wir unseren Gedanken an Chicas nach, die wir zu retten versuchten, die wir nicht retten konnten und an die, die gar nicht gerettet werden wollten.

Ich denke dauernd an Cristina. Was sie jetzt macht. Ob sie einen Job hat. Und ob sie diesen James wirklich liebt. Ihre bernsteinfarbenen Augen sehen mich die ganze Zeit an. Sie wollen mir etwas sagen. Und dann doch wieder nicht. *Du redest dir was ein*, weise ich mich zurecht. *Du bist für sie nur ein Polizist, der sie für einen Moment gerettet hat. Das ist alles. Hör endlich auf, dir mehr einzubilden. Aber … aber sie hat mein Herz berührt. Und jetzt tut es weh.*

Nach einem langen Seufzer sagt Antonio: »*Hombre*, am besten vergisst du alles. Heute spielt Brasilien gegen Mexiko! Und ich kann's noch nicht mal sehen! Wie soll man da gesund werden?« Er hat mit der Hand auf die Bettdecke geschlagen und verzieht jetzt das Gesicht vor Schmerz. »Die jagen mir hier solche Schmerzmittel in den Arsch, dass ich sogar beim Elfmeterschießen einschlafen würde.«

»Das wird schon wieder«, tröste ich ihn und stehe auf. »Ich fahre jetzt zu meinem Padre. Ihm geht's zwar besser, aber ich muss Mamá beistehen.«

Antonio nickt. »Deiner ist genauso ein Tyrann wie meiner. Und trotzdem machen wir uns Sorgen.«

»Liegt wohl in den Genen.«

4

Als der Wind durch die Palmen vor dem Krankenhaus fegt und das Rauschen des Meeres zu mir dringt, überlege ich für ein paar Augenblicke wirklich, ob ich den Hund nicht einfach im Büro lasse. Dann muss sich Eva oder sonst wer um ihn kümmern. Aber ich weiß schon genau, was mich Teresa zuerst fragen wird: Wo hast du Chica gelassen? Ich bin ein schlechter Lügner.

Also fahre ich zurück ins Büro, hole Chica ab und mache mich auf den Weg zur Finca hinauf.

Von unterwegs rufe ich Berrocal an.

»Ich weiß, Pablo, ich bin dir eine Erklärung schuldig«, sagt er ohne eine Begrüßung. Und dann berichtet er mir, dass ihn der Staatsanwalt und die Jefa bedrängt haben, und da er nichts Neues gefunden hatte, war ihm nichts anderes übrig geblieben, als Herzinfarkt zu attestieren.

»Du hättest mir wenigstens vorher Bescheid geben können.«

»Ja, ja … ach, sei froh, dass die Sache vorbei ist. Ich muss weitermachen, ich habe hier zwei mausetote Chinesen – ohne Kontrabass.«

Vor dem Haus parkt neben Teresas Cinquecento Alfonsos Mercedes. Was macht der schon hier?

Maria Dolores und Miguel sind in Estepona, und Esperanza arbeitet wie gewöhnlich. Alles beim Alten. Nur Golfo ist nicht wieder an der Kette. Bellend springt er an mir hoch.

Und ich muss die strampelnde Chica unter meinem Arm festhalten. »Die ist zu klein für dich, Golfo!«

Golfo macht brav Sitz und lässt uns ins Haus.

Der Duft von gekochten Tomaten und Oregano steigt mir in die Nase. Mamá sieht vom Kochtopf auf, aus dem der wunderbare Duft aufsteigt.

»Hola *Cariño!*« Mamá wischt sich die Hände an ihrer Schürze ab und zieht mein Gesicht zu sich und küsst mich.

»Du hast ja einen Hund!«

»Das ist Chica.«

Teresa lässt das Messer kurz sinken. »Ich habe schon befürchtet, du kommst ohne sie«, sagt sie trocken und widmet sich wieder der Chorizo.

Ich setze Chica auf den Boden und stehle mir ein Stück scharfe Chorizo von Teresas Schneidebrett. Chica stellt sich an mir hoch und visiert die Wurstscheibe an.

»Nein«, sage ich mit fester Stimme, als Teresa auch schon ein Stück Wurst fallen lässt.

»Oh«, sagt sie mit belustigtem Grinsen.

»Du torpedierst meine Erziehung, Teresa! Aber das hast du jetzt davon.«

Jetzt stellt sich Chica an ihr hoch und pienst.

»Ist Padre im Schlafzimmer?«, frage ich.

Mamá schüttelt den Kopf. »Er sitzt vorm Fernseher und guckt Fußball.«

Die Chorizo schmeckt gut, und ich strecke die Hand nach einem weiteren Stück aus, aber Teresa gibt mir einen Klapps auf die Finger.

»Nein!«, sagt sie mit fester Stimme.

Mamá lässt den Kochlöffel sinken. Seufzend sieht sie erst mich an, dann Teresa. »Ach, was würde ich nur ohne euch machen?«

»Du hättest ihn verlassen sollen.« Teresa nimmt sich eine Aubergine vor. Mamá will etwas sagen, aber Teresa kommt ihr zuvor. »Aber ja … ich weiß schon. Das ging nicht wegen uns.«

»Er hat immer für die Familie gesorgt«, sagt Mamá.

»Ja, ja«, Teresa winkt ab, »und du bist zu fremden Leuten putzen gegangen.«

»Die Zeiten waren schwierig.«

»Mamá, hier hat sich doch nichts geändert. Oder schlagen die Männer ihre Frauen nicht mehr?«

Chica schnüffelt interessiert am Mülleimer herum.

Mamá hebt die Schultern und lässt sie schicksalsergeben wieder fallen. »Er ist doch euer Vater …«

Teresa und ich tauschen einen Blick. Was sollen wir darauf sagen?

»Vielleicht hört er ja auf dich, Pablito, und macht den Fernseher aus. Doktor Ramirez hat ihm verboten, sich aufzuregen.«

»Dabei müsste er sich doch bei Belgien gegen Algerien nicht aufregen«, sagt Teresa und fügt mit einem Seufzen hinzu: »Männer, alle gleich, wenn's um Fußball geht.«

»Bin ich etwa gleich?«, frage ich entrüstet.

»Nein, *Cariño*«, sagt meine Mutter, »du bist anders.«

»Aber auch nur, weil er so lang mit einem weiblichen Fötus zusammen war«, bemerkt Teresa, »neun Monate, das geht an keiner Zelle so spurlos vorbei.«

»Und wie ist das dann mit dir, Teresa? Du warst schließlich neun Monate mit einem männlichen Fötus zusammen.«

»Richtig, deswegen halte ich's auch nie länger als neun Monate mit einem männlichen Organismus aus.«

»Mhm, ist das wirklich so?«, frage ich mit gespieltem Erstaunen. Daraufhin schneidet sie eine Grimasse.

»Ich war mit Leticia auch nur neun Monate …«, fällt mir ein.

»Da hast du's!« Teresa häckselt ungerührt die Kräuter.

Ich nehme mir vor, mal im Internet darüber zu recherchieren.

»Nun geh schon, sonst verpasst du noch das ganze Spiel«, sagt Mamá und taucht den Kochlöffel in den Sugo.

»Was macht Alfonso eigentlich hier?«, frage ich an der Tür.

»Er musste die Klospülung reparieren«, erklärt mir Teresa und verdreht die Augen.

Also alles beim Alten.

Ich hole mir ein Cruzcampo aus dem Kühlschrank und gehe ins Wohnzimmer. Chica gibt die Hoffnung auf weitere Chorizo auf und folgt mir.

Padre sitzt im Schlafanzug in der Mitte des Sofas. Er ist immer noch blass, aber seine Haltung ist die Alte. Die Arme seitlich ausgestreckt, was da heißt: Ich – der uneingeschränkte Herrscher, dem hier alles gehört. Vom Sessel rechts neben ihm winkt mir Alfonso mit einer Flasche Bier in der Hand zu. Sein Bizeps schwillt dabei eindrucksvoll an.

»Schon Feierabend? Gucken die Verbrecher auch alle Fußball?«

»La Jefa hat mir freigegeben.«

Im Fernsehen laufen gerade die Spieler für die zweite Halbzeit ein.

»Wie steht's?«, frage ich.

»Null zu null, aber nachher wird's spannend. Brasilien gegen Mexiko!« Gut gelaunt reckt Alfonso den Daumen.

»Du stehst mir im Bild, setz dich oder geh raus«, knurrt Padre mich an.

»Darfst du überhaupt Fußball gucken?«, frage ich ihn.

»Habe ich ihn auch schon gefragt.« Alfonso zuckt die Schultern und setzt die Flasche an den Mund. »Ist das 'ne Ratte?«, fragt er, als er Chica entdeckt.

»Lag unter meinem Auto.«

»Ruhe!«, herrscht Padre uns an und schaut gebannt in den Fernseher.

Wenn es um Fußball geht, interessiert ihn nichts anderes. Ich vermute, er hat noch nicht einmal mitgekriegt, dass Golfo nicht mehr an der Kette hängt. Besser wieder der Alte als tot, denke ich mir. Denn was will Mamá allein auf der Finca? Oder was sollte sie bei Juanita und Alfonso in Marbella?

Sie ist es gewöhnt, im Garten zu arbeiten, sich ums Essen zu kümmern, Katze und Hund zu versorgen, zweimal die Woche auf den Markt und in den Fischladen zu gehen und mit den Nachbarn zu plaudern, die sie seit vierzig Jahren kennt. Sie würde sich in einem Wohnblock mit Balkon und Supermarkt gegenüber gar nicht wohlfühlen. Ich setze mich in den anderen Sessel neben Padre und trinke mein Bier. Chica macht es sich auf meinem Schoß bequem.

So war es schon immer. Keiner wagt es, Padre mal so richtig die Meinung zu sagen, ihn in die Schranken zu weisen. Keiner – außer Nuria und manchmal Teresa. Die hat den Mut, es mit ihm aufzunehmen. Auf einmal weiß ich, warum. Weil sie neun Monate mit einem männlichen Fötus zusammen war.

»Und, hast du deinen Fall endlich abgeschlossen?«, will Alfonso wissen.

»Ist wahrscheinlich keiner. Bloß ein Herzinfarkt. Trotzdem, ich frage dich, was würdest du tun: Du parkst deinen Porsche am Straßenrand und gehst weg, kommst zurück und irgendein Idiot hat die Scheibe eingeschlagen.«

»Porsche? Was für einen?«

»911, schwarz, Cabrio.«

Er pfeift durch die Zähne. »Ich würde die ganze Nachbarschaft zusammenbrüllen und mir jeden Einzelnen vorknöpfen. Und dann würde ich zur Polizei gehen. Ist doch klar, oder?«

»Ja. Aber in meinem Fall hat es der Porschefahrer nicht gemacht.«

»Wie, er ist sang- und klanglos eingestiegen und weggefahren?«

»Scheint so.«

»Ruhe!«, kommt es von Padre, und er trommelt mit den Fingern auf die Sofalehne. »Das Spielfeld ist für dich, *Tonto*, wohl nicht groß genug!«

Alfonsos Augen werden schmal, als er mich ansieht. »Die Sache stinkt doch zum Himmel!«

»Genau.«

»Sag mal« – Alfonso beugt sich zu mir herüber – »was hältst du davon, wenn ich mich mal bei meinen Kumpels umhöre, ob da einer 'ne Porschescheibe repariert hat?«

»*Cabrones!* Arschlöcher, passt doch auf!«, schreit Padre und schlägt mit der Faust auf die Sofalehne. Erschrocken springt Chica hoch. Ich streichle sie beruhigend.

»Sonst hauen euch diese *Idiotas* noch eins rein!«, poltert er weiter. Ich weiß gar nicht, für wen er ist. Ein Algerier hat den Ball und bahnt sich den Weg nach vorn. »Das schaffst du nicht, du elender Schlappschwanz!«

Alfonso wirft mir einen Blick zu, der so viel heißt wie: Alles beim Alten, der stirbt nicht so schnell.

»Pablo!« Mamá steht in der Tür mit ihrem sorgenvollen Blick. »Du darfst dich doch nicht so aufregen, hat Doktor Ramirez gesagt.«

»Rennt ihn um, macht ihn fertig!«, ruft Padre nach vorn gebeugt.

»Pablo«, versucht es Mamá wieder, diesmal ein kleines bisschen lauter, »Doktor Ramirez …«

»Dieser blutleere Quacksalber soll sich lieber um sich kümmern!«, poltert Padre, ohne sich vom Fernseher abzuwenden und wedelt dann mit der Hand, als wollte er sie verscheuchen.

Das Gesicht meiner Mutter zuckt, als hätte er ihr gerade eine schallende Ohrfeige verpasst.

Ich will für sie in die Bresche springen aber mein »Doktor Ramirez hat recht!«, geht im Abpfiff, der hektischen, lauten Stimme des Moderators und Chicas Kläffen unter. Es ist ein hohes, nervtötendes Kläffen, das durch Mark und Bein geht, doch Padre scheint es nicht zu hören.

Teresa setzt sich auf die Armlehne meines Sessels und streicht erst mir über die Haare, dann Chica übers Fell. »Ist das nicht ein süßer Hund, Mamá? Sie könnte doch hier bleiben.«

»Ich weiß nicht, was Golfo dazu meint, außerdem … haben wir doch Señorito«, sagt Mamá verhalten. Sie steht immer noch in der Tür.

Jetzt hat Padre Chica bemerkt. »Seit wann darf ein Köter in mein Haus?«

»Seit du von den Toten auferstanden und ein besserer Mensch geworden bist«, sagt Teresa frech. Doch Padre bleibt unbeeindruckt und tut so, als hätte er sie gar nicht gehört. Das ist seine Art, mit Teresa umzugehen. Er ignoriert sie einfach.

»Raus mit dem Köter!«, knurrt er.

»Das ist ein Welpe und kein Köter!«, sagt Teresa, »du wirst doch nicht …«

»Raus, hab ich gesagt!«

»Pablo!«, versucht es meine Mutter.

»Raus jetzt, *rapido!*«

Chica hat sich unter meine Achsel gedrängt. Ihr junges Hundeherz klopft ganz heftig und schnell.

Ich stehe auf. Mit meinem Vater werde ich mich jetzt nicht anlegen. Mamá zuliebe nicht.

In der Küche stemmt Teresa die Hände in die Hüften. »Dieser elende Tyrann! Ich frage mich, warum Gott ihn so lange sein Unwesen treiben lässt.«

»Teresa, du versündigst dich …« Mamá schüttelt entsetzt den Kopf.

»Ist doch wahr!«, beharrt Teresa. Ungeduldig trommelt sie mit den Fingern auf die Spüle, an die sie sich gelehnt hat. »Wie haltet ihr das nur mit ihm aus?«

Mamá hat wieder den Kochlöffel in der Hand und hebt den Topfdeckel hoch. Ein Duft von Oregano entweicht. »Er ist nun mal euer Padre. Gott wird schon wissen, was er tut.«

Teresa stöhnt laut auf. »So seid ihr! Alles hinnehmen und ertragen wie die Esel! Kein Wunder, dass Franco an Andalusien verzweifelt ist!«

»Wir können nicht alle Revolutionäre sein, Teresa!«, erwidere ich.

»Aber es würde nicht schaden, wenn wenigstens ein paar von euch es wären.«

»Wir wollen in Frieden leben«, sagt meine Mutter sanftmütig, was Teresa schon immer zur Weißglut getrieben hat.

Bevor sie mit ihren Revoluzzer-Argumenten weitermacht, sage ich: »Kurz vor acht. Das Tierheim hat noch auf. Ich kann Chica nicht immer mit ins Büro nehmen. Sie kriegt bestimmt ein nettes Zuhause, so wie sie aussieht.« Ich gebe ihr einen Kuss auf die weichen Löckchen und verlasse die Küche.

5

Das Tor des Tierheims wird mir von einer kräftigen Frau mit kurzen grauen Haaren geöffnet. Alles an ihr wirkt praktisch: die Gummistiefel, der Arbeitsoverall und der Gürtel mit der Werkzeugtasche.

»Kann ich was für Sie tun?« Ihr Akzent klingt deutsch oder holländisch. »Ja, wen haben wir denn da?«, mit ihren robusten Händen streichelt sie Chica überraschend zart über den Kopf.

»Sie lag unter meinem Auto.« Ich halte ihr Chica entgegen. So schnell wie möglich möchte ich das hier hinter mich bringen. »Sie finden sicher einen guten Platz für sie.«

Chica strampelt und krallt sich mit ihren scharfen Welpenkrallen in meine Finger. Ich unterdrücke einen Aufschrei und lächele diese praktische Dame so charmant wie möglich an.

»Tja, von den süßen Kerlchen gibt's leider 'ne ganze Menge hier.«

Wir sind inzwischen an den Zwingern angelangt, hinter denen Hunde bellen, manche springen hoch, andere fangen an zu jaulen, und Chicas Krallen dringen immer tiefer in mein Fleisch. Und dieser entsetzliche Gestank.

»Warten die alle auf neue …?«

»Die da warten schon viel zu lang.« Sie deutet auf einen Zwinger mit ein paar Schäferhunden und zotteligen großen Mischlingen. »Die will keiner mehr.«

»Dann bleiben sie für immer hier …?«

»Ja. Bis wir Platz für neue Hunde machen müssen.«

»Das heißt, Sie … Sie töten die …«

Sie lässt meine Frage unbeantwortet. »So, Mäuschen, du kommst hier rein.« Wir sind an einem Käfig angekommen, in dem sieben oder acht weiße Wuschelhündchen aufgeregt kläffen. Daneben ist ein weiterer Käfig mit genauso vielen ähnlichen Hündchen. Chica krallt sich in mein Hemd und zittert.

»Und die Kleinen da, die finden auch keinen Platz?«, frage ich.

»Wenn sie Glück haben, schon.« Die Frau sucht nach dem richtigen Schlüssel an ihrem Schlüsselbund.

»Und wenn nicht?«

»Junger Mann, was ist jetzt?« Sie stemmt die Arme in die Hüften. »Wollen Sie den Hund nun hierlassen?«

»Würden *Sie* ihn hierlassen?«, frage ich sie.

Chica versucht, in mein Hemd zu kriechen.

Sie tippt sich an die Stirn.

»Heute findet in Marbella ein Lions-Club-Treffen statt«, sagt sie dann. »Da sind eine Menge Tierfreunde. Fahren Sie doch mal runter. Vielleicht haben Sie Glück und jemand nimmt das Hündchen.«

Unten am Palacio de Congresos parken Autos Stoßstange an Stoßstange. Auch der Platz hinter dem Gebäude ist bis auf den letzten Meter besetzt. Ich bin mal wieder froh, dass ich bei der Polizei bin, und stelle meinen Wagen in der Nebenstraße auf den Bürgersteig.

Mit Chica unter dem Arm gehe ich auf die in goldenes Lampenlicht getauchte Menschentraube zu. Indessen fahren Taxen vor und bringen mehr Gäste in eleganter Abendgarderobe. Gedämpft dringt gefällige Musik aus dem Gebäude und vermischt sich mit den Straßengeräuschen aus vorbeigleitenden Mercedes, BMWs, Audis, Lexus und Porsches. Natürlich, ein paar billigere Kleinwagen und Mietwagen sind auch darunter, sogar hin und wieder eine knatternde Harley.

Eine leichte Brise vom Meer lässt die Palmblätter rauschen und weht den Duft süßer Blüten aus dem Park heran. Gegenüber erhebt sich das Hochhaus mit der Praxis von Doktor Jimenez, und dahinter zeichnen sich die Berge ab, die Wächter unseres berühmten Mikroklimas. Ja, hier ist das Paradies.

»Nein, was für ein niedliches Hündchen!«, höre ich eine entzückte Stimme. Eine Dame mit aufgebauschtem lilafarbenem Haar, das Gesicht von jahrelangem Sonnenbaden gegerbt, sieht mich an.

»Ich habe sie gefunden.« Chica schnuppert neugierig in ihre Richtung. »Jetzt suche ich einen guten Platz für sie. Wollen Sie sie haben?

»Liebend gerne!«, sagt die Dame und wuschelt Chicas Fell, »aber ich habe schon drei eigene! Ach Gott, wie süß!«

Chica knabbert an ihren beringten Fingern.

»Alles Gute, du kleiner Schatz.« Sie tätschelt Chica und begrüßt überschwänglich einen kleinen, hageren Mann im Smoking.

Den Türsteher kenne ich. Mario Mera Velasco. Er stand früher bei Zara am Eingang und wurde mal als Zeuge einer Messerstecherei von uns vernommen.

»Wie geht's, Comisario? Das war ja ein Scheißspiel am Freitag!« Er begrüßt mich mit Handschlag.

»Ja«, pflichte ich ihm bei. »Irgendwann ist jede Glückssträhne zu Ende.«

Er macht mir die Tür auf.

Drinnen drängen sich die Gäste in einer Wolke von Parfüm. Chica will in mein Hemd kriechen, sie fürchtet sich sicher vor dem lauten Gelächter und Gläserklirren.

Nach weiteren vergeblichen Versuchen, für Chica ein nettes Frauchen oder Herrchen zu finden, gebe ich auf. Chica mag es nicht, von diesen Fremden gestreichelt zu werden. Und ich mag es eigentlich überhaupt nicht, andere um etwas zu bitten.

Ich will gerade wieder gehen, als ich hinten an der Bar ein bekanntes Gesicht entdecke, umrahmt von unverkennbarem honigblondem Haar.

Cristina!

Ich werde sie gleich hier an Ort und Stelle fragen, was sie sich eigentlich dabei gedacht hat, bei Señora Wilke einfach an mir vorbeizugehen. Und so stürze ich mich in die Wolke aus Parfüm und Haarspray, dränge mich zwischen Herren im Smoking und Damen im Cocktailkleid vorbei, stecke Ellbogenknüffe und ein paar Zehentritte ein, bis ich endlich, ein wenig verschwitzt, an der Bar angekommen bin. Cristina ist nicht mehr da.

Ich lasse meinen Blick über die plaudernden Grüppchen wandern, als ich meinen Namen höre.

»Benitez!«

Die Stimme hätte ich überall erkannt. Auf sie bin ich konditioniert. Die durchdringende, Autorität verkündende Stimme von La Jefa.

»Hier, Benitez, hier!«

Sie winkt mir aus drei Metern Entfernung zu. Ich kann unmöglich so tun, als hätte ich sie nicht gehört, oder noch unmöglicher: nicht gesehen.

La Jefa ist im Gespräch mit der Bürgermeisterin.

»Guten Abend, Benitez!«, begrüßt sie mich.

Heute trägt sie ihr Haar offen und glatt geföhnt. Ihr Kleid in Tiger-Optik, das ihre Kurven deutlich betont, passt wunderbar zu den dunkelrot geschminkten Lippen. Bei vielen

Frauen sieht so etwas ordinär aus, aber nicht bei Mercedes Delgado. In diesem Moment erfüllt mich ein gewisser Stolz, in ihrem Gefolge zu sein.

»Guten Abend, Señora Delgado«, sage ich.

»Darf ich Ihnen Comisario Benitez vorstellen, Frau Bürgermeister? Mein bester Mann.«

Das *im Moment* lässt sie weg. Danke, La Jefa! Ich wundere mich, dass sie Chica nicht sofort kommentiert. Der weiße Hund ist zwar klein, aber nicht unsichtbar auf meinem Arm.

»Sehr erfreut, Comisario.« Die Bürgermeisterin in einem weißen Hosenanzug – trotz ihrer High Heels kleiner als La Jefa – reicht mir die Hand. »Ihre Chefin lobt Sie ja in den höchsten Tönen.«

»Nun …« Weiter komme ich nicht.

»Comisario Benitez ist sehr gründlich«, redet La Jefa weiter, und schnappt sich ein Glas Champagner von einem Tablett. »Er zieht keine voreiligen Schlüsse, nur damit ein Fall schnell vom Schreibtisch ist. Manchmal zeigt sich dann allerdings doch, dass nur ein normaler Herzinfarkt vorlag, nicht wahr Benitez?« Ich nicke widerwillig, während sie schon an die Bürgermeisterin gewandt fortfährt: »Aber wie oft bleiben Morde unentdeckt?«

Ich denke, das ist ein guter Moment, Chica zu erwähnen. Vielleicht will ja die Bürgermeisterin einen Hund. Bei der hätte sie es bestimmt gut. Eine Bürgermeisterin kassiert ein ordentliches Gehalt und kann es sich nicht leisten, Tierfreunde zu verärgern.

Da sagt La Jefa: »Gut, Benitez, wir sehen uns dann übermorgen wieder.« Was heißt, ich kann mich verziehen.

Cristina sehe ich nicht mehr. Habe ich mich vielleicht getäuscht? Sah jemand nur so aus wie sie?

Tabletts mit Kanapees und Gläser mit sprudelndem Cava werden in Nasenhöhe an mir vorbeigereicht, Menschen lächeln mich an, ohne mich wirklich zu meinen, und über allem schwebt eine dichte Wolke aus Musik, Geplauder und teurem Parfüm.

Moment! Inmitten des Meeres weißhäutiger – oder sonnengebräunter weißer Gesichter fällt mir ein ebenholzfarbenes auf. Ist das nicht James?

Heute trifft sich hier alles, oder fast alles, was Rang und Namen hat. *Im Dunstkreis gewisser Geschäftsleute,* höre ich Juan Carlos sagen. Sicher ein guter Ort für James, um seine Kontakte zu pflegen. Ich frage mich, welche Rolle Cristina dabei spielt. Oder weiß sie von alldem nichts?

»Also wirklich!«, kreischt eine Frau neben mir auf. »Das ist ja unerhört!«

Überrascht drehe ich mich zu ihr um.

Sie scheint eine von diesen mageren, nervösen Frauen zu sein, die immer gereizt und schwierig sind.

»Chica!«

Zu spät. Chica schleckt sich Brösel vom Maul

»Entschuldigen Sie«, versuche ich, die Dame zu beruhigen, »aber ich habe sie halb verhungert gefunden …«

Die Frau starrt mich verständnislos an, und ich beeile mich, in der Menge unterzutauchen, bevor vielleicht La Jefa aufkreuzt und mich in aller Öffentlichkeit zurechtweist. So was wäre ihr zuzutrauen – insbesondere, wenn sie bei diesen Leuten Eindruck schinden will.

»Tja, Chica, irgendwie sind wir hier fehl am Platz, fürchte ich. Gehen wir heim und gucken uns das nächste Spiel an.«

Auf dem Weg zum Ausgang versorge ich uns noch mit vier fantasievoll gestalteten Kanapees und gönne mir einen Cava. Und wie ich mir das zweite Kanapee – Muschelpastete mit einem winzigen Spritzer Zitronenschaum – in den Mund schieben will, entdecke ich noch ein bekanntes Gesicht. Das heißt, ich entdecke zuerst die dunkelblaue Clubjacke. Es ist Rudolf von Eckstein. Mit generösem Lächeln hört er einer älteren, aufgetakelten Dame zu. Ob die sich auch mit einem Rudolf Schröder unterhalten würde? Als sich unsere Blicke begegnen und ich ihm freundlich zunicke, wendet er sich rasch ab. Sicher fürchtet er, ich könnte in sein Gespräch platzen und ihm Fragen stellen.

Und weiter hinten ist auch Señora Wilke. Ein junges, sportlich aussehendes Paar – Golfer? – verabschiedet sich gerade von ihr. »Schau, Chica, alles was Rang und Namen hat, ist heute hier.«

Señora Wilke wirkt bedrückt. Sonst ist sie wahrscheinlich immer mit ihrem Mann hier gewesen. Ich frage mich, warum sie überhaupt gekommen ist. Vielleicht braucht sie Ablenkung oder Trost? Etwas unentschlossen sieht sie sich um, vielleicht fragt sie sich ja gerade selbst, was sie hier tut. Ah, Rudolf von Eckstein-Schröder hat sie auch eben entdeckt. Er wirft ihr einen vernichtenden Blick zu, den sie gar nicht zu bemerken scheint. Ob sie weiß, dass Eckstein nicht blaublütig ist? Aber – das da hinten ist doch … Ramon! Natürlich. Hier findet er sein Klientel. Señora Wilke lehnt gerade die Häppchen ab, die ein Kellner ihr anbietet, als der Detektiv auf sie zugeht, ihr mit ernstem Ausdruck die Hand hinstreckt und etwas sagt. Vielleicht: Mein Beileid, Señora.

Jemand rempelt mich von hinten an, ich drehe mich um. Ein rotgesichtiger übergewichtiger Mann ruft lachend »Sorry! Sorry!« und stolpert mit seinem Glas weiter. Ich nutze den Anstoß und bahne mir einen Weg zu Señora Wilke und Ramon, die inzwischen in einer ernsten Unterhaltung zu sein scheinen.

»Guten Abend, Señora, guten Abend, Ramon.«

Wie ertappt kommen mir die beiden in dem Augenblick vor, doch schnell hat sich Ramon wieder im Griff. Ich wüsste zu gern, über was sie sich unterhalten haben.

»Hola, Pablo! Gehörst du jetzt auch zur Society?« Er trägt ein blütenweißes Hemd ohne Krawatte unter einem teuer aussehenden dunklen Anzug.

»Seit Neuestem, Ramon«, antworte ich und nicke Señora Wilke zu, die daraufhin ein wenig steif sagt: »Ich wusste gar nicht, dass Sie einen Hund haben, Comisario. Das haben Sie gar nicht erwähnt.«

»Genauso wenig wie Sie die Party bei Ihrem Nachbarn erwähnt haben und die Schwierigkeiten mit ihm.«

Sie tauscht einen schnellen Blick mit Ramon, dem diese Begegnung sichtlich unangenehm ist.

»Was hätte ich denn Ihrer Meinung nach noch erwähnen sollen, Comisario? Wir hätten uns das alles sowieso sparen können, die ganze nervtötende Fragerei. Mein Mann hatte schlicht und ergreifend einen Herzinfarkt!« Ihr Ton ist kalt und knapp. In ihrer ganzen Haltung drückt sich ihr Ärger aus. Und wenn sie vorher verborgen hat, dass sie auf mich herunterschaut, dann gibt sie sich jetzt keine Mühe mehr.

»Ich habe nur meine Arbeit gemacht, Señora«, erwidere ich und lächele sie höflich an.

Der Fall ist abgeschlossen und ich habe sogar Urlaub. Nur eine Antwort hätte ich noch gern.

»Entschuldigen Sie uns bitte für einen Augenblick, Señora.«

Ich nehme Ramon beiseite. »Was hast du mit Señora Wilke besprochen?«

»Das muss ich dir nicht sagen, Pablo.«

»Wenn du nichts zu verbergen hast, kannst du es mir aber sagen.«

Er lacht auf und streicht mit seiner typisch eitlen Geste die ölig glänzenden Haare glatt. »Die Sprüche ziehen bei mir nicht, Pablo! Hast du vergessen, dass ich die auch draufhatte?«

»Warum war es dir so wichtig, zu wissen, ob Señor Wilke eines natürlichen Todes gestorben ist?«, frage ich unbeirrt.

»Ich sagte dir doch, dass ich mal für ihn gearbeitet habe.«

»Und du bist sicher, dass du an diesem Freitag nicht bei den Wilkes warst?«

Er lässt mich einfach stehen und wendet sich wieder Señora Wilke zu, die mich keines Blickes mehr würdigt. Irgendetwas verbindet die beiden – und das ist nicht nur Señor Wilke. Eine Affäre? Ich beobachte sie noch einen Moment, stelle dann dem nächstbesten Kellner mein leeres Glas aufs Tablett.

Chica leckt mir die Finger. Ich weiß nicht, ob aus Zuneigung oder weil sie nach den Häppchen schmecken.

Beim Hinausgehen winke ich Mario zu und bleibe dann im goldenen Scheinwerferlicht vor dem Eingang stehen, denn vor mir steigt Doktor Jimenez mit Gattin aus einem Taxi. Er im Smoking und sie im ärmellosen schwarzen Cocktailkleid. Ein Traumpaar! Der erfolgreiche Kardiologe und seine schöne Frau. Sie sieht haargenau so aus wie auf dem Schreibtischfoto: sehr groß, sehr schlank, sehr hübsch und skandinavisch hellblond. Beide haben ein strahlendes Lächeln aufgesetzt, als wären die Fotografen hier nicht vom lokalen Blatt sondern von *Hola!* oder gar aus Hollywood.

Hand in Hand kommen sie über den roten Teppich. Sie scheint es eiliger zu haben als er, wohingegen er es sichtlich genießt in die Kameras der Fotografen zu lächeln.

»Doktor Jimenez!«, rufe ich.

Irritiert bleibt er stehen. Er macht nicht den Eindruck, als wäre er erfreut über unsere Begegnung.

»Comisario?«, sagt er mit einem herablassenden Lächeln. »Ich wusste gar nicht, dass Sie bei uns Mitglied sind. Was macht Ihr Fall?«

»Abgeschlossen! Herzinfarkt.« Ich zucke die Schultern.

»Da gratuliere ich Ihnen recht herzlich! Dann war die ganze Aufregung also umsonst.« Sein Lächeln ist nicht echt. Und seine Frau scheint zu überlegen, ob ich ein zahlungskräftiger Patient bin, dem sie einen freundlichen Blick schenken müsste.

»Ja … wie so manches im Leben umsonst ist«, erwidere ich und wünsche ihm und seiner Frau noch einen schönen Abend.

Rasch wendet er sich ab und winkt einem Bekannten am Eingang zu.

Ich überquere die Straße und setze Chica in der kleinen Grünanlage, vor dem Gebäude mit der Praxis, auf den Rasen.

Bis hier herüber dringt die Musik, und immer noch treffen Gäste ein, während andere schon wieder abfahren.

Kurioserweise habe ich hier alle getroffen, die mit meinem Nicht-Fall zu tun haben. Nur Hector fehlte.

Chica schnuppert und gräbt in den Blumenbeeten herum.

»Hörst du sofort auf, Chica!«, schimpfe ich, was Chica nicht im Geringsten beeindruckt. Im Gegenteil, mein Schimpfen scheint sie noch zu ermutigen. Und schließlich erledigt sie mitten im Beet ihr Geschäft, wobei mir einfällt, dass ich wieder keine Plastiktüte dabeihabe. Immerhin ist es recht dunkel, die Laternen funktionieren nicht alle. Bevor jemand auf uns aufmerksam wird, nehme ich Chica rasch wieder auf den Arm und trage sie zum Auto. Mal ehrlich, so ein kleiner Hund richtet ja nicht wirklich viel Schaden an.

Am Auto angekommen, fährt uns beinahe ein Krankenwagen mit Sirene und Blaulicht über den Haufen. Mit quietschenden Reifen hält er direkt vor dem Kongress-Zentrum.

Schnell bildet sich eine Menschentraube. Ich laufe mit Chica auf dem Arm zurück.

»Was ist denn passiert?«, frage ich einen der herumstehenden Gäste.

Da keiner weiß, was los ist, aber alle gaffen, dränge ich mich zu Mario durch, der sich vor den Toilettenräumen aufgebaut hat und keinen durchlässt.

Als er mich sieht, tritt er sofort zur Seite und schließt die Tür wieder hinter mir.

Auf den blendend weißen Fliesen liegt Doktor Jimenez, sich krümmend, mit schmerzverzerrtem Gesicht. An seiner linken Seite kniet der Notarzt. Zwei Sanitäter sind mit der Trage beschäftigt. An der rechten Seite kniet seine Frau.

»Um Gottes willen, Ángel!«, ruft sie mit einer Theatralik, die ich bei ihr nicht vermutet hätte.

»Was ist passiert?«, frage ich den Arzt und halte ihm meinen Ausweis unter die Nase, doch er würdigt ihn keines Blickes, sondern lagert stattdessen Doktor Jimenez' Oberkörper hoch.

Señora Jimenez tätschelt ihrem Mann die Wangen. »Mein armer Liebling! Was hast du denn?«

»Señora, bitte«, sagt der Arzt.

Die beiden Sanitäter legen den schwer atmenden Doktor Jimenez auf die Trage.

»Liv …«, sagt er mit schwacher Stimme und tastet nach ihrer Hand, »es wird schon wieder …«

»Señora, treten Sie bitte zur Seite«, sagt der Arzt.

»Was hat er denn?«, fragt die Dame namens Liv.

»Es sieht nach einem Schwächeanfall aus. Hat Ihr Mann Herzprobleme? Nimmt er Medikamente?«

Liv schüttelt aufgelöst den Kopf. »Er arbeitet zu viel! Und jetzt hat er bestimmt einen Herzinfarkt!«

»Stimmt das?«, frage ich den Arzt, der den Sanitätern ein Zeichen gibt, woraufhin diese Doktor Jimenez hinaustragen.

»Was ist denn hier los?«, kommt es in herrischem Ton von links.

La Jefa in ihrem Tigerkleid wirft mir einen bösen Blick zu, als wäre ich der Stein des Anstoßes.

»Doktor Jimenez hatte offenbar einen Herzanfall«, erkläre ich.

»Was machen Sie eigentlich noch hier, Benitez? Und – ist das Ihr Hund?«

Ich setze zu einer Erklärung an, will beim Tierheim und seinen Methoden anfangen, aber da nimmt sie mich zur Seite und redet leise auf mich ein. »Am besten Sie gehen jetzt ganz unauffällig. Sonst gibt die Presse der Polizei noch die Schuld an dem Herzanfall. Das wäre doch ein gefundenes Fressen für diese unverschämten Journalisten.«

Von der Couch aus sehe ich auf das Nebenhaus und auf ein Stück Himmel.

Ich bin nicht der Typ, der Trübsal bläst. Eher einer, der einen Brandy trinkt und dann weitermacht. In der Reserveflasche sind noch zwei Gläser. Chica hat sich nach einer Dose Hundepastete zufrieden auf meinem Schoß zusammengerollt. »Du bist ein Schoßhund, was?«

Sie blinzelt mich durch ihre Locken an.

»Heißt das Ja?«

Halbherzig sehe ich mir Russland gegen Südkorea an. Nachdem wir so schlecht gespielt haben, hat die ganze WM an Reiz verloren. Während mich das Spiel wenig mitreißt – denn mir ist so egal, wer gewinnt, dass ich zwischendrin sogar vergesse, welche Mannschaft auf welches Tor zielt –, springe ich in Gedanken zwischen Tierheim und dem Lions-Club-Event hin und her, frage mich, worüber sich Doktor Jimenez so aufgeregt haben könnte und ob ich dort wirklich Cristina und James gesehen habe.

Schließlich gehe ich ins Bett. Und Chica legt sich ganz selbstverständlich auf meine Füße.

Als ich am Morgen aufwache, hat sie sich bis zum Kopfkissen hochgearbeitet und schnarcht mir leise ins Ohr.

Mittwoch

1

Ich habe vom Tierheim geträumt. Von Käfigen mit abgemagerten, bellenden Hunden. Jede Sekunde ergriff ein metallener Arm eines dieser armen Geschöpfe und zerrte es durch die Gitterstäbe. Zum Glück habe ich nicht weitergeträumt. Dennoch fühle ich mich am Morgen bedrückt.

Chica folgt mir schwanzwedelnd in die Küche. Sie lässt mich keinen Schritt mehr allein tun. Vielleicht hat sie ja meine Träume mitgeträumt.

Berrocal meldet sich, als ich im Bad bin.

»Ich habe heute frei, Herman«, blaffe ich ins Telefon.

Er weiß, dass ich immer noch sauer bin, dass er das mit dem Herzinfarkt zuerst der Jefa gesagt hat. In manchen Dingen bin ich nachtragend.

»Es tut mir leid«, fängt er an, »aber …«

»Und?«

»Und?«

»Ja, und?«

»Pablo, ich habe jetzt keine Zeit für große Entschuldigungen. Ich habe zwei tote Chinesen auf dem Tisch – und … bei einer WM kommt man ja nicht richtig zum Arbeiten! Brasilien gegen Mexiko: null zu null, also, was sagst du …?«

»Warum rufst du mich an, Herman?«, unterbreche ich ihn unwirsch.

»Ja, mit diesem Wilke …«

»Ich will nichts mehr davon hören!«

»Bitte komm noch mal vorbei.«

»Ich hab heute frei!«

»*Mierda,* ja. Trotzdem solltest du mal vorbeikommen!«

Das Leichenschauhaus liegt am Friedhof und damit fast gegenüber vom Tierheim und auf dem Weg zu Padre. Von hier genießt man – sofern man noch unter den Lebenden weilt – einen herrlichen Blick aufs Meer und auf den Felsen von Gibraltar.

Ich lasse Chica beim Pförtner, der den kleinen Hund ohne Protest und ohne Hinweis auf Vorschriften zu sich nimmt und verspricht, auf ihn aufzupassen, bis ich wieder da bin.

Chica protestiert. Ihr schrilles Kläffen dringt durch die dämpfende Glasscheibe der Pförtnerloge, während ich weitergehe. Doch ganz plötzlich ist es verstummt. Ich drehe mich um. Da sitzt sie, meine Chica, auf dem Schoß des fremden Mannes und knabbert an einem Bocadillo. Der Pförtner lächelt mir warmherzig zu. Ich werde ihn nachher fragen, ob er Chica behalten will.

Berrocal ist in seiner Arbeitskluft: weißer Kittel, Gummihandschuhe und Gummiclogs. Er wirkt ernster als sonst. Viel ernster. Er nickt mir kurz zu und bedeutet mir, ihm durch die breite, schwere Tür zu folgen.

In dem Raum mit den chromspiegelnden Kühlfächern und den metallenen Bahren ist es so kalt, dass mir ein Schauer über den ganzen Körper läuft. Bei dem Geruch nach Desinfektionsmitteln und anderen Chemikalien, die allesamt nicht den süßlichen Duft der Verwesung tilgen können, hebt es mich jedes Mal. Ich fühle mich flau und zittrig und sofort meldet sich ein Fluchttrieb. Raus, nur raus hier, schreit es in mir, bevor die kalten Finger des Todes dir das Herz herausreißen …!

»Da.« Berrocal ist an einer Bahre mit einem kleinen Schild – WILKE – stehengeblieben und schlägt das weiße Tuch ein wenig zurück, sodass ein blasser Rücken zum Vorschein kommt, auf dem sich ein paar spärliche Haare kringeln.

Noch habe ich keine Ahnung, was Berrocal mir da zeigen will.

»Hier. Alles Pigmentflecken.« Sein Handschuhfinger deutet auf die braunen Punkte, mit denen der ganze obere Rücken übersät ist, manche klein und rund wie Stecknadelköpfe, andere eher wie Spritzer geformt, größer und ausgefranst. »Ich wette, da sind ein paar Präkanzerosen dabei.«

»Du willst mir doch nicht sagen wollen, dass Wilke an Hautkrebs gestorben ist?«

Berrocal ignoriert meine – zugegebenermaßen nicht sehr lustige Bemerkung – und legt ein Vergrößerungsglas auf einen dieser braunen Pigmentflecken.

Ich beuge mich darüber.

»Und?«, fragt Berrocal, »fällt dir was auf?«

»Diese Erhebung da in der Mitte sieht merkwürdig aus.«

»Sehr gut!« Als ich überrascht aufsehe, grinst er mich triumphierend an. »Ich wollte unbedingt Brasilien gegen Mexiko sehen. Den ganzen Tag habe ich mich drauf gefreut ... und dann null zu null! Ich komme gar nicht drüber hinweg! Nun, ich habe deswegen meine Arbeit unterbrochen.«

Ich frage mich, ob mit Berrocal alles in Ordnung ist.

»Außerdem habe ich mich über La Jefa geärgert«, fährt er fort. »Eigentlich mehr über mich, weil ich mich so habe bedrängen lassen. Jedenfalls bin ich nach dem Fußballspiel wieder hergefahren und habe die Leiche noch mal gründlich untersucht. Dabei habe ich in dem Leberfleck etwas entdeckt. Sieht aus wie ein Moskitostich, hab ich gedacht ...«

»Du bist genial, Hermann!« Genialität und Wahnsinn sind bekanntlich ja nur durch eine dünne Grenze voneinander getrennt, daher frage ich vorsichtig: »Aber was haben wir jetzt davon, wenn wir wissen, dass Wilke von einem Moskito in einen Leberfleck gestochen wurde?«

»Es ist kein Moskitostich«, erklärt Berrocal gewichtig, »hier wurde eine Nadel eingeführt. Der Kanal ist wesentlich dicker – und tiefer. So einen langen Stachel haben diese Biester nicht.«

»Moment … das heißt … Jemand hat Wilke eine Spritze gegeben? *Mierda!* La Jefa wird im Viereck springen.« Sie tut mir in dem Augenblick ein bisschen leid. Wie steht sie jetzt wieder da, vor der Bürgermeisterin und all den wichtigen Leuten, die werden sie in Stücke reißen. »Aber was wurde ihm gespritzt? Und war das die Todesursache?«

»Erstens: An die Stelle auf dem Rücken kam er nicht selbst. Jemand muss ihm die Injektion also gesetzt haben. Jemand, der sich die Mühe gemacht hat, eine Stelle zu wählen, die man mit größter Wahrscheinlichkeit nicht entdecken würde – nach seinem Tod.« Berrocal verschränkt zufrieden die Arme vor der Brust. »Und zweitens: Ich konnte keine giftige Substanz im Blut finden. Drittens: Ich tippe auf Insulin. Eine klassische Methode, um jemanden um die Ecke zu bringen. Weil es auch vom Körper selbst produziert wird, können wir nicht unterscheiden, ob es künstlich zugeführt wurde oder nicht.«

Ich habe darüber gelesen. Eine große Menge Insulin führt zu extremer Blutzuckersenkung, damit zum Kreislaufzusammenbruch und zum Tod. Und niemand kann etwas nachweisen.

»Wir brauchen Indizien – und ein Geständnis«, sage ich nachdenklich.

Berrocal schlägt das Tuch wieder über den Rücken. »*Bueno*, Pablo, ich habe meine Arbeit gemacht, jetzt bist du dran.« Er zupft sich die Handschuhe ab und wirft sie in einen Mülleimer. »Was tippst du, heute gegen Chile?«

»Drei zu eins«, sage ich ohne Zögern.

»Gut. Ich sage vier zu zwei!«

Wir schlagen ein.

Ganz schön raffiniert, denke ich, als ich wieder abfahre. Wem wäre so etwas zuzutrauen? Señora Wilke? Von Eckstein? Ramon? Cristina? Und wer hätte ein Motiv?

Chica hat sich am Seitenfenster hochgestellt und schaut hinaus. Der Pförtner wollte sie auch nicht haben. Und ich muss endlich einen Gurt kaufen, denn so frei im Auto darf ich sie gar nicht mitnehmen.

Der Verkehr auf der Ricardo Soriano ist heute mal wieder *fatal*. Touristen schleichen in ihren Mietwagen dahin, Motorräder überholen rechts und links, Fußgänger schlendern bei Rot über die Ampel, als hätte sie der Urlaub nicht nur von allen Regeln befreit, sondern auch unverletzlich gemacht, Busse halten mitten auf der Fahrbahn, weil ihre Haltestellen zugeparkt sind, und als würde das alles nicht reichen, um ein Chaos zu verursachen, wuseln auch noch Stadtgärtner auf den Verkehrsinseln herum, rechen verwelkte Blüten von den Hibiskus zusammen oder reparieren die Rasensprenger.

Diese Fahrt findet ein Ende, als ich das Revier erreiche. Ich setze Chica Raimundo auf den Schoß und stürze an der überraschten Eva vorbei direkt zum Büro der Jefa.

Ich klopfe an der halb geöffneten Tür und trete ein, ohne auf ein *Adelante!* zu warten.

Fragend, mit hochgezogenen Brauen sieht mich La Jefa an. Dann stellt sie den Fernseher leiser, und ich sage:

»Señora Delgado, wir haben ein Problem.«

»Da haben Sie wohl recht, Benitez.« Mit Nachdruck legt sie die Fernbedienung beiseite. »Jetzt auch noch ein Kardiologe! Das Schicksal hat sich gegen uns verschworen.«

Ich verstehe nicht, was sie damit meint. Doch bevor ich ihr die Neuigkeit berichten kann, spricht sie schon weiter.

»Was glauben Sie, was die Presse daraus macht? Ich sehe die Schlagzeile schon vor mir und höre diese fürchterlichen Kommentare im Fernsehen: Klima von Marbella lebensgefährlich! Herzinfarkt-Risiko! Und in Bälde werden sich irgendwelche selbst ernannten Autoritäten dazu äußern und was von Hochs und Tiefs und Wetterlagen erzählen. Resultat: Nach Marbella fährt keiner mehr! Und nachdem wir das Eröffnungsspiel auch noch so leichtfertig verloren haben, drohen wir in Bedeutungslosigkeit zu versinken!«

La Jefa hat wirklich Sorgen …

»Wir, von der Polizei, können nicht für alles verantwortlich sein.« Ich lächele ein bisschen motivierend. »Für die Effizienz, den Ruf Spaniens, die WM und dann noch fürs Wetter.«

»Das haben Sie schön gesagt, Benitez« – sie seufzt – »aber die Presse …« Sie stutzt plötzlich. »Was machen Sie heute eigentlich hier? Ich habe Ihnen doch freigegeben.«

Ich setzte mich endlich. »Doktor Berrocal hat mich angerufen.«

Ihre Lippen werden schmal. Und so wie sie ihren goldenen Kugelschreiber auf die Schreibtischunterlage legt und dann auf ihrem Stuhl zurückfedert, erwartet sie eine komplette Berichterstattung.

Ich beginne mit den unseligen Boxershorts und dem Bademantel, füge aber hier gleich Berrocals neueste Entdeckung ein, den Einstich in dem Muttermal, und erwähne die Party bei den Ecksteins, in deren Verlauf ein Porsche beschädigt wurde, dessen Besitzer aber nicht Anzeige erstattete, ja noch nicht einmal in der Nachbarschaft herumfragte, ob jemand den Täter gesehen hatte.

Dann erzähle ich, dass Ramon Farinez einen Auftrag von Wilke erhalten hat und Ramon einen dunklen Porsche 911 fährt und sich mit Señora Wilke doch recht vertraulich unterhalten hat bei der gestrigen Veranstaltung.

»Wollen Sie Ihren ehemaligen Kollegen beschuldigen?«, unterbricht sie mich wenig amüsiert.

»Nein, keineswegs, ich nenne nur die Fakten.«

In ihrem Kopf hat sie sicher schon die Schlagzeile: MARBELLA – EHEMALIGER POLIZIST EIN MÖRDER!

Als ich meinen Bericht beendet habe, faltet sie die Hände und sagt ungeduldig: »Das ist ja alles schön und gut, Benitez, aber Ihnen fehlen Beweise, Motive und ein Geständnis. Bringen Sie sie mir!«

Sie hebt die Fernbedienung hoch und schaltet den Fernseher wieder lauter. Die Stimme des Reporters treibt mich aus dem Zimmer.

Pedro, der offenbar auf mich gewartet hat, bedeutet mir, dass ich ihm in den Flur folgen soll.

»Was gibt's denn so Geheimnisvolles?«, frage ich ihn.

»Wieso hast du Juan Carlos losgeschickt?«, raunt er und streicht sich über die lichten Haare. »Du hättest dich lieber an mich wenden sollen.«

»Ich habe gedacht, du hast genug zu tun mit deinem Russenfall, weißen Leggins und Kinderwagenschieben.«

Pedro verzieht das Gesicht. »Das ist echt rücksichtsvoll von dir, Pablo, aber nächstes Mal fragst du besser mich.« Er schlägt mir auf die Schulter. »Ich kenn die Szene so gut wie kein anderer. Ich bin dein Mann.«

2

Fest entschlossen, der Sache auf den Grund zu gehen, schnappe ich mir Chica, die auf der Suche nach Essensresten in der Küche angelangt ist. Mit ihr unter dem Arm stürze ich wieder hinaus in die Hitze und schnell ins Auto. Chica sitzt jetzt auf dem Beifahrersitz, weil da die Klimaanlage hinbläst.

Um vier ist Siesta-Zeit, sodass ich ohne Stau durch die Stadt komme. Inzwischen finde ich das Wilke-Haus auf Anhieb, ohne Navi und ohne mich zu verfahren. Jetzt bin ich mal gespannt, was die Señora sagt, wenn ich mit der Injektion ankomme.

Man sieht, dass Hector da war, die trockenen Blätter im Vorgarten sind weg, der Rasen ist gemäht.

»Bin gleich wieder da«, sage ich zu Chica, die schon Anstalten macht, auf meinen Schoß zu springen um mir zu folgen. »Da drin ist ein Löwenjäger, der verspeist dich mit einem Happs.«

Auf mein Klingeln hin bellt Tarzan. Aber es öffnet niemand. Ich warte, versuche es noch mal. Tarzan bellt weiter, tief und kräftig – und direkt hinter der Haustür. Auf ihrem Handy meldet sich Señora Wilke auch nicht.

»Haben Sie den Hund unterbekommen?« Das Gesicht zwischen dem Oleander auf dem Nachbargrundstück erscheint. Diesmal wird es von einem breitkrempigen Strohhut beschattet.

»Nein, bis jetzt noch nicht.« Ich trete zu der Frau an den Zaun. Sie trägt eine altmodische Sonnenbrille.

»Behalten Sie sie doch«, ermutigt sie mich.

»Ich habe keine Zeit für einen Hund.«

Sie mustert mich. Ich schätze sie auf zwischen sechzig und siebzig, das kann man oft schlecht beurteilen, wenn die Schönheitschirurgen die Finger im Spiel hatten.

»Keine Zeit? Und was machen Sie dann mitten am Tag hier, wenn Sie keine Zeit haben?«

Ich klappe meinen Ausweis auf. »Comisario Benitez, ich untersuche den Tod von Señor Wilke.«

»Seit wann kommt die Polizei bei Herzinfarkt?«, fragt sie erstaunt.

»Kannten Sie Señor Wilke?«

»Kennen? So würde ich das nicht sagen. Wir sind … ich meine, wir waren Nachbarn. Aber wir haben nicht gesellschaftlich miteinander verkehrt.« Ich hätte gern ihre Augen gesehen, aber sie nimmt die Sonnenbrille nicht ab. Vielleicht hatte sie gerade eine Lidstraffung gehabt. »Na, wir haben nichts gegen Deutsche«, redet sie weiter, »wir haben sogar welche in unserem Bekanntenkreis, aber die hier« – sie macht eine Bewegung mit dem Kinn zum Haus der Wilkes – »die haben sich für was Besseres gehalten. Alle beide. Haben nie zuerst gegrüßt.«

»Können Sie sich an die Nacht von Freitag auf Samstag erinnern?«

»Vergangenen Freitag? Allerdings. Daran kann ich mich lebhaft erinnern. Da drüben wurde eine rauschende Party gefeiert. Hier werden ja viele Partys gefeiert. Aber das da … na ja … ist eigentlich ein Auto gestohlen worden?«

»Wie kommen Sie darauf?«

»Es hat sich angehört, als hätte jemand eine Scheibe eingeworfen und dann ist eine Autosirene losgegangen.«

»Haben Sie an diesem Abend jemanden bei den Wilkes gesehen?«

»Comisario, wenn Sie glauben, ich stehe hier die ganze Nacht hinter der Hecke und beobachte meine Nachbarn, dann haben Sie sich geirrt. Ich stehe hier heute nur wieder, weil mein Gärtner krank ist und ich mir vorgenommen habe, diese verdammten Sträucher zu schneiden.«

»Ich muss mit Señora Wilke sprechen. Wissen Sie, wo sie ist?«

»Wahrscheinlich im *O2*.«

»Im Fitness-Center?«

»Ja. Außer am Wochenende geht sie jeden Nachmittag dahin. Hat mir mal ihre Haushälterin gesagt. In so ein Figürchen muss man nun mal Zeit und Arbeit investieren.« Sie stöhnt. »Ich müsste auch mal wieder was tun … aber letzten Endes verliert jeder gegen das Alter …« Versonnen lässt sie den Blick auf die Gartenschere – oder ihren Bauch – sinken.

Ich bedanke mich und rase wieder runter nach Marbella und rein ins Parkhaus an der Plaza del Mar.

Das *O2* ist ein modernes, schickes Fitnesscenter direkt an der Promenade. Auch hier blitzt und funkelt das Meer durch die Scheiben – wie im Büro von La Jefa. In die Fitnessstudios, in die meine Kollegen und ich gehen, blinzelt nicht die Sonne herein, da flackern nur die alten Neonröhren, und es riecht auch nicht nach Limonen und Orange. *Ihr Weicheier seid nicht zum Wohlfühlen da*, sagt Jusuf, unser Trainer, bevor er in die Hände klatscht und uns Gewichte auflädt.

Eine sportliche Mitarbeiterin mit Handtüchern unter dem Arm fragt mich, was ich wünsche.

Äußerst ungern gestattet sie mir den Zugang zum Fitnessraum, aber gegen so einen kleinen offiziellen Ausweis kommt sie eben nicht an. Missbilligend blickt sie auf meine Straßenschuhe. »Ins Schwimmbad dürfen Sie damit aber nicht!«, ruft sie mir noch hinterher.

Mein Handy klingelt. Es ist Pedro.

»*Hombre,* ich wollte dir nur mal durchgeben: Unser Ramon fährt einen geliehenen Porsche«, sagt er lässig, und ich kann mir genau vorstellen, wie er breitbeinig an seinem Schreibtisch sitzt und sich über die Haare streicht.

»Wieso einen geliehenen?«, frage ich.

»Weil er seine Klienten beeindrucken will, schätz ich mal. Du weißt doch, der erste Eindruck …«

»Danke – bin ich dir jetzt was schuldig?«

»Ich gebe dir Bescheid, wenn's soweit ist, *Hombre!*«, sagt er mit der ihm eigenen Großkotzigkeit und legt auf.

Ein geliehener Porsche? Ich werde darüber nachdenken, sobald ich Señora Wilke ein bisschen auf den Zahn gefühlt habe.

Ich finde sie auf einem der Laufbänder an den großen Scheiben, von denen man die ganze Zeit aufs Meer hinaus zu rennen glaubt. Sie kehrt mir den Rücken zu, aber ich erkenne sie an ihren Haaren, obwohl sie sie zu einem Pferdeschwanz zusammengebunden hat, und daran, wie sie den Kopf hält: aufrecht und gerade, selbst im Laufen. Wie eine Frau, die es gewöhnt ist, ihr ganzes Leben lang diszipliniert zu sein, und die sich selbst Trauer oder eine Niederlage nicht anmerken lassen will. Sie trägt ein ärmelloses, blaues Top und eine eng anliegende, kurze Hose. Ich frage mich, wie viel Zeit und Arbeit in dieses *Figürchen* schon investiert wurde – und wann sie sich endlich zu mir umdreht. Da sehe ich die weißen Kabel in ihren Ohren. Sie hat mich gar nicht gehört.

Erst als ich ihr den Weg aufs Meer versperre, nimmt sie die Ohrstöpsel heraus. Ihre Züge hat sie nicht so unter Kontrolle wie ihre Körperhaltung. Sie ist verärgert, mich schon wieder zu sehen.

»Entschuldigen Sie die Störung, Señora Wilke. Ich muss dringend mit Ihnen sprechen.«

»Hätte das nicht Zeit gehabt? Und woher wissen Sie überhaupt, dass ich hier bin?« Die Adern an ihrem Hals pochen, und ihr Gesicht ist gerötet. Sie macht keine Anstalten, vom Laufband zu steigen. Sie rennt einfach weiter.

Kurzerhand drücke ich auf den großen roten Knopf auf dem blinkenden Display. Das Rollband kommt mit einem Ruck zum Stehen, und Señora Wilke muss sich festhalten, um nicht vornüberzufallen.

»Was fällt Ihnen ein?« Wütend funkelt sie mich an. »Was soll das?«

Sie nimmt das Handtuch, das sie um den Hals hängen hat und tupft sich den Schweiß von der Stirn.

»Hatte Ihr Mann Diabetes?«, frage ich.

»Wie bitte?«

Habe ich sie erwischt? Ist es gespielte oder echte Empörung?

»Haben Sie eigentlich nichts Besseres zu tun, als die Krankheitsgeschichte meines Mannes zu untersuchen?«, blafft sie. »Und um Ihre Frage zu beantworten: Nein, Comisario, mein Mann war kein Diabetiker.«

»Und Sie? Sind Sie Diabetikerin?«

Ihr Augenverdrehen sagt Nein.

»Sie haben also kein Insulin im Haus?«

»Nein! Genauso wenig wie eine Atombombe! Ich werde ab sofort keine Frage mehr von Ihnen beantworten. Der Fall ist abgeschlossen. Und ich möchte jetzt endlich meinen Mann beerdigen dürfen.«

»Ich verstehe Ihre Ungeduld«, sage ich betont verständnisvoll, und sie tut mir ja auch leid, »nur noch eine Frage …«

»Nein! Keine Frage mehr!«

Ich entschließe mich zu einem Bluff. »Auf der Veranstaltung gestern haben Sie sich unter anderem mit Ramon Farinez unterhalten. Kannten Sie ihn? War Señor Farinez öfter Gast in Ihrem Haus?«

»Ihre Fragen sind unerhört! Ich werde mich über Sie beschweren.«

»Er war also nicht in der besagten Nacht, als Ihr Mann starb, bei Ihnen?«, frage ich ungerührt weiter.

»Das ist geradezu impertinent, Comisario«, sagt sie langsam, als müsse sie sich mühsam beherrschen. Sie lockert ihre Schultern. »Wären Sie jetzt so freundlich und würden mich in Ruhe trainieren lassen?«

»Haben Sie eine Autoalarmanlage in dieser Nacht gehört?«

»Dauernd hört man irgendwelche Alarmanlagen. Wer achtet denn da noch drauf?« Ungeduldig sieht sie auf ihre Uhr.

»Ja, da haben Sie recht, Señora. Ich werde Sie nicht länger aufhalten.« Ich drücke auf den großen grünen Knopf, woraufhin sich das Laufband in Bewegung setzt und Señora Wilke nichts anderes übrig bleibt als anzutraben.

»Einen schönen Tag noch. Ich muss ins Krankenhaus zu Doktor Jimenez.«

Sie stolpert fast. »Was wollen Sie denn von ihm?«

»Mich nach seinem Zustand erkundigen.«

3

Chica kläfft mich aufgebracht an, als ich ins Parkhaus zurückkomme. Sie hat das Sitzpolster angeknabbert.

»Chica, das ist ein Dienstwagen! So, wir gehen eine Runde spazieren!«

Das Wort spazieren kennt sie, denn sie wedelt mit dem Schwanz.

In der kleinen Grünanlage gegenüber vom Palacio de Congresos fühlt sich Chica schon heimisch. Geschäftig schnüffelt sie Blumen und Büsche ab, folgt hier einer Spur zu einer Parkbank, dann einer wieder zurück zu mir.

Eine Frau mit einem gepflegten schwarzen Pudel nickt mir lächelnd zu, als sich Chica und ihr Pudel schwanzwedelnd begrüßen.

»Was ist denn das für eine Rasse?«, will sie wissen.

»Keine Ahnung, ich hab sie gefunden … ausgesetzt wahrscheinlich.«

»Ach, was gibt es für böse Menschen! So ein liebes Hündchen. Komm mal her, du kleiner Schatz …«

Chica stellt sich schwanzwedelnd an ihr hoch. Die Frau krault sie zwischen den Ohren, und Chica schließt genießerisch die Augen. Ich überlege, ob ich ihren Pudel herrufen sollte, damit sie mal sieht, wie es ist, wenn der eigene Hund fremdkuschelt. Aber da kommt ihr Pudel schon angeschossen und verbellt Chica.

»Frodo ist ja so eifersüchtig«, sagt die Frau, und ihr liebevoller Blick ruht auf dem schwarzen Pudel. »Er kann es nicht leiden, wenn ich einen anderen Hund streichele. Sonst ist er so brav, aber da wird er zur Bestie!«

Und wirklich, der Pudel stellt sich demonstrativ vor sein Frauchen und knurrt Chica zähnefletschend an.

Chica, beschützt von meinen Beinen, knurrt zurück.

»Ja, du lässt dir auch nicht alles gefallen«, sagt die Frau. »Richtig so, *Carina!*«

Zum Glück klingelt mein Telefon und ich kann mich rasch verabschieden.

»Pablo?«

»Teresa? Was ist passiert?« Das Azaleenschicksal hat Padre ereilt, denke ich sofort.

»Nichts, nichts, nichts ist passiert, das ist ja gerade das Problem! Hast du nicht was zu tun für mich? Mir ist todlangweilig. Ich sitze hier, Padre kommandiert herum wie eh und je, und Mamá arbeitet seit Stunden im Garten.«

»Du könntest dich um Chica kümmern. Ich kann sie nicht immer im Auto lassen oder ins Leichenschauhaus mitnehmen!«

»Ja, das kann ich nebenbei machen. Hast du nicht noch was anderes? Etwas Spannendes. So was wie eine Gegenüberstellung oder eine … Beschattung …«

»Teresa, wie stellst du dir das vor? Du bist nicht bei der Polizei.«

»Eben drum … ich falle doch gar nicht auf!«

»Nein, das geht nicht. Erstens wüsste ich nicht, wen du beschatten sollst, und zweitens: Was, wenn was passiert?«

»Bitte, bitte! Was soll denn schon passieren, Pablito?«

»Nein, Teresa. Schlag dir das aus dem Kopf. Geh in die Stadt. Shoppen, zur Kosmetikerin, zum Strand. Mach, was andere Frauen auch machen. Wo kämen wir denn hin, wenn jeder, dem langweilig ist, jemanden beschattet?«

»Du bist doch Comisario, dir wird doch jemand einfallen, den ich beobachten könnte … oder … ich könnte Cristina beschatten? Na?«

»Du bist verrückt, Teresa!«

»Willst du sie denn einfach diesem Typen und ihrem Schicksal überlassen, Pablito? Nein, das glaub ich nicht! So bist du nicht!«

»Teresa …« Was soll ich nur sagen?

Ich höre so was wie ein Feuerzeug aufschnappen. »Rauchst du schon wieder einen Joint?«

Ein leises Kichern erübrigt eine Antwort.

»Man muss helfen, wo man kann«, sagt sie. »Und diese Frau braucht dringend Hilfe, verstehst du? Sie ist diesem Kerl ausgeliefert, wer weiß, wozu er sie zwingt …«

»Teresa, ich bin kein Samariter!«

»Du wärst ein absolut scharfer Samariter« – sie kichert wieder – »aber leider bist du Comisario. Und hast tagtäglich mit Gewalt und Opfern zu tun, mit Menschen, die sich nicht wehren können, die von anderen missbraucht und benutzt werden, die …«

»Teresa …!«

»Lass mich mal ausreden! Die schwach sind, oder keine Ausbildung haben, Ausländer, Flüchtlinge … *Dios mío,* Pablito, diese Welt …«

Ich sehe sie vor mir, wie sie mit ausschweifenden Gesten doziert, als wäre sie im Plenarsaal der UNO. In dem Stadium ist es sinnlos, sie zu unterbrechen, sie hört einen gar nicht. »… die Welt ist nun mal brutal, und es gilt allein das Recht des Stärkeren, wie Darwin es formuliert hat – wenn nicht … wenn nicht Menschen wie du und ich Initiative ergreifen und die Welt ein bisschen besser machen.«

»Und was willst du damit sagen?«

»Lass mich einfach nachsehen, ob es ihr gut geht, einverstanden?«

»Warum ist sie dir auf einmal so wichtig? Weißt du nicht mehr: Du warst diejenige, die mich vor ihr gewarnt hat.«

»Ach Pablito, als deine Zwillingsschwester kann ich es nun mal nicht mitansehen, wenn dich jemand ausnutzt. Aber auf der anderen Seite kann ich es auch nicht mitansehen, wenn Frauen solchen miesen Typen ausgeliefert sind! Und jetzt denke ich, es wäre wirklich wichtig, dass mal jemand nach ihr schaut. Und da ich gerade Zeit habe, kann ich das gerne übernehmen.«

Ich bin mir nicht sicher, ob ihr Vortrag zu Ende ist, und warte ab.

»Pablito? Bist du noch dran?«

»Ja, ich bin noch dran, Teresa.«

»Wäre auch nicht nett gewesen, wenn du einfach aufgelegt hättest.« Sie kichert wieder.

»Du kennst mich doch, Teresa.« Ich zähle mich selbst nicht gerade zu den geduldigsten Menschen, aber gegenüber Teresa scheint meine Geduld unendlich zu sein.

»Jetzt komm schon, Pablito, sag Ja und gib mir ihre Adresse. Bitte, bitte, bitte, bitte …«

»Teresa, hör mal …«

»Bitte, bitte …!«

»Also gut! Meinetwegen! Schau nach ihr!«

»Ich wusste, du bist ein guter Mann, Pablo«, erwidert sie, als ich ihr die Adresse gegeben habe. Zwillinge – auch zweieiige – ertragen es nicht, unterschiedlicher Meinung zu sein. Ich bin mir nicht mehr sicher, wo ich das gelesen habe. Egal, es stimmt.

Heute sitzt an dem Tisch neben dem Eingang ein Pförtner. Ich nicke ihm zu. Er kommt mir bekannt vor. Vielleicht war er schon mal woanders Pförtner. Hinter ihm plätschert der Wasserfall von der Wand in das schmale Becken mit den Gummipflanzen.

In der fünften Etage steige ich aus dem Aufzug und klingele an der Praxistür von Doktor Jimenez.

Natalie Henderson öffnet mir mit ernstem Gesicht. Sie wirkt angespannt, und ihre Sommersprossen scheinen ausgebleicht zu sein. Das dunkelrote Leinenkleid macht sie blass.

»*Buenos días,* Señora …«

»Doktor Jimenez *is in hospital.*« Auch ihre Stimme klingt anders als beim letzten Mal. Nicht mehr so heiter, eher gedämpft, niedergeschlagen.

»Ich weiß. Wie geht es ihm?«

»*Well.* Ein bisschen besser. Aber die Ärzte haben ihm jegliche Aufregung verboten – falls Sie …«

»Nein, nein, ich bin hier, weil ich *Sie* etwas fragen wollte.«

Natalie Hendersons Ausdruck bekommt etwas Wachsames. Fast unmerklich hat sie ihr Gewicht nach hinten verlagert, weg von mir. Sie tritt ein wenig zur Seite, und als ich an ihr vorbeigehe, habe ich das Gefühl, sie ist gar nicht mehr da. Was natürlich Unsinn ist. Sie ist da, genau so wie ich da bin – und Doktor Jimenez nicht da ist.

»*My husband* hatte Migräne, sonst wären wir auch beim Lions-Treffen gewesen.« Es hört sich an, als sagte sie es mehr zu sich selbst. »Wie konnte das nur passieren? Er hatte sonst nie irgendwelche Herzprobleme. *Never* …« Ich nehme an, sie spricht von Doktor Jimenez. »Er war immer so … so dynamisch. *You know?* So jugendlich, so … so *full of energy* …« In ihren Augen bemerke ich einen Schleier.

»Irgendetwas hat ihn sehr mitgenommen«, erwidere ich

und füge vorsichtig hinzu: »Vielleicht der plötzliche Tod von Señor Wilke?«

Jetzt sieht sie mir direkt in die Augen. Ich versuche, darin zu lesen, aber sie verschließt sich. Gleich darauf schlägt sie einen geschäftsmäßigen Ton an.

»*Well* … also, wie kann ich Ihnen helfen, Comisario?«

»Hat Doktor Jimenez Medikamente in der Praxis?«

»*Certainly!* Aber natürlich!«, sagt sie erstaunt über die offenbar dumme Frage. »Jeder Arzt hat das. Sie sind im Medikamentenschrank eingeschlossen.«

»Insulin auch?«

»*Of course!* Selbstverständlich. Doktor Jimenez ist ja auch Internist. Er hat einige Diabetes-Patienten.«

»Señor Wilke gehörte aber nicht dazu?«

»Mister Wilke? Soweit ich weiß, nicht …«

»Könnten Sie mal nachsehen, ob in Ihrem Medikamentenschrank etwas fehlt? Es wird doch sicher Buch über seinen Bestand geführt.« Diese Frage ist heikel. Wenn sie Nein sagt, kann ich wieder gehen. Und so füge ich mit meinem freundlichsten, harmlosesten Lächeln hinzu: »So gut wie Sie die Praxis organisiert haben, Natalie, ist bestimmt alles an seinem Platz …«

Doch Natalie Henderson ist unempfänglich für Schmeicheleien. Zumindest für meine.

»Ich glaube, ich darf Ihnen darüber keine Auskunft geben«, erwidert sie. »Da müssen Sie sich an Doktor Jimenez wenden.«

»Ja, ja, aber ich wollte ihn in seinem Zustand nicht damit behelligen. Dann erkläre ich ihm einfach, dass es Ihren Kompetenzbereich überschreitet. Da fällt mir ein: Sie führen doch Buch, richtig?«

»Ja …« Schwingt da eine Spur Verunsicherung mit?

»Wenn also etwas entnommen wird, dann tragen Sie das ein?«

»Selbstverständlich!«

»Verstehe. Leider wird mir nichts anderes übrig bleiben, als mit einem richterlichen Beschluss und einem Team wiederzukommen, Natalie.« Demonstrativ lasse ich den Blick über einen verschlossenen Aktenschrank hinter der Empfangstheke schweifen. »Die Kollegen nehmen dann alles auseinander, vergleichen Abrechnungen der Krankenkassen … tja, so sind sie einfach.«

Natalie Henderson schluckt, sagt aber nichts.

»So unter uns, Natalie: Sind Sie sicher, dass auch immer alles korrekt eingetragen wurde? Vielleicht hat Doktor Jimenez doch mal was vergessen? Sie können sich ja vorstellen, die Behörden sind äußerst heikel, wenn es um Unregelmäßigkeiten bei zum Beispiel Betäubungsmitteln geht. Und die Kollegen finden immer was. Das sind wahre Spürhunde!« Manchmal muss man zu solchen Mitteln greifen. Offenbar ist Natalie Henderson für diese versteckten Drohungen empfänglicher als für die Schmeichelei zuvor. Satz für Satz weicht auch der letzte Rest Farbe aus ihrem Gesicht. Ich setze noch eins drauf. »Dabei ist es doch normal, dass in einer Praxis von solcher Größe auch mal was … verloren geht – aber dafür haben die überhaupt kein Verständnis.« Lachend zucke ich mit den Schultern. So, Schluss mit dem Schmusekurs. »Also, Natalie, Sie können sich jetzt entscheiden: Wollen wir die Sache unkompliziert hinter uns bringen, oder soll es eine größere Veranstaltung werden?«

Sie beißt sich noch mal auf die Lippen, dann gibt sie sich einen Ruck und zieht – wenn auch zögernd – eine Schreibtischschublade auf und nimmt einen Schlüssel heraus.

Ich ermuntere sie mit einem Lächeln.

Der Medikamentenkühlschrank befindet sich in einem kleinen Raum, den man sowohl von Doktor Jimenez' Sprechzimmer als auch vom Flur aus betreten kann.

»Das ist aber merkwürdig …« Natalie Henderson steht einen Moment ratlos vor dem Kühlschrank, den sie gerade aufgeschlossen hat. Darin liegen Schachteln und Glasbehälter, Dosen und Fläschchen – alles ordentlich in den Fächern aufgereiht.

»Was ist merkwürdig, Natalie?«

Irritiert dreht sie sich zu mir um. »Ich … *I mean* … ich war sicher, nein, ich bin sicher, wir hatten eine neue Lieferung Insulin bekommen. Ich selbst habe sie da einsortiert.« Sie zeigt auf die leere Ablage in der Tür. Hektisch, ohne den Schrank wieder zuzuschließen, geht sie ins Empfangszimmer zurück und schlägt ein großes Ringbuch auf.

Fieberhaft geht sie Reihe für Reihe durch, bis ihr Finger an einer Zeile hängenbleibt.

»*Friday night* …«

Ich horche auf. »Vergangenen Freitagabend?«

»Yes! Doktor Jimenez hatte Bereitschaftsdienst und … hier …« Sie dreht das Buch in meine Richtung. »*Look* hier! Er hatte einen Hausbesuch *at nine pm*, abends. Señora Nunez in Marbella. Schwere Diabetikerin. Ah, dahin hat er das Insulin mitgenommen.« Sie wirkt erleichtert.

»Alles? Sie sprachen doch von einer Lieferung«, erinnere ich sie.

Sie beginnt, nervös an ihrer Unterlippe zu nagen. »Vielleicht hat er der Einfachheit halber … und in der Eile … die ganze Packung …« Ein wenig abwesend blickt sie in das Buch.

»Kein weiterer Hausbesuch?«, frage ich. »Ein Notfall vielleicht?«

Sie überfliegt noch mal die Einträge und dreht mir wieder das Buch zu. »Außer dem Besuch bei Señora Nunez ist nichts mehr eingetragen.«

Am Samstag war Doktor Jimenez nicht in der Praxis, und am Sonntag auch nicht. »Erinnern Sie sich, ob Doktor Jimenez am Montag irgendwie anders war?«

»Was meinen Sie mit *anders*?«

»Verwirrt, zerstreut, nervös …?«

Natalie Henderson denkt nach und schüttelt dann langsam den Kopf. »Nicht dass ich wüsste … außer …«

»Ja?«

Sie hebt den Kopf und sieht mich irritiert an. »*Well*, er war ziemlich … gereizt und ein bisschen … na ja, fahrig … er hat den ersten Termin vergessen, obwohl er in seinem Terminkalender stand … und war dann zu lange in der Mittagspause, sodass wir mit allen *appointments* in Verzug gekommen sind.«

Am Montagmorgen habe ich ihn mit Señora Wilke unten auf der Promenade gesehen.

»Das Insulin ist also nicht wieder an seinem Platz. Hat er es vielleicht noch in seiner Arzttasche?«

Die schwarze Ledertasche steht neben seinem penibel aufgeräumten Schreibtisch.

»Eigentlich muss er es immer in diesen Kühlschrank räumen.« Natalie öffnet die Tasche. »*This is strange* …«

»*Strange?*«

»*Yes! Strange!* Das Insulin ist nicht da. Laut Aufzeichnung hat er Señora Nunez nur eine Injektion gegeben. Da müssten ja mindestens noch …« Verstört sieht sie mich an. »Aber worum geht es eigentlich, Comisario? *I don't understand* … was hat das alles zu bedeuten?« Bevor ich antworten kann, sagt sie schnell: »Comisario, ich versichere Ihnen, Doktor Jimenez ist ein verantwortungsvoller und sehr gewissenhafter Arzt, und das ist hier wahrscheinlich nur passiert, weil er so beschäftigt ist wegen seiner Klinik.«

»Doktor Jimenez hat auch eine Klinik?« Davon habe ich noch gar nichts gehört.

Sie deutet zur Wand, auf einen weißen Beistelltisch unter einem großen roten Bild. Mir war dieses Miniaturgebäude aus weißer Pappe schon aufgefallen, aber ich war mir nicht sicher, ob Picasso auch so was gemacht hat, und wollte mich nicht schon wieder blamieren.

»Ein Model von seiner Klinik.« Mit liebevoller Geste berührt sie das Flachdach. Ich sehe es mir näher an.

»*Look!* Hier ist der Eingangsbereich mit dem Empfang. Wir haben eine geschwungene Desk aus Olivenholz geplant, *really, really beautiful,* der Raum dahinter groß genug, damit ich noch eine oder zwei Assistentinnen beschäftigen kann. Davor die *Waiting Rooms,* hell und freundlich, die Patienten sollen sich ja sofort wohlfühlen.« Begeistert redet sie weiter. »Gleich daneben die Untersuchungszimmer. Und hier geht es hinunter ins *Basement*. Dort befinden sich zwei OP-Räume, Doktor Jimenez möchte noch mindestens zwei Assistenzärzte dazunehmen, und gegenüber die Physio- und Sporttherapie mit Ergometertraining, Laufbändern und Pool für die *Water…* äh … Wassergymnastik. *On the first and second floor* die Krankenzimmer. Alles nur Ein- und Zweibettzimmer, of course mit eigenem Bad und WC. Telefon, Wifi, TV … schönem Parkett, große *windows with an amazing view* aufs Meer!« Begeistert sieht sie mich an. »Doktor Jimenez hat so lange um die Finanzierung gekämpft. Inzwischen hat er fast alle Investoren im Boot. Und dann stirbt Mister Wilke!«

Ich brauche eine Sekunde. »Verstehe ich das richtig, Natalie? Señor Wilke gehörte zu den Investoren?«

4

Jetzt brauche ich unbedingt etwas zu essen. Beim Essen kommen mir oft die besten Gedanken. Doktor Jimenez plante eine Klinik, und Señor Wilke gehörte zu den Geldgebern. Laut Natalie hatte er eine halbe Million Euro zugesagt. Schon wieder etwas, das mir Señora Wilke verschwiegen hat.

Ehrlich gesagt hatte ich Doktor Jimenez im Verdacht gehabt, nachdem das Insulin fehlte. Aber was hätte er für ein Motiv? Wollte Wilke vielleicht aussteigen? Aber deshalb bringt man doch niemanden um. Was hätte er davon gehabt?

Antonio fehlt mir. Wie soll man überhaupt ohne Partner ermitteln? Ich kann doch nicht nur Selbstgespräche führen!

Diesmal habe ich Glück mit dem Parkplatz. Unmittelbar vor dem *Tapita del Paco* wird gerade einer frei. Chica springt erfreut aus dem Auto und fängt gleich an herumzuschnüffeln.

Plötzlich schießt ein brauner, zotteliger Hund bellend auf Chica zu. Geistesgegenwärtig reiße ich sie hoch und herrsche den fremden Hund an. Der sucht sofort das Weite, aber Chica zittert auf meinem Arm.

»So, alles wieder gut!«, sage ich zu ihr und lasse sie runter. Aber sie weicht mir nicht mehr vom Hosenbein. Selbst vor dem Chinaladen nicht, wo die bunten Luftmatratzen und weichen Schwimmschläuche einladend stehen, mit denen ein junger Hund sicher gern spielen würde.

Ich ergattere den letzten freien Tisch draußen. Kaum sitze ich, ist Filipa mit einem Schälchen Wasser und einem Alkoholfreien zur Stelle.

»Hola, Comisario, ein Omelett?«

»Heute brauche ich was Kräftiges.«

»Viel Arbeit?«

Ich nicke, ich habe noch nie etwas über meine Fälle erzählt.

Sie empfiehlt mir das Tagesgericht: *Estofado Rabo de Buey*. Ochsenschwanztopf mit Sherry, Safran und Zimt.

»*Estupendo!* Genau das Richtige!«

»Hola, *Guapa!*«, höre ich jemanden rufen, »für mich das Tagesgericht – außer wenn es gegrillte Sardinen sind!«

Pedro schlendert auf mich zu. Erst jetzt fällt mir auf, dass er sich einen Bart wachsen lässt. Gute Idee, nachdem seine Haare auf dem Kopf immer weniger werden.

»Na, sogar an deinem freien Tag kommst du hierher? Echt bedenklich, Pablo. Oder bist du wegen der *Guapa* hier?«

Er macht mit dem Kinn eine Bewegung in Richtung Filipa, schiebt sich einen Stuhl zurecht, legt sein Smartphone auf den Tisch und setzt sich. Chica begrüßt ihn mit überschwänglichem Hüpfen und Bellen.

»Na, passt du auch schön auf deinen Comisario auf?« Er zaust ihr das Fell.

»Sei nicht so grob«, knurre ich, »das ist kein Hund aus eurem Pferdestall!«

Pedros Vater ist ein harter, alter Mann, so einer wie Padre. Ihm gehörte ein Pferdestall mit mehr als zwanzig Boxen und Round-Pen hinter Estepona. Obwohl einige Ausländer ihre Pferde bei ihm stehen haben, behandelt er seine Pferde und Hunde wie eh und je und wie die meisten Alten hier: Seine Hunde tritt er, seine Pferde schlägt er. Ich möchte nicht wissen, was er mit Pedro und seinen drei Brüdern gemacht hat – oder mit seiner Frau. Pedro hat nie darüber gesprochen. Hat nur mal einen Bruder erwähnt, der sich umgebracht hat.

»Übrigens«, fängt Pedro an, als Filipa ihm sein Bier – ein echtes mit Alkohol – bringt. Er setzt die Sonnenbrille ab und legt sie neben sein Handy. »Ich habe mich ein bisschen umgehört. Und zwar nicht in der Weißen-Leggings-Szene«, fügt er mit Nachdruck hinzu. »James McCann wohnt in einem verdammt teuren Apartment, direkt am Hafen in Puerto Banús. Er fährt einen 250 000 Euro teuren Ferrari und ist Stammgast in allen hippen Clubs in Marbella und Puerto Banús. Am Wochenende geht er gern zu Champagner-Partys an den Nikki Beach oder man findet ihn im *Ocean Club*. Natürlich braucht er auch entsprechende Klamotten. Unter Boss, Armani und Co. geht da gar nichts. So, und jetzt willst du sicher wissen, was man tun muss, oder getan haben muss, um so viel Kohle ausgeben zu können?«

»Ja, wäre vielleicht 'ne Alternative zu unserem Job.«

»Da habe ich auch schon dran gedacht.« Pedro trinkt einen Schluck Bier. »Unser Mann hat in vielen Geschäften seine Finger drin. Leiht sich da Geld, investiert es woanders, macht Gewinn, oder auch nicht, hat Schulden, hat wieder Glück und eine neue Geschäftsidee, die mal mehr, mal weniger erfolgreich ist.«

»Ist er im Drogengeschäft?«

»Bis jetzt konnte man ihm nichts nachweisen. Allerdings gab es ein paar Vorfälle …«

Filipa bringt uns unser köstlich duftendes Mittagessen. Pedro hat noch vor mir das Besteck in der Hand. Wie ausgehungert stürzen wir uns beide auf unser Essen.

Erst nach dem ersten Hungerstillen spricht Pedro weiter. »Unten im *Cosmo* hat er Hausverbot«, sagt er mit vollem Mund.

Das *Cosmo* ist ein teures, feines Café-Restaurant an der Promenade. Filialen gibt es auf Ibiza und Mallorca und ähnlich attraktiven Orten. Die Tische sind meistens von reichen Ausländern und Urlaubern aus Madrid und Barcelona besetzt. Ich habe mir sagen lassen, dass die Kuchen und Cocktails *sensationell* sein sollen.

Ich tunke ein Stück Kartoffel in die köstliche dunkle Soße auf meinem Teller.

»Es gab schon ein paarmal Ärger mit Kellnern. Er hat sich nicht richtig bedient gefühlt.« Pedro zuckt die Schultern. »Ist wahrscheinlich besonders empfindlich wegen seiner Hautfarbe.«

Ich nicke. Die meisten dunkelhäutigen Menschen hier sind afrikanische Straßenhändler, die gefälschte Sonnenbrillen und Ledertaschen am Strand und an der Promenade hin und her tragen und verkaufen. Mit denen mag keiner verglichen werden.

»Scheint sich schnell aufzuregen, der Typ«, sagt Pedro. In Rekordgeschwindigkeit hat er sein Essen hineingeschaufelt. Jetzt lehnt er sich schwer atmend zurück. »Ach ja, und es heißt, dass er mit Frauen auch nicht gerade zimperlich umgeht. Hat er irgendwas mit deinem Fall zu tun? Dieser Swimmingpool-Sache?«

Ich habe den Mund voll und schüttele den Kopf. »Nein. Er ist der Freund einer Zeugin.«

»Er soll einen ziemlichen Verschleiß an Frauen haben.« Pedro greift nach einem Zahnstocher.

»Mistkerl«, knurre ich und gebe Chica ein Stückchen Fleisch, das sie in null Komma nichts verschlungen hat.

Filipa bringt Pedro, der nicht besonders dezent in seinen Zähnen herumstochert, einen Café solo.

»So ein süßes Hündchen, Pablo, passt gut zu dir!« Filipa betrachtet Chica mit liebevollem Blick. »Schau doch mal, wie sie dich ansieht!«

Und wirklich. Chicas dunkle Augen sind schmachtend auf mich gerichtet.

»Sie meint nicht mich«, sage ich, »sondern den Ochsenschwanztopf.«

Pedro lacht, dann räuspert er sich und wird ernst. »Filipa, ich bin jetzt übrigens auch für Argentinien. Ihr könnt wenigstens den Ball ins Tor schießen!«

Mein Handy klingelt, und ich kriege Filipas Antwort nicht mit.

»Meine Schwester«, sage ich.

Pedro trinkt den Kaffee aus und legt Geld auf den Tisch. »Sag ihr einen schönen Gruß. Wenn sie mal richtig gut ausgehen will, soll sie mich anrufen.«

»Vergiss es, Pedro, Teresa gibt sich nicht mit verheirateten Männern ab«, lüge ich.

Er zwinkert mir zu, als er geht.

»Teresa! Was ist los?«

»Eine ganze Menge!«

»Ich versteh dich schlecht!«

»Ich bin im Auto. Pass auf, Pablo, pass auf!«, sagt sie aufgeregt. »Ich habe Cristina aus dem Haus kommen sehen und bin ihr unauffällig hinterhergefahren. Sie ist in ein Café bei sich um die Ecke gegangen. Ich habe im Auto gewartet. Und nach ein paar Minuten kommt sie raus und steigt in einen cremefarbenen Mini zu einer blonden Frau mit Sonnenbrille.«

»Kannst du die Frau genauer beschreiben?«

»Wie denn, sie ist nicht ausgestiegen. Also, lange, glatte Haare, schlank … na, so wie diese Upperclass-Schnepfen hier eben aussehen!«

»Das könnte Señora Wilke sein … Wo bist du, ich hole dich ab.«

»Ich verfolge die beiden natürlich! Wir sind gleich in Estepona …«

»Teresa, du kehrst sofort um und kommst zurück!«

»Bist du total verrückt geworden? Jetzt können wir sie endlich überführen!«

»Überführen? Wieso überführen?«

»Pablo, bist du jetzt der Comisario oder ich? Nach alldem, was du erzählt hast … und wenn das diese Wilke ist … die haben doch bestimmt was vor!«

»Teresa, du kommst jetzt sofort zurück! Das ist ein Befehl!«

Aufgelegt. Einfach aufgelegt.

»Sie hat einfach aufgelegt!«

Erst als sich die anderen Gäste nach mir umdrehen, merke ich, dass ich geschrien habe.

Der Mann am Nebentisch grinst verständnisvoll zu mir herüber. »Typisch Frau. Schenken Sie ihr was Schönes, dann beruhigt sie sich wieder. Der Juwelier an der Ecke in der Ricardo Soriano, Sie wissen schon, gegenüber dem Schuhgeschäft, der hat gerade Ringe heruntergesetzt.«

»Gute Idee«, sage ich höflich und versuche es noch mal auf ihrem Telefon.

Aber sie nimmt nicht ab.

»Verdammt! Teresa!«

Mal ganz nüchtern betrachtet: Señora Wilke fährt mit Cristina zu einer Freundin zum Mittagessen. Oder zum Golfen. Vielleicht hat sie auch einen … ach, was weiß ich … irgendeinen Termin … Teresa kann nichts passieren, beruhige ich mich und greife zu meinem Alkoholfreien. Aber was sollten Cristina und Señora Wilke zusammen unternehmen? Señora Wilke hat ihr doch gekündigt.

Dann denke ich wieder an das Insulin und an den toten Señor Wilke im Swimmingpool.

Ich lege Filipa das Geld auf den Tisch, mache ihr ein Zeichen, dass ich los muss, schnappe Chica, die unter dem Tisch eingeschlafen ist, und mache, dass ich zum Auto komme.

Estepona. Bis dahin brauche ich mindestens zwanzig Minuten.

5

Römer, Phönizier, Mauren waren schon hier, bevor die Engländer, Deutschen und Skandinavier Apartments und Häuser gekauft und Golfplätze angelegt haben. Inzwischen prangt überall in der Stadt, ob am Strand oder auf den Bussen, Werbung für die saubere Stadt, den sauberen Strand, das saubere Wasser. In der Altstadt haben sie die Häuser weiß gestrichen, die Gassen gepflastert, Bäume gepflanzt und Blumentöpfe mit Geranien an die Mauern gehängt. Inzwischen kann man von jeder Ecke ein Foto machen, das aussieht wie eine Postkarte.

Wahrscheinlich hat Estepona das den Geldern der EU zu verdanken. Und cleveren Bürgermeistern. Einer von ihnen sitzt wegen Korruption im Gefängnis.

Ich zische über die A-7 durch die zersiedelte, hügelige Landschaft, die sich bis zur schroffen Sierra Bermeja ausdehnt.

Nachdem ich es dreimal vergeblich bei ihr versucht habe, schickt sie mir eine WhatsApp-Nachricht. Ganz toll, Teresa, wie soll ich die beim Autofahren lesen? Ich fahre rechts auf den Seitenstreifen.

Ein Video. Sie hat mir ein Video geschickt!

Sie hat durch die Autoscheibe gefilmt. Der Wagen vor ihr ist der Mini von Señora Wilke. »Wir sind jetzt hinter Estepona«, höre ich Teresas Stimme. »Sie hat's ganz schön eilig! Ich schlage vor, du schwingst deinen Hintern ins Auto. Ich hab das Gefühl, die *Chicas* haben was vor.«

Die Kamera schwenkt hoch in den Rückspiegel. Vielleicht aus Versehen – Fakt jedoch ist: Ich sehe darin einen verschwommen Wagen … einen … nein! … einen roten Ferrari!

Ist das der Wagen von James? Es gibt hier in Marbella und Umgebung eine ganze Menge Ferraris. Und Maseratis. Und Lamborghinis.

Ich wähle wieder ihre Nummer. Diesmal nimmt sie ab.

»Teresa!«, brülle ich ins Telefon, »du fährst jetzt sofort an der nächsten Ausfahrt raus! Hörst du? Du wirst womöglich verfolgt.«

»Vom wem?«

»Von einem roten Ferrari!«

»Spannend!«

»Nicht spannend! Du fährst jetzt raus!«

Aufgelegt.

Einen Moment bin ich im Zweifel. Soll ich Verstärkung anfordern und womöglich unnötig Aufmerksamkeit erregen? Vielleicht ist das gar nicht James' Ferrari.

Ich bleibe auf der linken Spur, ignoriere alle Geschwindigkeitsbegrenzungen. Am Ende fährt die Wilke mit Cristina zum Kaffeetrinken, und der Ferrari ist irgendein Ferrari, und ich habe mich vollkommen umsonst aufgeregt.

Wie ein metallisch grauer Brocken Blei liegt der Felsen von Gibraltar im Meer. Dahinter recken die Kräne vom großen Hafen Algeciras die starren Hälse in den ausgebleichten Himmel. Raffinerien und Tanks versperren dort die Sicht auf das Meer.

Wo wollen die beiden hin?

La Línea kommt. Wegweiser zum Spielcasino und nach Gibraltar.

Ich versuche es noch einmal bei Teresa. Frauen sind einfach unberechenbar. Sogar Zwillingsschwestern.

»Verflucht, Teresa, wie weit fahrt ihr denn noch?«

»Das wüsste ich auch gern, Pablo, wo bleibst du eigentlich? Wir sind gerade in La Línea. Vielleicht wollen die *Chicas* zum Shoppen nach Gibraltar?«

»Joder!«

»Wieso?«

»Weil es ein Staatsakt ist, die Erlaubnis für eine Ermittlung in Gibraltar zu kriegen!«

»Ach, scheiß auf die Erlaubnis. Ich mach das schon, Pablito.«

»Was meinst du mit *machen?«*, schreie ich ins Telefon.

»Bis später!«

»Teresa!«, brülle ich.

Natürlich hat sie schon wieder aufgelegt.

Wie erkläre ich das der Jefa?

Tatsächlich. Gibraltar.

Der Kalksteinfelsen, in dessen Höhlen sich die letzten Neandertaler zurückgezogen haben sollen. Nein, ich mache hier keine versteckten Anspielungen. Kriege, Seeschlachten, Belagerungen und endlose Tunnelbohrungen hat dieser Felsen ertragen, alles wegen seiner außergewöhnlichen, strategischen Lage. Die Bürde des Begehrtwerdens müssen offenbar nicht nur schöne Frauen tragen.

Doch bevor man den Fuß auf dieses gefragte Stückchen Fels setzen darf, muss man sich über den hässlichen, banalen Asphalt von La Línea mühen.

La Línea, dessen Name schon lieblos gewählt ist, wurde für die spanischen Arbeiter und Angestellten von Gibraltar erbaut, die wegen des Platzmangels und anderen Bestimmungen dort nicht wohnen konnten. Bars, Autowerkstätten, Chinaläden reihen sich bis hinunter zum Meer, wo dann eine lange, breite Straße zur Grenze nach Gibraltar führt. Am Straßenrand und auf dem großen Parkplatz am Jachthafen kann man parken, sofern man einen Platz findet. Ansonsten muss man sich durch die Seitenstraßen schlängeln und auf eine Lücke hoffen, was meist vergeblich ist.

Ich parke halb in einer Einfahrt, als mir Teresa wieder ein WhatsApp-Video schickt.

»Ausflug nach Gibraltar!«, bemerkt sie, und ich kann Señora Wilkes Rückseite sehen. Im Hintergrund erkenne ich den Felsen. Direkt vor ihr breitet sich die weite Asphaltfläche der Start- und Landebahn des Flughafens aus, die quer über die kurze Landverbindung zwischen dem Felsen und La Línea verläuft. Der Weg nach Gibraltar führt direkt über diese Landebahn. »Cristina kann ich nirgends sehen. Ich folge der Zielperson. Ende.«

Ich bebe vor Wut. Was denkt sich Teresa nur dabei? Ich sehe mich nach dem roten Ferrari um, kann ihn in der dahinkriechenden Autoschlange – in der selbst ein Ferrari stecken bleibt – nicht entdecken.

Ich steige aus und blicke zur Grenze hinüber, dem Zaun, hinter dem sich das flache Gebäude mit der Passkontrolle befindet und dahinter die Rollbahn und noch weiter dahinter der mächtige, in den Himmel aufragende Felsen.

Wo sind die Frauen? Wie soll ich sie zwischen all den Autos, den Touristen und Fußgängern finden?

Kaum habe ich den Motor und die Klimaanlage ausgeschaltet, wird es glühend heiß. Ich suche mit Chica Zuflucht im Schatten der Imbiss-Läden, die sich in einer Zeile vor der Grenze reihen. Schnüffelnd hält Chica die Nase in die Luft. Es riecht nach Pommes und Hamburgern.

Stockend bewegt sich der Zug der Autos in beide Richtungen. Hinter dem Zaun entlässt ein Reisebus seine Passagiere, die mit bunten Koffern ins graue Flughafengebäude streben. Ein Grollen vom Himmel kündigt ein Flugzeug an, und schon schwebt es auch über dem Wasser und setzt gleich zur Landung auf der schmalen Landzunge zwischen dem Felsen und dem spanischen Festland auf.

Teresa ruft an.

»Wo bist du? Ist alles okay?«

»Ich stehe gerade an der Ampel. Aber es kommt kein Auto, sondern ein Flugzeug.« Ihre Stimme wird plötzlich eine Oktave höher. »Mach schön deine Hausaufgaben, ja? Die Mami ist bald wieder zu Hause. Und jetzt sei ein braver Junge.«

»Natürlich bin ich brav«, murre ich und lege auf.

Ein junger Typ mit Hornbrille sieht mich belustigt an und verschluckt sich beinahe an seinem Hotdog.

Ich grunze etwas und suche mir einen Platz ein wenig weiter weg von ihm.

Und auf einmal sehe ich Cristina.

Ich trete tiefer in den Schatten. Cristina trägt eine große, runde Sonnenbrille und schlängelt sich zwischen den Autos hindurch über die Straße. Sie bleibt vor der Bude am Grenzzaun stehen, wo man Tickets für Kleinbus-Trips über den Felsen kaufen kann. Sie will doch wohl keine Sightseeing-Tour buchen?

Ich habe mal so was mitgemacht. Da geht's durch den Naturpark über schmale, gewundene Sträßchen hinauf, erst zur Tropfsteinhöhle, in der im Sommer Konzerte stattfinden, dann kann man die Höhlengänge besichtigen, die in Zeiten der Belagerung in den Fels getrieben wurden. Und Gibraltar wurde oft belagert und vom Festland abgeschnitten. Zuletzt in den 1980er-Jahren. Da war die Grenze zu Spanien komplett dicht. Wollte jemand aus Gibraltar jemanden in Spanien besuchen, musste er über Afrika einreisen. Und umgekehrt. Und schließlich geht's zu den Affen, die übermütig durch die offenen Scheiben springen und im Auto herumturnen, bis die Busfahrer sie hinausscheuchen.

Cristina nimmt das Handy aus ihrer Umhängetasche und schaut auf das Display.

Und jetzt sehe ich auch den roten Ferrari. Langsam rollt er hinter einem Seat her, fährt statt über die Grenze über den Kreisel, um wieder in die Richtung zurückzufahren, aus der er gerade gekommen ist.

Ich werfe einen Blick durch die getönten Fenster. Ja, ich bin sicher, das ist James.

Es ist Zeit, Verstärkung anzufordern.

Javier kenne ich schon seit der Polizeischule. Seine Schwester wohnt mit ihrer Familie in Marbella, er selbst in La Línea. Hin und wieder besucht er sie, und dann treffen wir uns auf eine *Copa*.

»Javier, ich brauche mal inoffizielle Unterstützung«, spreche ich ins Telefon und erkläre ihm kurz, um wen und worum es geht.

Ohne Fragen zu stellen – und sogar, ohne einen coolen Spruch vom Stapel zu lassen –, verspricht er, sofort zu kommen. Es tut gut zu wissen, dass man Freunde hat.

Und eine Schwester, die für einen einsteht. Doch diesmal geht sie eindeutig zu weit.

Ich rufe Teresa an.

»*Cariño!* Du hast doch der Mami versprochen, dass du ordentlich deine Hausaufga…«, flötet sie, bevor ich auch nur ein Wort sagen kann.

»Cristina und James sind auch hier. Komm jetzt endlich zurück!«

»Nein, *Cariño*, die Mami kann noch nicht heimkommen. Du musst noch ein bisschen Geduld haben. Die Mami muss arbeiten.«

»*Joder!* Teresa! Schluss jetzt, Mission abbrechen!«

»Bis später. Die Mami bringt dir auch was Schönes mit.«

Aufgelegt.

»*Joder!*«

Cristina kauft kein Ticket an der Bude. Sie wartet, raucht hastig eine Zigarette, tritt von einem Bein aufs andere und blickt immer wieder über die Grenze zum Felsen. Schließlich hält sie ihr Telefon ans Ohr und spricht aufgeregt hinein.

Und wo bleibt James? Was macht er? Parkplatz suchen?

Dass alle drei, Cristina, James und Señora Wilke hier sind, ist hochverdächtig, aber mir fehlt gerade die Fantasie für Vermutungen.

Chica hat eine frittierte Kartoffelspalte gefunden, ein fettiges Ding in der schmutzigen Ecke vor der Imbissbude. Ich kann nur noch zusehen, wie es in ihrem kleinen Maul verschwindet.

»*Chica, no!*« Vergeblich. Chica schnüffelt mit sichtlich gewachsenem Appetit weiter.

Ich will sie gerade schnappen, als mein Handy klingelt.

»Pablo, ich bin's, dein Lieblingsschwager Alfonso!«

»Ist was mit Padre?« Ausgerechnet jetzt sind weder Teresa noch ich zu Hause.

»Nein, nein, dem geht's leider viel zu gut. Ich habe was anderes für dich.« Er macht eine Kunstpause. Im Hintergrund höre ich einen Motor aufheulen. Sicher ist er in der Werkstatt am Arbeiten.

»Sag schon!«

»Einen Kumpel, der eine Autoscheibe repariert hat.«

In Gedanken bin ich noch bei Teresa und bei Chica und natürlich bei Cristina und James, der noch nicht wieder aufgetaucht ist.

»Ich habe einen Kumpel gefunden, der die Scheibe von einem Porsche repariert hat!«, schreit mein Schwager, und betont dabei jedes Wort, als wäre ich schwerhörig oder schwer von Begriff.

»Ja, ich habe schon verstanden!«, zische ich. »Und, wem gehört das Auto?«

»Der Typ hat keinen Namen angegeben«, sagt Alfonso.

»Aha. Was ist mit dem Kennzeichen?«

»Abmontiert.«

»Irgendwas wird sich dein Kumpel doch verdammt noch mal gemerkt haben!«

Cristina hat ihr Handy eingesteckt und blickt wieder umher.

»Hm, warte mal …«, sagt Alfonso gedehnt. »Der Porsche war mitternachtsblau, mein Kumpel könnte den Typen beschreiben und im Handschuhfach lag eine Visitenkarte.« Ich kann mir sein triumphierendes Grinsen lebhaft vorstellen.

»Also, jetzt sag schon seinen Namen!«

»Restaurant *La Familia*, Torremolinos. Kennst du das? Sieht hübsch aus. Mit Rotweinflaschen und Kerzen auf rotweißkarierten Tischdecken. Sehr romantisch, Pablo!«

Ich hätte ihm am liebsten das Telefon an den Kopf geworfen, aber so sage ich nur: »Danke, Alfonso.«

»Vielleicht ist das sein Stammlokal, oder er hatte dort was vor …?«

»Ja, ja … Ich kümmere mich drum, wenn ich wieder zurück bin.«

»Wo bist du denn?«

»Gibraltar.«

»Gibraltar? Warum hast du das nicht gleich gesagt? Kannst du für Juanis Geburtstagsparty eine Flasche Havana Club mitbringen? Nein, besser gleich zwei. Diesmal gibt's Mojitos.«

»Ich muss jetzt Schluss machen.«

Meine Familie hat wirklich Nerven! Manchmal begreifen sie nicht, dass es in meinem Job um Leben und Tod geht!

James ist immer noch nicht aufgetaucht. Ist sicher nicht leicht, einen Parkplatz für einen Viertelmillion-Euro-Schlitten zu finden. Lässt man den überhaupt allein auf der Straße stehen?

In diesem Augenblick ruft Teresa an.

»Pablo«, flüstert sie so leise, dass ich das Handy ganz fest ans Ohr pressen muss, um sie zu verstehen, »die Zielperson ist gerade in einem Hochhaus verschwunden. Vorher hat sie auf eine Klingel gedrückt. Darauf steht CLP-Bank. Ich wette, die haben da ihr Schwarzgeld gebunkert! Ich warte, bis sie wieder rauskommt. Melde mich wieder. Ende.«

Klack.

Eine Bank also. Warum deponiert man sein Geld auf einer Bank in Gibraltar? Genau, weil man es der Steuer vorenthalten will. Warum sollten die Wilkes anders sein als so viele Reiche hier?

Aber wozu braucht Señora Wilke Cristina? Und wo verflucht bleibt Javier?

Er meldet sich beim ersten Klingeln.

»Federico und ich haben dich schon im Visier, Pablo! Wir sehen genau, was du machst«, dröhnt Javiers Stimme durchs Telefon. »Also nimm den Finger aus der Nase! Was sollen denn die *Chicas* von dir denken?« Ich höre ihn lachen. »Wir sitzen übrigens in einem weißen Seat. Mein Maserati war mir zu auffällig. Und wo sind deine Freunde?«

»Eine steht an der Ticketbude.«

»Die mit der Sonnenbrille und den weißen Röhrenjeans?«

»Ja.«

»Und wo ist der Typ?«

»Den habe ich aus den Augen verloren. Aber er ist auch ohne seinen Ferrari nicht zu übersehen.«

Jetzt entdecke ich den weißen Seat. Er ist nur vier Autos von Cristina entfernt. Und etwa drei von mir. Den Kollegen am Steuer erkenne ich auf diese Entfernung nicht.

In diesem Augenblick erinnere ich mich plötzlich an Chica. *Hombre,* ich habe ja einen Hund!

»Chica!«, zische ich.

Ich will nicht, dass Cristina auf mich aufmerksam wird. Auch wenn sie auf der anderen Straßenseite steht und der Verkehr zwischen uns rauscht.

Der Verkehr! So ein kleiner Hund weiß doch nicht, wie gefährlich Autos sind!

Hektisch lasse ich den Blick umherwandern. Ich suche ein weißes Fellknäuel, das hier irgendwo zwischen weggeworfenen Dosen, zusammengeknüllten Servietten, Pappbechern, schmutzigen Pommes frites und Soßenresten sein muss. *Muss!*

»Chica! Verflucht!« Mein Blick wandert vorsichtig zur Straße. Nein … dort will ich das weiße Fellknäuel nicht finden, nein … mein Blick fällt auf Señora Wilke. Mit kurzen, nervösen Schritten kommt sie durch das Tor im Grenzzaun.

Cristina entdeckt sie im selben Moment und tritt aus dem Schatten der Ticketbude heraus. Ich rufe Javier an. »Es geht los, Jungs!«

»Roger!«, sagt Javier.

»Chica, verflucht, wo bist du denn?«

Ich kann nicht länger warten und hoffe, dass der Hund, wo immer er auch ist, mir nicht über die Straße folgt.

Javier und sein Kollege Federico tragen Freizeitklamotten und fallen unter den vielen Touristen, die zum Grenzübergang streben, nicht auf.

Señora Wilke hat Cristina erreicht, Javier und sein Kollege sind etwa vier Meter von den beiden entfernt, ich nur noch wenige Schritte. Señora Wilke und Cristina greifen gleichzeitig in ihre Handtaschen. Jede hat eine weiße Plastiktüte in der Hand, die sie in dem Moment austauschen, als mich Señora Wilke entdeckt. Und dann passiert alles gleichzeitig.

6

Señora Wilke erstarrt in der Bewegung, Cristina dreht sich zu mir um, erstarrt ebenfalls und lässt den Plastikbeutel fallen.

Ich will mich danach bücken, aber etwas reißt mich brutal an der Schulter herum. Ich blicke in die zornig blitzenden Augen von James.

»Du elendes Miststück! Wusste ich doch, dass du was mit dem Comisario hast!«, schreit er Cristina an und rammt mir im selben Moment die Faust in den Magen.

Der Schmerz nimmt mir die Luft und macht mich für eine Sekunde blind. Nur schemenhaft sehe ich, wie James von Javier zu Boden gerissen wird und wie sich Cristina auf die Straße zwischen die Autos stürzt.

»Stehen bleiben!«, brülle ich, rapple mich auf und laufe blindlings hinterher, höre Bremsen quietschen, und kann gerade noch einer Motorhaube ausweichen. Dann versperrt mir ein Lieferwagen den Weg, und bis ich um ihn herum bin, ist Cristina irgendwo im Schatten der Imbissbuden verschwunden.

»Verdammt!«

Fluchend gehe ich zu den anderen zurück.

»Mach dir keine Sorgen, Pablo«, sagt Javier, der Señora Wilke am Arm festhält. »Die kriegen wir schon!«

James liegt bäuchlings auf dem Boden, Javiers Kollege hat ihm gerade die Hände auf dem Rücken gefesselt und zerrt ihn wieder auf die Füße.

»Verfluchte Schlampe!«, stößt James hervor.

»Halt die Klappe!«, herrsche ich ihn wütend an. Ich hätte Lust, ihm eine reinzuhauen, aber ich weiß, dass ich das nicht darf, und ich wende mich an Señora Wilke, die von Javier am Oberarm festgehalten wird.

»Und jetzt zu Ihnen, Señora«, sage ich und nehme die Plastiktüte, die mir Javier entgegenhält.

»Weder Alkohol noch Zigaretten«, sagt Señora Wilke und lächelt unsicher. »Sie werden mir doch deswegen keine Schwierigkeiten machen, Comisario! Ich habe darüber nachgedacht, was Sie gesagt haben, über die Krise und die Arbeitslosigkeit …«

In der Tüte liegt von einer Banderole mit der Beschriftung CLP Bank zusammengehalten ein recht dicker Packen mit gebrauchten Hundert-Euro-Scheinen.

»… und ich wollte Cristina eine … nun, eine Abfindung für Ihre Dienste geben.«

»Sehr nobel, Señora Wilke. Ich schätze mal, das sind mindestens fünfzigtausend Euro? Wirklich überaus großzügig«, sage ich ungerührt.

Javier stößt einen Lacher aus. »Ich bewerbe mich auf der Stelle bei Ihnen, Señora!«

»Großzügigkeit ist doch nicht strafbar, oder?«, sagt sie betont naiv.

»Aber die Einfuhr von Schwarzgeld«, entgegne ich.

»Herrje, Comisario!« Señora Wilke verdreht die Augen. »Wollen Sie mich deswegen verhaften?«

»Öffnen Sie bitte Ihre Tasche, Señora.«

Sie hält ihre große, lederne Louis-Vuitton-Umhängetasche fest an sich gepresst. »Das dürfen Sie doch überhaupt nicht, Comisario!«

»Oh, doch, Señora. Wir fürchten nämlich, Sie haben da drin eine Bombe«, sagt Javier gleichmütig.

Daraufhin schreit James: »Das sind die Methoden der spanischen Polizei!«

»Halt's Maul!«, sagt Federico grob.

»Fuck you!«, zischt James.

»Also, Señora Wilke«, sage ich, »öffnen Sie jetzt Ihre Tasche, oder sollen wir die Kollegen von der Terrorfahndung rufen? Sie sitzen gleich da am Zoll, und die Jungs nehmen ihre Aufgabe sehr ernst.«

»Kleiner Tipp, Señora« – Javier grinst – »wir sind netter.«

Ihr linkes Augenlid zuckt, und dann lockert sie den Griff um die Handtasche. Ohne Widerstand lässt sie es geschehen, dass ich hineingreife und den weißen Plastikbeutel herausnehme, den sie von Cristina bekommen hat.

»Sieht nicht aus, wie eine Bombe, oder, Pablo?«, brummt Javier.

»Sie haben überhaupt kein Recht, mich hier festzuhalten!«, ruft James.

»Du sollst das Maul halten, hab ich gesagt!«, gibt Federico zurück, während wir drei auf den Gegenstand in meiner Hand blicken.

»Was ist das?«, fragt Javier. »'Ne Heroinspritze?«,

»Ich nehme an, da war Insulin drin«, sage ich an Señora Wilke gewandt.

Die lacht spitz auf. »Und selbst wenn – dann ist es nicht strafbar!«

»Wenn man damit einen Menschen tötet schon.«

»Das ist ja absurd, Comisario! Ich werde mich über Sie beschweren!«

»Natürlich. Wir fahren jetzt ins Büro. Da können Sie sich über mich beschweren und uns den Sachverhalt ganz genau erklären.« Ich gebe Javier ein Zeichen. Der legt der empörten Señora Wilke Handschellen an.

»Warten Sie, Comisario!« Panisch wendet sie sich an mich. »Das geht nicht! Tarzan ist seit Stunden allein im Haus! Ich muss ihn rauslassen und ihm etwas zu fressen geben …«

»Tja, ich fürchte, Ihr Löwenjäger muss warten.« *Madre mía!* Ich habe die kleine, hilflose Chica schon wieder vergessen!

»Bitte, Comisario«, fleht sie. Ihre Verzweiflung ist echt, das spüre ich. »Sie haben doch selbst einen Hund! Bitte! Ich kann ihn doch nicht so lang allein lassen …« Tatsächlich rinnt ihr eine Träne über die Wange.

Ich druckse ein bisschen herum, damit sie nicht glaubt, sie hätte leichtes Spiel mit mir, und erkläre mich dann einverstanden. Bevor wir gehen, sehe ich mich noch einmal nach Chica um. Aber ich kann das weiße Fellknäuel nirgendwo entdecken. Teresa wird mich bis in alle Ewigkeit verfluchen … Teresa! Die habe ich ja auch vergessen!

Ich checke mein Handy und sehe, dass Teresa fünfmal versucht hat, mich anzurufen.

Erster Anruf: »Pablo! Du musst herkommen und mich rausholen. Diese Typen vom Zoll halten mich fest!«

Zweiter Anruf: »Pablo, wo bleibst du denn?«

Dritter Anruf: »Pablo? Pablooooooooo!«

Vierter Anruf: *»Joder!«*

Fünfter Anruf: *Klack.*

»Moment!«, sage ich und bespreche mit Javier, dass Federico James erst mal auf das Revier in La Línea bringt und Javier mit Señora Wilke in meinem Auto auf mich wartet.

Schon bin ich am Tor des spanischen Zolls, zeige meinen Ausweis und gehe gleich durch zum Büro. Es ist durch eine große Scheibe von dem Raum abgetrennt, in dem die Rucksäcke und Taschen der Grenzgänger kontrolliert werden.

Teresa winkt mit beiden Armen als sie mich sieht. »Hier, Pablo! Hier!«

»Kennen Sie die Señora?«, fragt der junge Beamte streng, vor dessen Schreibtisch sie sitzt.

»Ja. Das ist meine Schwester. Was liegt gegen sie vor?« Ich halte ihm meinen Ausweis vors Gesicht.

Der Beamte nimmt Haltung an und deutet dann auf den Tisch an der Wand. Dort stehen zwei Flaschen Brandy neben vier Stangen Zigaretten.

Teresa hat ihren unschuldigsten Blick aufgesetzt.

»Eine Flasche Spirituosen und eine Stange Zigaretten sind erlaubt«, klärt uns der Beamte auf. »Die Bestimmungen sind überall angeschlagen, Comisario.«

»Ich weiß, ich weiß«, sage ich entschuldigend, bevor Teresa eine Bemerkung macht, die ihr eine Anzeige einbringt, und beuge mich ein wenig zu ihm hinunter. »Meine Schwester ist Legasthenikerin.«

»Legasthenikerin!«, schnaubt Teresa, als wir draußen sind. »Ich konnte früher lesen als du!«

»Du und deine Aktionen, Teresa!«, schimpfe ich. »Ist dir immer noch langweilig?«

»*Dios mío*, Pablo!«, stöhnt sie und hängt sich bei mir ein. »Ich habe schon gedacht, die sperren mich in ein Verlies in dem Felsen da! Und alles wegen dem bisschen Alk und Rauch.«

»Du hast den spanischen Staat um einige Euro Nikotin- und Alkoholsteuer betrogen.«

»Na und wenn schon! Diese Steuer ist sowieso eine Frechheit!« Abrupt bleibt sie stehen. »Aber, sag schon, was ist jetzt mit Cristina und der Wilke? Hast du sie erwischt? Wie viel Kohle hat die Wilke abgehoben, und was hat sie damit gewollt?«

Bevor ich antworten kann, fragt sie: »Wo ist Chica eigentlich? Du hast sie doch bei der Hitze hoffentlich nicht im Auto gelassen?«

Ich tue so, als hätte ich nichts gehört, und ziehe sie über die Straße. Irgendeine Ausrede wird mir schon einfallen … *Dios mío!*

Als wir zum Auto kommen, traue ich meinen Augen nicht. Gott war gnädig und hat mich erhört!

»Chica!«

Der kleine Hund schießt auf mich zu, springt an mir hoch und bellt aufgeregt.

»Ist das deiner?«, fragt Javier überrascht. »Ich habe versucht, ihn wegzujagen, aber er ist einfach unters Auto gekrochen.«

»Mensch, Pablo, und ich hab für einen Augenblick glatt gedacht, du hast Chica vergessen!« Teresa nimmt die Kleine auf den Arm und wirft einen Blick durchs offene Autofenster. Auf der Rückbank sitzt Señora Wilke mit ausdrucksloser Miene.

7

Die ganze Fahrt über sagt Señora Wilke kein Wort, selbst als wir vor ihrem Haus ankommen, bleibt sie stumm.

Ich will gerade aussteigen, als ich auf dem Nachbargrundstück zwischen den Büschen ein Gesicht bemerke. Und diesmal ist es nicht das der Engländerin.

»Hector, noch ein neuer Job?«, rufe ich, aber da stürzt er durch die offene Gartentür hinaus und rennt panisch die Straße hinunter.

Noch einen kann ich heute unmöglich entkommen lassen, und so sprinte ich hinter ihm her. Ohne Rücksicht auf meine Anzughose, werfe ich mich auf den Gärtner und reiße ihn zu Boden.

»Ich wollte das alles nicht, Comisario!«, keucht er unter mir. »Bitte glauben Sie mir das! Aber sie hat gesagt, ich kriege große Probleme, wenn ich die Aussage mache, weil ich ja keine Papiere habe, und dann werde ich ausgewiesen …«

»Wer hat das gesagt?«

Sein Gesicht glänzt von Schweiß, und mit Verzweiflung in der Stimme bringt er hervor: »Cristina, als ich ihr die Spritze gezeigt habe. Ich habe sie an dem Morgen am Pool, in einer Ritze am Skimmer gefunden. *Mierda!* Warum hab ich sie nicht einfach weggeworfen?«

»Sie haben die Spritze Cristina gegeben?« Dieses Miststück, denke ich. »Hat Sie Ihnen dafür Geld versprochen?«

»Geld? Nein, nein, kein Geld! Ich wollte nur keine Scherereien …«

»Und warum sind Sie dann eben weggerannt?«

»Weil … weil ich gewusst habe, dass irgendwas nicht richtig ist! Ich wollte doch nur Arbeit …«, wimmert er, »und jetzt, jetzt bin ich verdammt bis in alle Ewigkeit!«

Ich stehe auf und helfe ihm auf die Beine. »Na, Hector, das werden wir erst mal sehen.«

Dann bringe ich ihn zum Auto. Javier wird ihn runter nach Marbella ins Präsidium fahren und mir gleich einen Wagen hochschicken.

»So, Señora, dann schauen wir mal nach Ihrem Hund«, sage ich, als ich ihr die Autotür öffne.

Mit zitternden Händen – die Handschellen haben wir ihr gleich nach dem Einsteigen wieder abgenommen – steckt sie den Schlüssel ins Schloss.

Lautes, aufgeregtes Bellen kommt von drinnen.

»Ja, ich bin ja schon da!«, sagt sie freundlich, als wäre alles in Ordnung. Mir wirft sie dabei einen vorwurfsvollen Blick zu, als wäre ich an dem ganzen Debakel schuld.

Dann stößt sie die Tür auf, und in der nächsten Sekunde springt Tarzan auf sie zu.

»Mein Liebling!«, ruft sie, geht in die Knie, umarmt ihn und drückt ihr Gesicht an seinen Hals. Tränen schießen ihr in die Augen. So echt habe ich Señora Wilke noch nicht erlebt. Dagegen kommt mir die Trauer um ihren Mann nur noch aufgesetzt vor. Da begegnen sich unsere Blicke, und sie scheint meinen Gedanken zu lesen. Ich folge ihr ins Zimmer mit dem Flügel und Tarzan legt sich, endlich zufrieden, in seinen Korb.

Señora Wilke und ich entdecken es gleichzeitig, unter der Vorderpfote von Tarzan.

Das Foto.

Ich will mich danach bücken, aber Tarzan knurrt. Da zieht es Señora Wilke zärtlich unter seiner Pfote weg.

An einem Restauranttisch mit rot-weiß kariertem Tischtuch sitzen Señora Wilke und Doktor Jimenez. Sie sieht glücklich aus, sehr glücklich, und Doktor Jimenez hält ihre Hand und man weiß, was gleich passieren wird, auch wenn Tarzan in der Mitte ein paar Zahnabdrücke hinterlassen hat. Sie werden sich küssen.

Señora Wilke sieht erst auf das Foto, dann in meine Augen.

»Ich wollte das alles nicht! Bitte, glauben Sie mir, ich wollte es nicht!«

Langsam lässt sie sich in einen Sessel sinken.

Ich setze mich ihr gegenüber. »Was wollten Sie nicht, Señora?«

Ihr Schluchzen kommt aus der Tiefe ihrer Seele. Es ist mitleiderweckend.

»Ich weiß nicht, wie er es herausbekommen hat.« Sie vergräbt das Gesicht in den Händen. Dann erzählt sie.

Es fing ganz harmlos an, wie so vieles im Leben. Eine Begegnung bei einem Empfang im Lions-Club, ein Lächeln, ein längerer Blick, eine zufällige Berührung, noch eine weniger zufällige, dann die Besuche der Wilkes in der Praxis des renommierten Kardiologen. Sie besteht darauf, ihren Mann zu begleiten, damit sie dem Arzt wiederbegegnet, und sie dieses aufregende Kribbeln wieder spürt, das sie schon so viele Jahre nicht mehr gespürt hat und nach dem sie allmählich süchtig wird, so wie früher, als sie noch jung war und sich verliebt hat.

»Und als wir uns einmal zufällig in seiner Mittagspause vor der Praxis über den Weg gelaufen sind, hat er mich gefragt, ob wir nicht zusammen etwas essen wollen. Es wurde eine … eine lange Mittagspause. Er hat sogar zwei Termine verschoben.« Sie schluchzt. Ich reiche ihr mein Taschentuch, das sie ganz selbstverständlich nimmt und hineinschnäuzt. »Ich habe mich so sehr nach Liebe und … Zärtlichkeit gesehnt …«

In dem Moment wirkt sie wie ein kleines Mädchen, das sich etwas zu Weihnachten gewünscht aber nicht bekommen hat. Sie weint jetzt so sehr, dass sie kaum atmen kann. Zwischendurch putzt sie sich die Nase, wischt sich das Gesicht ab und weint dann weiter. Sie tut mir leid.

»Joachim hat immer von einem Leben hier in Spanien geträumt. Wir würden es schön haben, hat er mir versprochen. Wir würden unser Leben genießen. Ja, wir waren auch wirklich einmal glücklich. Aber dann kamen Misserfolge an der Börse, Fehlspekulationen, der Käufer seiner Firma richtete sie in kurzer Zeit zugrunde – Joachims Lebenswerk! Und dann noch die Sache mit seinem Sohn.« Sie tupft sich über die geröteten Augen. Das Ganze Von-oben-herab-Getue ist plötzlich verschwunden. »Er hat einsehen müssen, dass sein einziger Sohn nur geldgierig ist. Der wollte weder die Firma übernehmen, die Joachim so am Herzen lag, noch hat er sich um seine Mutter – Joachims erste Frau – gekümmert, als sie krank wurde und es abzusehen war, dass sie sterben würde. Einen so herzlosen Sohn zu haben, hat ihn mehr als enttäuscht. Er hat sich die Schuld daran gegeben. Dabei war das Unsinn, das habe ich ihm immer wieder gesagt.«

Tarzan schmiegt sich an ihre Beine, legt den Kopf auf ihr Knie und schließt die Augen. Ein kurzes, dankbares Lächeln fliegt über ihr Gesicht. Ich frage, ob ich ihr ein Glas Wasser holen soll, aber sie redet einfach weiter.

»Joachim hat in den letzten Jahren dauernd irgendwelche Prozesse geführt, und an mir hat er seine Launen ausgelassen. Er musste immer demonstrieren, dass er das Geld hat und ich nur seine Frau bin – die immer älter wird. Er hat mich mit Schmuck behängt, damit alle sahen, wie erfolgreich er war. Ständig hat er mich in der Öffentlichkeit belehrt, um selbst überlegen und klug zu erscheinen – obwohl er es gar nicht war. Er war ein schrecklicher Hypochonder, er wurde immer jähzorniger, und außer Fachbüchern und einer Tageszeitung hat er nichts gelesen. Spanisch lernte er nie. Und nie war ich ihm schlank genug …«, fügt sie noch leise hinzu und sieht mich mit verweinten Augen an. »Die Jahre verändern uns. Joachim haben sie hart, verbittert und … und streitsüchtig gemacht.«

Gedankenverloren streichelt sie ihren Hund, der geduldig – obwohl er weder draußen war noch Futter bekommen hat – neben ihr sitzt.

Ich würde sie gern fragen, wie die Jahre sie verändert haben, aber ich will sie in ihrem Geständnis, von dem ich hoffe, dass es noch eines wird, nicht unterbrechen.

»Ich habe gespürt, wie ich selbst immer deprimierter und unglücklicher wurde, ja, wie ich zugrunde ging. Und dann ist Ángel, Doktor Jimenez, in mein Leben getreten. Und plötzlich fühlte ich mich wieder lebendig. Ángel und ich waren sehr vorsichtig. Haben uns nie in Marbella und Puerto Banús getroffen. Dort verkehren seine Patienten und natürlich auch Joachims und meine Bekannten. Meistens trafen wir uns in Torremolinos und ab und zu in Málaga … Nie habe ich mein Handy herumliegen lassen, habe sofort Ángels Nachrichten gelöscht … aber ich glaube, Joachim hat irgendwann gemerkt, dass ich … glücklich war. Ich war bereit, alles aufzugeben. Ich wäre mit Ángel bis ans Ende der Welt gegangen …« Sie zupft an dem zerknüllten Taschentuch herum. »Es war dieser Freitagabend. Gegenüber feierte von Eckstein eine schrecklich laute Party, und Joachim regte sich darüber auf. Er hasst, ich meine, er hasste Lärm, er konnte ihn nicht ertragen. Ich freute mich auf den Samstag. Denn Joachim wollte Golf spielen gehen, und Ángels Frau – also Doktor Jimenez' Frau – war bei einem Poloturnier in Sotogrande. Wir hätten fünf Stunden zusammen gehabt.« Sie holt Luft. »Joachim hatte das Fußballspiel angeschaut, und dann saßen wir auf der Terrasse und haben eine Kleinigkeit gegessen und Rotwein getrunken. Er trank viel zu viel, obwohl Doktor Jimenez ihm nahegelegt hatte, weniger zu trinken. Und plötzlich ist er mit einem Lächeln aufgestanden, das mich irgendwie beunruhigte, und meinte, er hätte eine kleine Überraschung für mich. Ich hoffte in dem Moment nur, es wäre kein Wochenendausflug. Als er aus seinem Zimmer, unten am Pool, zurückkam, hatte er einen großen braunen Umschlag in der Hand, und sein Lächeln war geradezu … diabolisch.«

Ihr Blick fällt auf das Foto vor uns auf dem Tisch.

»Fotos. Ángel und ich in Torremolinos, vor dem Hotel, im Restaurant, am Strand … ›Ist das der Dank für das, was ich dir alles geboten habe?‹, sagte er und fing dann an zu brüllen, wie es seine Art war. Er konnte sich fürchterlich aufregen. ›Ihr habt wohl gedacht, ich bin blöd! So blöd, dass ich ihm auch noch seine Klinik finanziere, was? Das war's! Er ist so gut wie tot! Seine Klinik: erledigt, seine Praxis: erledigt, seine Ehe: erledigt – und du bist sowieso erledigt!‹ Er hat mich dann einfach sitzenlassen und ist ins Bett gegangen.«

Als Señora Wilke an dieser Stelle angekommen ist, sieht Tarzan abwechselnd sie und mich an, und ich hoffe nicht, dass er zu dem Schluss kommt, sie gegen mich verteidigen zu müssen. Ich räuspere mich. Señora Wilke sieht auf, die Augen vom Weinen gerötet und verquollen.

»Ich habe Ángel angerufen. Er war schockiert«, fährt sie fort. »Er wollte unbedingt mit Joachim reden. Ich sagte, das sei sinnlos. Joachim habe zu viel getrunken und eine Schlaftablette genommen. In dem Zustand könne man nicht mehr mit ihm reden. Aber Ángel ließ sich nicht abbringen. Und so saß ich da auf der Terrasse, hörte diesen fürchterlichen Lärm von der Party und war wie gelähmt, bis Ángel etwa eine Stunde später vor der Tür stand.« Sie nagt an ihrer Unterlippe, und plötzlich verliert sich ihr Blick irgendwo über meinem Kopf.

Ich drehe mich um, aber da ist nichts.

Tarzan macht Platz und legt seinen Kopf auf die Füße seines Frauchens.

»Señora Wilke, was passierte, als Doktor Jimenez kam?«, frage ich ein wenig lauter.

»Was?« Ihr Blick kehrt zurück.

Wo war sie wohl gerade?

»Ach ja … Joachim stand plötzlich auf der Treppe zur Veranda. Sie hätten ihn sehen sollen! Er war ganz bleich und seine Augen waren blutunterlaufen, und er hielt den Brieföffner in der Hand wie … wie einen Dolch! Er stieß schreckliche Beschimpfungen aus. Es war zum Fürchten! So hatte ich ihn noch nie erlebt! Ángel wollte vernünftig mit ihm reden, aber Joachim hat ihn gar nicht zu Wort kommen lassen. Er stieß Ángel die Treppe hinunter, und dann kam es vor dem Pool zum Handgemenge. Joachim rutschte aus und … ja …« Sie sieht mir direkt in die Augen. »Er rang noch nach Luft, und Ángel sprang hinterher, aber … er muss sofort tot gewesen sein.«

Sie streicht sich eine Strähne hinters Ohr und lächelt mich zaghaft an. Auch Tarzan sieht mich an. Was geben die beiden für ein schönes Bild ab, denke ich. Aber mein Mitgefühl endet dort, wo jemand versucht, mich anzulügen.

»Haben Sie nicht etwas vergessen, Señora?«

Fragend hebt sie die Brauen. »Vergessen?«

Ich lege die Tüte mit der Spritze auf den Tisch.

»Ich sage Ihnen, wie es wirklich war, Señora: Sie haben Doktor Jimenez schon öfter gesagt, dass Sie froh wären, wenn Sie endlich frei wären von diesem Despoten.

An diesem Abend kam Doktor Jimenez, und sie beide wussten, dass sie jetzt handeln müssten, denn Señor Wilke würde niemals seine Meinung – und sein Vorhaben – ändern. Jemand, der schon einen Privatdetektiv auf den Nachbarn ansetzt, weil der ein Stockwerk auf sein Haus bauen will, den darf man nicht unterschätzen, nicht wahr?«

Señora Wilke rührt sich nicht, starrt nur die Spritze auf dem Tisch an. Jetzt beben ihre Lippen, aber sie schweigt.

»Ihr Mann war wieder aufgestanden«, provoziere ich weiter. »Vielleicht war es die laute Party, die ihn geweckt hat. Er stand am Pool, als er Doktor Jimenez kommen sah. Dem Doktor war klar, dass Ihr Mann die Macht hatte, sein Leben zu zerstören, privat, gesellschaftlich und beruflich. Sein Traum von der Klinik war so gut wie geplatzt! Er musste handeln.

Ihr Mann brach in der Aufregung zusammen. Er hatte ja sowieso Herzprobleme, außerdem hatte er die Schlaftabletten genommen und reichlich Alkohol getrunken. Vielleicht hätten Sie ihn jetzt einfach in den Pool rollen können. Aber das war Ihnen zu unsicher. Als er so dalag, gab Doktor Jimenez ihm eine Spritze Insulin – genau in einen seiner vielen Leberflecke – und dann erst rollten sie ihn in den Pool. Da ertönte die Alarmanlage von Doktor Jimenez' Porsche, den er vorsichtshalber nicht vor Ihrem Haus, sondern vor dem von Señor von Eckstein abgestellt hatte. Überstürzt lief er los, schließlich wollte er unbedingt vermeiden, dass jemand auf seine Anwesenheit aufmerksam würde. Und in der ganzen Aufregung haben sie beide die Spritze vergessen.

Sie, Señora, gingen ins Bett, nahmen wahrscheinlich ein Schlafmittel und wachten erst auf, als Cristina schrie. Hector hatte ihren Mann im Pool gefunden und auch die Spritze. Aus Angst, mit der Polizei reden zu müssen, überließ er sie Cristina. Als Cristina mitbekam, dass die Polizei nicht ohne Weiteres an einen Herzinfarkt glaubte, erpresste sie Sie damit. Außerdem hatte sie Ihre Auseinandersetzungen – und vielleicht auch mehr – mitbekommen. War es nicht so, Señora?«

Reglos sitzt sie da. Ihr Gesicht ist kalkweiß und auch aus ihren Lippen ist jede Farbe gewichen.

»Señora?«

Tarzan legt ihr wieder den Kopf auf die Knie. Mechanisch hebt sie die Hand und streichelt ihn zwischen den Ohren.

»Ich wollte Joachim verlassen«, fängt sie zögernd und leise an. »Und Ángel seine Frau. Er sagte, ihre Ehe sei längst am Ende und er sei mit mir endlich wieder glücklich. Wir machten Pläne, ich würde in seiner Klinik mitarbeiten, wäre für Kontakte mit Versicherungen und Öffentlichkeitsarbeit zuständig.«

Sie schluchzt wieder, und dann bricht es aus ihr heraus. »Mein Gott, ich wollte doch nicht, dass er stirbt! Ich schrie Ángel an. Er sollte ihn wiederbeleben. Er ist doch schließlich Arzt! Ich glaubte auch, dass er es tun würde, als er seine Tasche aufmachte und eine Spritze aufzog. Erst als er sagte« – sie beißt sich auf die Fingerknöchel – »als er sagte: ›Ich lass mir von ihm doch nicht meine Zukunft zerstören‹, erkannte ich es: Er dachte nur an sich. An seine Familie, sein Leben, seine Klinik, seine Pläne. Dieses Leben hatte er nie aufgeben wollen. Er hat mich angelogen, und ich habe mir bis zum Schluss etwas vorgemacht …« Sie knüllt das Taschentuch zusammen, als könnte es ihr Halt geben.

»Und dann ließen Sie zu, dass er ihm diese Spritze gab.«

»Ja.« Sie flüstert fast. »Ich war plötzlich erleichtert, dass es endlich ein Ende haben würde.«

Ihr Blick ist jetzt ganz klar, und die Trauer ist zu einem dunklen Punkt in ihren Augen geworden.

Gleichzeitig sehen wir beide auf das Foto. Es ist zerknittert und zerbissen, aber ihr glückliches Lächeln ist unversehrt.

»Wenn Cristina mich nicht erpresst hätte …« Sie grinst schmerzlich und küsst Tarzan auf den Kopf. In ihren Augen stehen wieder Tränen, als sie mich ansieht. »Versprechen Sie mir, dass Sie ihn einschläfern lassen, wenn ich ins Gefängnis komme?«

Tarzans Blick taucht in meine Augen. Ich schlucke und räuspere mich. »Wir finden schon eine bessere Lösung für ihn. Wo bringen Sie ihn denn hin, wenn Sie verreisen?«

»Zu den Schanders. Die haben eine Hundeschule in Monda.«

»Gut, dann rufen Sie sie an.«

Etwas zögernd greift sie zum Telefon.

Da klingelt es an der Tür.

Meine Kollegen sind da, um uns abzuholen. Ich vereinbare, dass einer dableibt, bis Tarzan abgeholt wurde.

Señora Wilke umarmt noch einmal ihren Hund, drückt ihm einen Kuss auf die Stirn, wischt sich dann die Tränen ab und folgt mir zum Auto.

Als wir losfahren dreht sie sich nicht mehr um.

Eigentlich sollte ich zufrieden sein, ich bin es aber nicht. Irgendwie will sich das Triumphgefühl, einen Fall gelöst zu haben, nicht so recht einstellen.

8

Natalie Henderson öffnet lächelnd. Im Krankenhaus hatte man mir gesagt, dass Doktor Jimenez bereits entlassen sei und wieder in seiner Praxis arbeite.

»Es war stressbedingte Angina Pectoris, *the clinic-project* beschäftigt ihn Tag und Nacht«, sagt Natalie leise, damit die zwei Patienten im Wartezimmer nichts mitbekommen. »Ist es denn *very important*, dass sie heute mit ihm sprechen? Er soll sich nicht so aufregen.«

Nicht allein das Klinikprojekt hat ihn aufgeregt, denke ich, und bestehe auf einer sofortigen Unterredung.

Doktor Jimenez versucht erst gar nicht zu leugnen, als ich ihn mit Señora Wilkes Geständnis konfrontiere. Überhaupt scheint er seit seinem Zusammenbruch um Jahre gealtert zu sein. Vom Star auf dem roten Teppich, der sich im Blitzlicht der Fotografen sonnt, ist nicht mehr viel geblieben. Er steht einen Moment mitten im Raum seines Sprechzimmers und lässt den Blick über seinen Schreibtisch mit dem Familienfoto, weiter über die Wand mit seinen Urkunden von der Approbation bis zu den Facharztausbildungen wandern.

»Wissen Sie, meine Eltern waren einfache Leute mit einem kleinen Lebensmittelladen, immer unterwürfig gegenüber ihren Kunden. Mich hielten meine Eltern für etwas Besonderes. Und ich wollte sie nicht enttäuschen. Ich wollte, dass sie stolz auf mich sind. Und ich wollte es all diesen Leuten zeigen, die meine Eltern so behandelten. Ich wollte, dass sie Respekt haben, zu mir aufsehen.« Sein Blick bleibt am Modell der Klinik auf dem Beistelltisch hängen. »Und jetzt war alles umsonst … wegen einer Frau.« Er schüttelt den Kopf und lässt die Schultern fallen. Der Polospieler, der nicht nur das Turnier verloren hat, sondern auch sein Pferd und den Glauben an den Sieg.

Widerstandslos lässt er sich von herbeigerufenen Kollegen abführen.

Als ich die Praxis verlasse, sieht Natalie Henderson mir mit einer Mischung aus Unverständnis und Feindseligkeit hinterher.

Auch diese Festnahme macht keinen Spaß.

Noch in Gedanken an das, was Jimenez gesagt hat, betrete ich das Büro. Da winkt mir Eva zu.

»La Jefa will dich sprechen! Sofort!«

Diós mio, denke ich, sie wird sicher wegen der Gibraltar-Sache Stress machen. Doch am heutigen Tag kann ich das auch noch ertragen, hole Luft und klopfe an.

»*Adelante!*«, kommt es kräftig und bestimmt zurück.

La Jefa hat heute das kastanienbraune Haar zu einem strengen Pferdeschwanz zusammengebunden. Die Rittmeisterin der spanischen Hofreitschule höchstpersönlich, schießt es mir durch den Kopf. Sie breitet die Arme aus, als wollte sie mich umarmen. Was sie natürlich nicht will.

»Ich gratuliere Ihnen, Benitez!«, hebt sie feierlich an. »Weiter so! Ein fast perfekter Mord ist aufgeklärt – und nebenbei wurde auch noch ein Mitglied einer Betrügerbande festgenommen. Unsere Arbeit kann sich sehen lassen!«

»Sie meinen James McCann?«

La Jefa nickt. Da erst nehme ich die Besucherin am Fenster wahr. Mitte dreißig vielleicht, nicht besonders groß, etwas übergewichtig, mit kurzen dunklen Haaren. Von welchem

Blatt ist die denn? Khaki-Hosen, karierte Kurzarmbluse und Trekkingschuhe weisen auf die Outdoor-Freizeit-Sparte hin. Aber seit wann interessieren die sich für Verbrechen? Oder geht's hier um Kriegsberichterstattung?

»Paula Odriozola, Pablo Benitez«, stellt uns La Jefa vor.

»Freut mich.« Ich strecke ihr die Hand hin. »Sie sind ja schneller, als die Polizei erlaubt! Ich habe noch nicht mal mein Protokoll getippt.«

Für ihr gelangweiltes Lächeln ist ihr Händedruck überraschend fest.

»Nun, Sie werden sicher gut zusammenarbeiten«, sagt La Jefa.

Ich schaue sie entgeistert an.

»Comisario Odriozola hat einige wichtige Fälle in Sevilla gelöst und wird uns im Kampf gegen das internationale Verbrechen in Marbella unterstützen«, höre ich La Jefa sagen, während ich nicht glauben will, dass diese Person mit Haaren auf den Zähnen – das sehe ich ihr doch an! – meinen Antonio ersetzen soll. Und sie scheint mich auch nicht sonderlich zu mögen. Um den Mund hat sie einen spöttischen Zug, wie so viele Frauen, die meinen, sie müssten gleich mal die Fronten klären.

»So.« La Jefa klatscht in die Hände, und ihre Armreifen klingen dabei fröhlich und munter wie kleine Glöckchen. »Zurück an die Arbeit!«

Widerstrebend lasse ich Paula Odriozola den Vortritt, als wir das Büro verlassen. Und was jetzt? Irgendetwas muss ich sagen. Ich versuche es mit etwas Spaßigem.

»*Sonne, Strand und Meer* – haben Sie das in die Zeile ›Wunschort für Versetzung‹ geschrieben?«

Sie sieht zu mir hoch, denn sie ist nicht nur kompakt, sondern auch ein ganzes Stück kleiner als ich.

»Ich bin nicht so der Bikini-und-Strand-Typ«, antwortet sie kühl.

Sofort sehe ich sie im Bikini vor mir und denke, sie hat recht.

»Welcher Typ sind Sie dann?«, frage ich mühsam.

Sie mustert mich ein wenig belustigt von oben bis unten. »Das wollen Sie nicht wirklich wissen.«

Darauf fällt mir nichts ein.

Pedro grinst schadenfroh zu mir herüber, und ich bin erleichtert, als mein Telefon klingelt.

»Ja?«, melde ich mich missgelaunt.

Diese Odriozola dreht sich einfach um und setzt sich wie selbstverständlich an Antonios Schreibtisch. Meinem gegenüber.

»Ich bin's, Javier. Du kannst jetzt beruhigt Feierabend machen und WM gucken. Wir haben die Chica hier. Sie hat sich freiwillig gestellt. Ich gebe sie dir, sie will noch mal mit dir sprechen.«

Es raschelt im Hörer.

Dann: »Pablo?«

»Cristina?«

»Ich … es tut mir leid«, sagt sie und ich höre, dass sie geweint hat. »Ich … weiß, ich hätte dir alles gleich sagen müssen, das mit der Spritze und dass ich irgendwie sofort sicher war, dass Señor Wilkes Tod damit zusammenhing …« Sie atmet schwer. »Aber ich wollte James verlassen und weg von hier. Irgendwo anders ein neues Leben anfangen, wo mich keiner kennt. Dafür brauchte ich Geld …«

»Du hättest der Polizei viel Mühe erspart. Und dir selbst eine ganze Menge Ärger«, sage ich mit unverhohlenem Ärger.

Pause.

»Cristina?«

»*Adiós,* Pablo«, kommt es leise aus dem Hörer. »Vielleicht begegnen wir uns irgendwann mal wieder. In einem anderen Leben oder so. Und du bist nicht Comisario – und ich nicht …« Sie bricht ab.

»*Adiós,* Cristina.« Ich lege auf.

Pedro sieht neugierig zu mir herüber.

»Was für ein beschissenes Spiel«, sage ich und zucke die Schultern. »Nur Verlierer.«

9

Es ist spät, als ich nach diesem ereignisreichen Tag zur Finca komme.

»Sie sind alle da, um Padres Wiederauferstehung zu feiern, sogar der verdammte Kater ist wieder aufgetaucht«, hat mir Teresa am Telefon gesagt, als ich endlich mit dem Protokoll fertig war. »Ach ja, und übrigens gibt's dein Lieblingsessen: Fischpfanne mit Patatas a lo Pobre!«

Alfonsos polierter Mercedes, Teresas modischer Cinquecento, Miguels spießiger Kombi und Esperanzas alter Peugeot parken vor der Einfahrt. Als ich das Tor aufmache, springen mir Golfo und Chica freudig entgegen. Dass er nicht mehr angekettet wird, haben Teresa und Mamá durchgesetzt. Mamá hat es tatsächlich gewagt und zu Padre gesagt: »Golfo kommt nicht mehr an die Kette – sonst mach ich dir nie wieder einen *Rabo de Toro*«. Das hat ihm wohl zu denken gegeben, erzählte mir Teresa am Telefon.

In der Küche sitzen sie alle am Tisch, außer Mamá und Esperanza, die noch am Herd stehen, und Alfonso, den ich oben auf dem Dach gesehen habe. Ein wunderbarer Duft nach gebratenem Fisch, Olivenöl, Knoblauch und Gemüse erfüllt den Raum.

»Mein Sohn!«, sagt Mamá voller Stolz und küsst mich.

»Gut gemacht, Pablito.« Nuria an der langen Tischseite, neben Juanita und Maria Dolores, nickt mir anerkennend zu und trinkt einen großen Schluck Wein. Die Rosenkranzperlen klackern an ihrem Handgelenk.

»Danke, aber …«, fange ich an und frage mich, was wohl Teresa alles erzählt hat.

»Komm, lass dich drücken!« Juanita umarmt mich, ich küsse sie. Maria Dolores und Esperanza halten mir ihre Wangen entgegen, ich schmatze auch darauf.

Miguel hebt das Weinglas und sagt: »Auf die Niederlage gegen Chile – und auf Pablo!«

Alfonso kommt im grünen Ralph-Lauren-Poloshirt herein und begrüßt mich mit Handschlag. »Da ist ja unser Held!«

»Was ist jetzt, Alfonso? Hast du sie abmontiert?«, will Padre vom oberen Tischende wissen.

»*Claro*, und eingepackt ist die Satellitenschüssel auch schon wieder – mitsamt Receiver«, antwortet Alfonso und wäscht sich an der Spüle gründlich die Hände. »Aber ich weiß nicht, ob du dein Geld wiederkriegst.«

»Er guckt keine WM mehr nach dem Spiel eben. Null zu zwei!«, erklärt mir Miguel, der meinen fragenden Blick bemerkt hat.

Teresa verdreht die Augen, und Nuria seufzt ergeben.

»Wie geht's dir, Padre?«, frage ich ihn, obwohl ich weiß, dass er mir entweder gar keine oder nur eine knappe Antwort geben wird.

»Wie soll's mir schon gehen? Setz dich endlich«, knurrt er, »ich habe Hunger.«

Ich rücke mir den Stuhl zwischen Teresa und Maria Dolores zurecht, und Mamá stellt die große Schüssel Bratkartoffeln mit Paprikaschoten auf den Tisch, während Esperanza die Fischpfanne mit Knoblauch und Kräutern aus dem Ofen holt.

Miguel grinst mich an und trinkt sein Glas in einem Zug aus. »Teresa hat uns schon einiges erzählt. Und den Rest wollen wir jetzt von dir wissen!«

Maria Dolores hebt das Glas. »Erst mal wollen wir Gott danken, dass unser Padre wieder gesund ist.«

Wir trinken alle darauf.

»Und dann wollen wir Gott danken, dass Pablito mal wieder die Welt gerettet hat!«, sagt Teresa spöttisch, woraufhin alle – außer Padre – lachen und wir noch mal einen kräftigen Schluck nehmen.

»So, und jetzt wollen wir alles wissen, Pablo!«, sagt Juanita.

»Lasst ihn doch erst mal was essen!«, sagt Mamá.

Wir häufen uns die Teller voll mit dem köstlichen Fisch und den knusprigen, hauchdünnen Bratkartoffeln und den würzigen Paprikastreifen, Miguel entkorkt eine weitere Flasche Weißwein, und dann sehen mich alle gespannt an.

»Ihr wisst doch, dass ich euch nicht alles erzählen darf«, sage ich mit den Bratkartoffeln im Mund. Mamás *Patatas a lo Pobre* sind die besten der Welt.

»Ja, ja, du kannst die Namen weglassen«, sagt Juanita.

»Die Namen weglassen? Wie soll das denn gehen?« Maria Dolores fuchtelt ungeduldig mit der Gabel herum.

»Ich hab schon alles bis Gibraltar erzählt!«, sagt Teresa und schenkt sich Wein nach. »Du bist mit der Señora nach Hause gefahren … und was war dann?«

»Ja, was war dann?«, kommt es von meiner Familie.

»Wartet, wartet!«, sage ich und esse zwei Happen Fisch mit Patatas, und bevor meine Kehle austrocknet, nehme ich einen ordentlichen Schluck Wein.

»*Bueno* … als wir bei ihrem Haus in Nagüeles angekommen sind, kommt uns Hect… ich meine, der ecuadorianische Gärtner entgegen. Er starrt uns entsetzt an, lässt den Rechen fallen und rennt davon!«

»Warum denn?«

»Bist du ihm nachgelaufen?«,

»Aber *claro!* Cristi… ich meine, die Haushälterin ist ja schon in Gibraltar entkommen – ach, das wisst ihr noch nicht? – und noch einen Flüchtigen konnte ich heute unmöglich entkommen lassen!«

»No!«, kommt es von meiner Familie unisono.

»War er bewaffnet?«, »Und, hast du ihn erwischt?«, »Hast du ihn festgenommen?«, hagelt es Fragen, und dann erzähle ich den ganzen Rest.

Juanita legt ihr Besteck ab und schüttelt den Kopf, als ich geendet habe.

»Diese Señora, *La Pobrecita!* Sie tut mir richtig leid. Sie hat ihren Mann doch mal geliebt.«

»En cien años todos calvos«, bemerkt Maria Dolores trocken. »Ja, nichts ist für die Ewigkeit«, stimmt Esperanza ihr mit einem wehmütigen Gesichtsausdruck zu.

»Si quieres el perro, accepta las pulgas«, ergänzt Nuria und greift zum Weinglas, das schon wieder leer ist. »Schenk mir noch was ein, Miguel.«

»Hija de Puta!«, knurrt Padre.

»Finde ich auch«, sagt Alfonso.

»Alfonso!«, empört sich Juanita, und Maria Dolores seufzt laut.

Teresa spießt ein Stück Fisch auf. »Was für ein gemeiner Typ! Kein Wunder, dass sie ihn um die Ecke gebracht haben!«

Miguel gießt mir und sich nach. »Na, der kann seine Approbation für immer vergessen!«

Mamá gibt mir noch den Rest Patatas aus der Schüssel.

»Mir wäre es lieber gewesen, der Señor wäre an einem ganz normalen Herzinfarkt in seinem Pool gestorben«, sage ich und hinterlasse einen kurzen Moment nachdenklicher Stille.

Mamá seufzt. »Ach, alle Menschen, ob reich oder arm, wollen doch dasselbe: Trost, Liebe und Frieden im Herzen.«

Daraufhin heben wir ergriffen die Gläser. Und Padre sieht Mamá etwas länger an als sonst.

»Und, wirst du jetzt befördert?«, will Miguel wissen, während er eine neue Flasche aus dem Kühlschrank holt.

»Ja, was hat denn deine Jefa gesagt?« Juanita gibt Alfonso den Rest Fisch von ihrem Teller. Patatas hat sie so gut wie keine gegessen.

»Sie hat mir gedankt«, sage ich mit vollem Mund.

»La Jefa hat dir gedankt, und das war alles?« Teresa sieht mich ungläubig an. »Und was ist mit Cristina?«

»Cristina?« Alfonso runzelt die Stirn. »Wer war das noch mal?«

»Die Haushälterin, *Cariño!*«, sagt Juanita mit nachsichtigem Lächeln.

»Die verführerische Argentinierin«, ergänzt Esperanza spitz.

»Verführerisch?«, kommt es interessiert von Alfonso, der prompt einen missbilligenden Blick von Juanita erntet.

»Die Haushälterin hat sich bei meinem Kollegen in La Línea gestellt«, sage ich knapp, schlucke einen bitteren Geschmack hinunter und füge schnell hinzu: »Und La Jefa hat mir Antonios Ersatz vorgestellt.«

Mamá holt den Nachtisch aus dem Kühlschrank. Oh! *Crema catalana!*

»Bestimmt so einen *Listillo* aus der Stadt«, brummt Padre und wischt dabei wie üblich mit einem Stück Brot seinen Teller aus.

»Hat er denn Familie? Ist die mit umgezogen? Oder ist er allein?«, fragt Esperanza in demselben mitleidigen Ton wie sie wahrscheinlich mit ihren einsamen Alten spricht.

Maria Dolores fängt an, den Tisch abzuräumen. »Wahrscheinlich ist er allein und hinter jedem Rock her.«

»Wer hält's auch schon mit einem Polizisten aus?«, bemerkt Teresa und kramt in ihrem Häkeltäschchen herum, wahrscheinlich auf der Suche nach einem Joint.

Mamá stellt die Schüssel mit der karamellisierten Zuckerkruste in die Mitte vom Tisch. »Wenn er so allein hier ist, bring ihn doch am Samstag mit. Paella mag er bestimmt.«

»Paella schmeckt allen«, bestätigt Alfonso. »Sogar den Chinesen.«

»Außer er ist Vegetarier«, bemerkt Teresa und sieht mich fragend an. »Ist er?«

»Sie heißt Paula Odriozola!«, verkünde ich und genieße, dass sie endlich mal alle die Klappe halten.

Einen Moment sagt niemand was, bis Padres Schlürfen die Stille zerreißt. Dann prustet Teresa los, Juanita hebt spöttisch die Augenbrauen, Esperanza seufzt, Maria Dolores stöhnt, Alfonso grinst mich anzüglich an, Miguel hebt das Glas und Mamá sagt: »Hauptsache ist, sie kann gut schießen, damit sie unseren Pablito beschützen kann!«

Leseprobe

MARY BURTON
Das siebte Opfer

Austin, Texas
Montag, 20. Mai, 6:45 Uhr

Nimm dir mal eine Auszeit.

So hatte der letzte, verlogene Satz des Captains gelautet, als er Texas Ranger James Beck vor drei Wochen beurlaubt hatte.

Die Worte ratterten in Becks Kopf, während er seinen schwarzen Bronco am Tatort parkte, der dreißig Kilometer südlich von Austin abseits des Zubringers zur Interstate 35 lag. Die Sonne des anbrechenden Tages glühte rot in der dunstigen Hitze und erhob sich langsam über dem hügeligen, staubigen Landstrich, über Felsen, Sträucher und kümmerliche Bäume. Auf dem Seitenstreifen standen ein Lastwagen mit Bauholz, ein halbes Dutzend Polizeiwagen von County-Sheriffs sowie ein Wagen der Spurensicherung. Die morgendlichen Pendler brachten mit ihrer Gafferei bereits den Verkehr zum Stocken.

Seltsamerweise besserte das kontrollierte Chaos die Anspannung, die Becks unterem Rücken zusetzte. Er saß jetzt ganz offiziell wieder im Sattel, die erzwungene Ruhe des »Urlaubs« war endlich vorbei.

Der Ursprung von Becks Schwierigkeiten lag sechs Monate zurück, als die zehnjährige Misty Gray verschwunden war. Der Letzte, der Misty gesehen hatte, war Matt Dial, der Freund ihrer Mutter, der mit den beiden zusammenlebte und der der Polizei berichtete, das Mädchen sei zu Freunden spielen gegangen und anschließend verschwunden.

Nachdem drei Tage ohne ein Lebenszeichen des Kindes vergangen waren, hatten die örtlichen Polizeibehörden die Texas Rangers hinzugezogen, und Beck hatte den Fall übernommen. Die Rangers, die viele Menschen nur aus Erzählungen über den Wilden Westen kannten, waren in Wirklichkeit eine moderne Eliteeinheit der texanischen Behörde für öffentliche Sicherheit, auch bekannt als DPS.

Nachdem Beck Dial zwanzig Minuten lang verhört hatte, wusste er, dass der Bauarbeiter log. Doch je mehr Fragen Beck abfeuerte, desto schneller kamen Dials Dementis.

Die Suche nach Misty war für Beck eine persönliche Angelegenheit geworden, auch als in den Zeitungen schon lange nicht mehr von der Rettung des Mädchens, sondern nur noch von der Suche nach seiner Leiche die Rede war. Als Dial, der sich als das schwarze Schaf einer betuchten Familie entpuppte, sich wegen Becks verbissener Verfolgung beschwerte, hatte Becks Chef Zurückhaltung angeordnet, bis der politische Gegenwind sich legte. Beck hatte den Befehl missachtet und Dial in seiner Freizeit beschattet. Zwei Wochen waren vergangen, ehe der arbeitslose Bauarbeiter zu einem mitternächtlichen Ausflug auf eine abgelegene Farm aufgebrochen war. Beck, der ihm dicht auf den Fersen gewesen war, hatte Dial beobachtet, wie er einen alten Schuppen aufschloss und einen großen Plastiksack herauszerrte, groß genug für eine Kinderleiche. Mit gezogener Waffe hatte Beck Dial aufgefordert, stehen zu bleiben, worauf dieser eine 45er hob und abdrückte. Dials Kugel ging fehl, doch Becks Schüsse trafen ihn in die Brust und streckten ihn sofort nieder. In dem Sack hatte man Mistys verwesende Leiche gefunden.

Die Leute von der Spurensicherung hatten in die Schuppenwände eingeritzte kindliche Botschaften vorgefunden, außerdem herumliegende Lebensmittelpackungen und leere Wasserkanister. Nach ihren Erkenntnissen hatte das Mädchen in dem Schuppen drei Wochen überlebt, bevor es an Austrocknung gestorben war.

Als Dials Familienanwälte während der anschließenden Ermittlungen den Charakter des Kindes infrage stellten, war bei Beck die Sicherung durchgebrannt. Er hatte Dinge gesagt, die ein Mann mit etwas politischem Feingefühl nicht geäußert hätte, und am Ende hatte Becks Vorgesetzter eine Suspendierung bei fortlaufendem Gehalt angeordnet.

»Machen Sie sich drei schöne Wochen. Halten Sie sich bedeckt. Nehmen Sie sich eine Auszeit.«

Scheiße.

Beck hatte diese Zeit in der Werkstatt seines Großvaters verbracht und sich dort die Hände unter der Haube eines 67er Mustangs schmutzig gemacht. Seine Tat hatte er nie bereut, genauso wenig wie seine unverblümte Offenheit gegenüber den Anwälten. Als er während der obligatorischen psychologischen Sitzungen gefragt worden war, ob ihm die Schießerei noch zu schaffen mache, hatte er aufrichtig verneint. Sein Bedauern galt dem kleinen Mädchen, das während drei einsamer Wochen gelitten hatte. Dem kleinen Mädchen, das er nicht hatte retten können.

Beck massierte sich mit der schwieligen Hand die steifen Nackenmuskeln, während die Polizeilichter auf der frisch gewachsten Karosserie seines Wagens flackerten und das gelbe Plastikband über das spröde, braune Gras neben der Zufahrtsstraße strich. Er griff nach seinem weißen Stetson, der Standardausrüstung eines Texas Rangers, und stieg aus.

Sein Exil war offiziell beendet.

Der Kies knirschte unter seinen polierten Cowboystiefeln, und in seinem Hosensaum verfing sich staubtrockener Schmutz, als er neben der Zufahrtsstraße an dem Lastwagen und den aufgereihten Polizeiwagen vorbeiging.

Trotz seiner fünfunddreißig Jahre bewegte Beck sich mit der Energie eines jungen Mannes. Wenn er wegen seines raschen Schrittes aufgezogen wurde, witzelte er, die vielen Treffer in seiner Zeit als Highschool-Quarterback hätten ihn Wachsamkeit gelehrt, und er sei noch immer bereit, jederzeit in Deckung zu gehen.

Beck nickte zu den ortsansässigen Polizisten hinüber, blieb bei ein paar von ihnen stehen und schüttelte anderen die Hand. Bei allen erntete er die besten Wünsche und einen herzlichen Willkommensgruß.

Dreißig Meter abseits der Straße entdeckte er seinen Kollegen Rick Santos. Der große, hagere Texas Ranger nahm seinen eigenen Stetson ab und wischte sich mit einem roten Halstuch den Schweiß von der Stirn. Santos, der ebenfalls in den Dreißigern war, sah zum Morgenhimmel und fluchte lautlos über die Temperaturen, die heute auf nahezu vierzig Grad steigen sollten. Texaner pflegten zu sagen, dass es in diesem Staat nur zwei Jahreszeiten gab – Winter und Sommer.

Die Sonne hatte Linien in die Haut um Santos' Augen gegraben, seine Haut goldbraun gebrannt und Glanzlichter in seinem dunklen Haar hinterlassen. Sein Outfit ähnelte dem von Beck, allerdings bevorzugte Santos schmale Cowboy-Krawatten gegenüber den traditionellen, die sein Kollege trug.

Beck blickte zum Wagen der Spurensicherung hinüber,

der den Blick auf die Leiche verdeckte. Bei seinem Anruf um fünf Uhr morgens hatte Becks Captain in Austin ihm nicht viel über den Fall gesagt: Weiblich, jung und in der Mitte des hundertzwanzig Kilometer langen Abschnitts zwischen Austin und San Antonio aufgefunden. Der Tatort lag mitten im Gebiet der größten Abteilung der Texas Rangers, der Company F, die sowohl Countys südlich von San Antonio als auch etliche nördlich von Austin umspannte.

Als Beck auf ihn zukam, hielt ihm Santos, der zu San Antonio gehörte, die Hand hin. »Anscheinend hat man uns beide zur Party eingeladen.« Santos hatte einen kräftigen Händedruck. »Wie ich höre, hat dich der Anruf des Captains heute Morgen unter einem Auto hervorgeholt. Arbeitest du immer noch an dieser Schrottmühle, die du einen Wagen nennst?«

Zu ruhelos, um zu schlafen, war Beck an seinem ersten Arbeitstag um drei Uhr morgens zur Werkstatt seines Großvaters gefahren und hatte an dem Mustang herumgeschraubt. »Bewahrt mich davor, in Schwierigkeiten zu geraten.«

Oberhalb von Santos' Kiefer zuckte ein Muskel. »Niemanden hat es gefreut, als sie dich aus dem Verkehr gezogen haben.«

Für einen Augenblick stieg Zorn in Beck auf, doch er zwang sich zur Ruhe. Ressentiments würden ihm nicht dabei helfen, das nächste Monster zu fangen. »Buße ist gut für die Seele.«

Santos sah aus, als wollte er noch etwas sagen, ließ es dann jedoch sein. »Du kennst doch Deputy Eli Stiles, nicht wahr?«

»Klar. Wir haben bei ein paar Autodiebstählen zusammengearbeitet.«

»Gut. Er wird dir die Einzelheiten erzählen.«

Sie fanden Eli gleich hinter dem Absperrband vor, wo er seinen Spezialisten bei der Arbeit zusah. Er war ein großer

Mann mit sorgsam rasiertem Schädel und einem breiten, grau melierten Schnurrbart. In seiner Jugend war er gut in Form gewesen, doch dreißig Jahre im Streifenwagen hatten ihn einen Bauch ansetzen lassen.

Deputy Stiles umschloss Becks Hand mit eisernem Griff. »Schön, Sie wieder auf Achse zu sehen, Mann.«

Auf Fragen zu den letzten drei Wochen hatte Beck keine Lust, auch nicht, wenn sie gut gemeint waren. Es wurde Zeit, einen Schlussstrich zu ziehen. »Wir sind nicht zum Plaudern hier.«

Deputy Stiles zog seinen Hut ein Stück in die Stirn. »Nein, Sir, bestimmt nicht. Ich habe hier eine Tote, die Sie sich mal ansehen sollten.«

Beck nickte. »Was ist an ihr so besonders?«

»Das ganze Setting ist komisch. Deswegen habe ich die Rangers dazugeholt.«

Beck stemmte die Hände an die Hüften. »Wieso komisch?«

Der Deputy schüttelt den Kopf. »Sagen Sie es mir.«

»Mach dir selbst ein Bild, Beck«, sagte Santos. »Du wirst schon sehen.«

Das Trio duckte sich unter dem gelben Absperrband hindurch und tauchte hinter der Kriminaltechnikerin wieder auf, die für einen Augenblick den Blick auf die Leiche verdeckte. Als sie beiseitetrat, sah Beck das Opfer zum ersten Mal richtig.

Die Frau lag auf dem Rücken, die Hände über der Brust gefaltet. Das blonde Haar war auf dem Boden ausgebreitet, wie auch der weit ausgestellte Rock. Sie sah wie ein düsterer Engel aus.

»Als ich sie gesehen habe, musste ich gleich an die Tote denken, die sie vor drei Wochen in San Antonio gefunden haben«, sagte Deputy Stiles.

Da Beck zu jener Zeit auf der Ersatzbank gesessen hatte,

hatte er über den Mord in San Antonio nur in der Zeitung gelesen. Es hatte drei Artikel über das dortige Opfer gegeben, aber seiner Erinnerung nach hatte die Polizei ihr Foto nicht preisgegeben. »Was meinst du?«

»War nicht mehr viel von ihr übrig, nachdem sie Wochen, vielleicht Monate draußen gelegen hat. Was nach Sonne und Regen geblieben ist, haben sich die Tiere geholt. Man hat keinen Ausweis gefunden, aber laut den örtlichen Behörden hat sie ein weißes Kleid getragen.«

»Ein weißes Kleid«, sagte Santos. »Nicht weiter ungewöhnlich, oder?«

Auf Stiles' Stirn und um seine Schläfen hatten sich tiefe Sorgenfalten gebildet. »Bei einem Opfer vielleicht. Bei zwei – na ja, nennt mich von mir aus paranoid, aber das glaube ich eher nicht.«

Der Anblick des Opfers weckte in Beck eine vage Erinnerung an etwas, das viel länger als einen Monat zurücklag. Doch je mehr er sich zu erinnern versuchte, desto mehr entglitt ihm der Gedanke.

Eine Weile standen die drei Männer in der flimmernden Hitze da und betrachteten die Leiche.

Santos brach schließlich das Schweigen. »Als Stiles den Mord in San Antonio erwähnt hat, habe ich meine Akte zu dem Fall rausgeholt.« Er wechselt das Standbein. »Dem Polizeibericht zufolge kam der dortige Sheriff durch den Gerichtsmediziner und seine ungefähre Beschreibung des Opfers auf eine Vermisstenmeldung. Um die Geschichte abzukürzen, sie hieß Lou Ellen Fisk, zweiundzwanzig Jahre alt. Hat gleich nördlich von San Antonio gelebt.«

Deputy Stiles hakte die Daumen in seinen Gürtel. »Ein paar Jungs von hier glauben, dass ihr Freund sie umgebracht hat. Fisk und ihr Kerl haben sich ziemlich oft gestritten.«

Santos nickte. »Die Vorstellung, dass sie ihren College-Abschluss machen und nach Chicago ziehen wollte, hat ihm nicht besonders gefallen. Man hat ihm den Mord zwar noch nicht nachweisen können, aber die Cops glauben, es sei nur eine Frage der Zeit.«

»Hat er ein Alibi?«, fragte Beck.

»Ein paar von seinen Kumpeln schwören Stein und Bein, er hätte fast den ganzen Abend mit ihnen gesoffen.«

»Und was hat Lou Ellen Fisk mit diesem Opfer zu tun?«

»Weißes Kleid, jung, blond«, sagte Stiles. »Zum Fall Fisk kann ich zwar nichts beitragen, aber wer dieses Mädchen umgebracht hat, hatte alles minutiös geplant.«

Beck zog Gummihandschuhe aus seiner Gesäßtasche und ging zu der Kriminaltechnikerin, die am Tatort beschäftigt war. Sie bemerkte seinen Schatten, stand auf und drehte sich um. Er erkannte sie sofort. »Melinda Ashburn.«

Sie hatte am Mordfall Misty Gray mitgearbeitet. Er hatte zugesehen, wie sie den Sack öffnete, ihn vorsichtig untersuchte und notierte, was von dem Leichnam des kleinen Mädchens noch übrig war. Melinda, die Ende zwanzig war, trug eine dunkle Sonnenbrille und einen breitkrempigen Hut, der ihren roten Haarschopf und die blasse, sommersprossige Haut schützte. »Schön, Sie wiederzusehen, Sergeant Beck.«

»Schön, wieder mit dabei zu sein. Was haben Sie gefunden, Ma'am?«

»Ich bin noch mit Fotografieren und Zeichnen beschäftigt. Wie Sie sehen können, hat sie eine ganze Menge Blutergüsse um den Hals. Ich tippe auf Erwürgen.«

»Ja, Ma'am, das sehe ich in der Tat.« Die zunehmende Hitze setzte Beck zu. Zwar hatte sich bei der Leiche noch kein Verwesungsgeruch entwickelt, doch das würde sich bald ändern. In der Nacht erreichten die Temperaturen immer noch fast sechsundzwanzig Grad, und die Wangen der Toten wiesen bereits dunkle Verfärbungen auf, die ersten Anzeichen der Zersetzung. Bald würde die Leiche sich blähen und dann aufreißen. Bis zum Sonnenuntergang würde sie kaum noch erkennbar sein. Nach ein paar Tagen hier draußen wäre sie bald so unkenntlich gewesen wie die Leiche von Lou Ellen Fisk.

Er ging in die Hocke und nahm die Details in Augenschein: sauber geschnittene Fingernägel, zarte Hände, die nicht so aussahen, als hätten sie harte Arbeit gekannt, und glatte Haut, die die texanische Sonne nicht gezeichnet hatte. »Sie kann nicht viel älter als zwanzig gewesen sein.«

»Davon gehe ich ebenfalls aus«, sagte Melinda.

»Irgendwelche Ausweise?«

»Ich hab keine gefunden. Aber sobald sie in der Gerichtsmedizin ist, nehmen wir ihre Fingerabdrücke.«

Fingerabdrücke waren keine Garantie auf eine Identifizierung. Wenn die Frau nicht in der AFIS-Datenbank zu finden war, würden sie die Vermisstenanzeigen durchgehen. »Irgendwelche Anzeichen von Blutergüssen oder Wunden auf Gesicht oder Armen?«

Ein warmer Wind strich durch das Gras und zupfte an dem weißen Rocksaum des Opfers. Die beinahe friedlichen Gesichtszüge der Frau täuschten über die Grausamkeit ihrer letzten Minuten hinweg.

Beck spreizte die behandschuhten Finger, während er die Frau betrachtete. »Hat sie da etwas in der rechten Hand?«

»Ich glaube ja«, sagte Melinda. »Dazu komme ich noch.«

»Ich will sie ja nicht drängen, aber lassen Sie mich wissen, was Sie in dieser Hand finden.« Wieder nagte eine vage Erinnerung an seinem Unterbewusstsein.

Beck richtete sich auf, bedankte sich bei Melinda und drehte sich zu Santos um. Einer seiner Nackenmuskeln war verspannt, wie immer, wenn er nicht an eine Erinnerung herankam. »Wieso kommt mir dieser Fall bekannt vor?«

»Macht mich auch ganz verrückt«, sagte Santos.

Beck stemmte die Hände in die Hüften und ging im Geist alte Fälle durch. Erwürgen. Weiße Kleider. Blonde Frauen. Und dann fiel es ihm ein. »Weißt du noch, die Seattle-Morde vor sechs oder sieben Jahren?«

Santos rieb sich das Kinn. »Ja. Ich war damals noch bei der DPS. In den Medien hieß er der … Würger von Seattle.«

Die Tür in Becks Geist öffnete sich, und die Erinnerungen überschwemmten ihn. »Sechs Frauen wurden erwürgt, und alle trugen weiße Kleider. Jede hatte einen Penny in der Hand.« Das Detail mit dem Penny war nie an die Öffentlichkeit gedrungen, aber Beck hatte innerhalb der Polizei davon gehört.

Santos nickte. »Gutes Gedächtnis.«

»Ganz Seattle war deswegen in Panik. Ich habe in einem Bericht darüber gelesen, aber irgendwann wurde der Fall als ungelöst zu den Akten gelegt.«

»Den Kerl hat man nie geschnappt?«

»Soweit ich mich erinnere, nein. Sein letztes Opfer hat überlebt. Der Täter verschwand von der Bildfläche, und ich habe alle möglichen Spekulationen gehört. Er würde im Knast sitzen. Wäre gestorben. Weggezogen. Hätte die Nerven verloren.«

»Was war denn mit dem letzten Opfer?«, fragte Santos.

»Der Angreifer wurde von einem vorbeifahrenden Fahrzeug unterbrochen.« Beck wühlte in seinen Erinnerungen. »Die Frau, die überlebte, sagte aus, sie könne sich nicht an den Tathergang erinnern.«

Santos sah zu der auf der Erde drapierten Toten hinüber. »Bei dem Opfer in San Antonio waren die Knochen ausgebleicht und von den Tieren durcheinandergeworfen worden. Wir wissen nicht, wie sie gestorben ist. Und es wurde kein Penny am Tatort gefunden.«

»Es hat ja keiner danach gesucht.«

»Stimmt. Und falls der Mörder einen Penny zurückgelassen hat – letzten Monat gab es ein furchtbares Gewitter, das ihn weggespült haben könnte.«

Als Santos sich umdrehte, um die Frage eines DPS-Officers zu beantworten, atmete Beck einmal tief durch und wandte sich wieder der Leiche zu. »Melinda, tun Sie mir bitte einen Gefallen und sehen Sie sich mal an, was dieses Mädchen in der Hand hat? Es ist wichtig.«

Sie nickte und ging neben der geballten Hand in die Hocke. Vorsichtig zog sie die Finger auseinander, die bereits steif waren. Sie hob die Kamera, um zu fotografieren, was sie entdeckt hatte. »Da ist ein Penny.«

Beck beugte sich vor. »Sind Sie sicher?«

»Vollkommen.« Sie schoss noch ein paar Dutzend Fotos.

Beck rief Santos herüber und deutete auf die Hand des Opfers.

Santos warf einen Blick auf den Penny und fluchte. »Dieser Wahnsinnige ist jetzt also in Texas?«

»Oder es handelt sich um einen Nachahmungstäter.« Beck massierte sich den Nacken. Er brauchte so schnell wie möglich alle Informationen, die San Antonio über das erste Opfer hatte, und das Opfer musste identifiziert werden.

»Wir könnten da auf eine richtig scheußliche Sache gestoßen sein«, sagte Santos.

»Da magst du recht haben.«

Melinda verstaute den Penny in einer kleinen Asservatentüte. »Beck, ich schicke das an die Gerichtsmedizin in Austin.«

»Danke dir, Melinda.« Beck drehte sich zu Santos um. »Ich muss im Büro Klarschiff machen, und dann schaue ich in der Gerichtsmedizin vorbei. Ich will bei der Autopsie dabei sein.« Er war seit drei Wochen nicht mehr am Schreibtisch gewesen, freute sich jedoch auf das Chaos, das ihn erwartete.

»Gute Idee, Sergeant.«

Beck drehte sich zur Straße um, und sein Blick fiel auf den massiven schwarzen Sattelschlepper, dessen Anhänger mit Bauholz beladen war. »Sie haben gesagt, ein Lkw-Fahrer habe die Leiche gefunden?«

»Ja.«

»Sitzt er noch im Führerhaus?«

»Ja, und er wird jede Minute stinkiger. Faselt irgendwas von seinem Zeitplan.«

»Lass mich mit ihm reden.« Beck ging zum Führerhaus und klopfte auf der Fahrerseite ans Fenster. Im Führerhaus saß niemand, aber diese großen Lkws hatten hinten immer ein Schlafabteil. Becks Großvater, Henry Beck, war früher, bevor er seine Werkstatt eröffnet hatte, als Trucker Langstrecken gefahren und sagte oft, dass er damals die Steaks und den Sex eines ganzen Jahres gegen zwölf Stunden richtigen Schlaf getauscht hätte.

Beck hämmerte mit der Faust gegen das Führerhaus. Schließlich kam ein unwirsches: »Augenblick, verdammt.«

Beck trat einen Schritt zurück und schaute mit zusammengekniffenen Augen über den Mittelstreifen zur Gegenfahrbahn der Interstate, wo der Verkehr jetzt immer langsamer wurde, weil die Fahrer versuchten, einen Blick auf den Tatort zu erhaschen. Schon bald würde es einen kräftigen Stau auf der I-35 geben.

Nach einigem Scharren, Fluchen und noch mehr Scharren ging die Fahrertür auf, und ein gewaltiger Bär von einem

Mann tauchte dahinter auf. Er trug Jeans, ein schwarzes Dallas-Cowboys-T-Shirt und einen Gürtel mit einer Schnalle in der Form von Texas. Er griff ins Führerhaus nach seiner Mütze und strich sich das dichte graue Haar nach hinten, bevor er die Kappe aufsetzte. »Sind Sie hier, um mir zu sagen, dass ich endlich wegkann?«

»Gleich – ich möchte nur noch einmal alles mit Ihnen durchgehen.«

Der Lkw-Fahrer zog eine Tabaksdose aus der Hosentasche und schob sich ein Stück Kautabak in den Mund. »Ich habe alles schon den anderen Cops erzählt.«

Beck gab sich Mühe, freundlich zu bleiben. »Und dafür bin ich Ihnen dankbar. Wirklich. Aber würde es Ihnen etwas ausmachen, es mir noch mal zu erzählen, Mr …?«

»Raynor. Billy Raynor.«

Beck zog ein kleines Notizbuch und einen Kugelschreiber aus der Gesäßtasche. »Sie sind aus?«

»El Paso.«

»Wie haben Sie die Leiche gefunden? Von der Straße aus sieht man sie ja nicht.«

»Weil ich pissen musste wie ein verdammtes Rennpferd. Scheißprostata. Dachte, ich würde es noch bis zur nächsten Haltestelle schaffen, aber ich war kurz davor zu platzen, also bin ich rechts rangefahren. Wollte den Brunnen trockenlegen und mich dann vom Acker machen. Dann habe ich die Bussarde gesehen, die oben gekreist sind. Konnte zwar nicht sehen, was die gesehen haben, aber ich dachte, ich schau mir das mal an. Zwanzig Schritte, und da war sie. Zuerst dachte ich, sie wäre krank oder würde schlafen, aber als ich näher rangegangen bin, hab ich die Fliegen gesehen.« Er schauderte. »Hat ausgesehen, als wäre sie von oben bis unten mit Wachs bedeckt.«

»Haben Sie sonst noch etwas oder jemanden gesehen?«

»Nein. Nur die Frau und die Bussarde.« Er zeigte mit dem Daumen auf die Führerkabine. »Habe ihn hier geparkt und die Cops angerufen.«

»Danke Ihnen.«

Der Mann spuckte aus. »Reicht das jetzt und ich kann fahren? Dieser verdammte Deputy hat mich zwei Stunden aufgehalten.«

»Seien Sie lieber froh, dass er Sie nicht zur Vernehmung auf die Wache schleift.«

Der Blick des Truckers wurde hart. »Warum zur Hölle würdet ihr so was machen?«

Beck grinste. »Ist schon vorgekommen, dass Mörder ihr eigenes Werk bei der Polizei gemeldet haben.«

»Na, ich war's jedenfalls nicht.« Er lupfte seine Kappe und fuhr sich mit der Hand über die feuchte Stirn, bevor er sie wieder aufsetzte. »Scheiße. Ich hätte einfach weiterfahren sollen.«

»Fahren Sie im ganzen Bundesstaat?«

»Ja, schon. Na und?«

»Waren Sie in letzter Zeit mal in San Antonio?«

Brigitte Pons

Eine saubere Angelegenheit

Kriminalroman

Torge und Rollo im Einsatz

Kriminalhauptkommissar Torge Hansen fehlt es nicht an Verdächtigen, als der Bodyguard eines umstrittenen Politikers mit durchtrennter Kehle aufgefunden wird. Musste er wegen seines Berufes sterben, oder ist der Mann eher von einer seiner vielen Geliebten ermordet worden? Ehe Torge sich in den Fall vergraben kann, flattert das Geständnis einer Selbstmörderin auf seinen Tisch: Angeblich hat sie die Tat begangen. Der Fall scheint gelöst, schnell und sauber. Zu sauber für Torges Geschmack …

»Meine absolute Leseempfehlung für Krimifans.«
Krimikiosk über Celeste bedeutet Himmelblau

Band 1 der Serie
320 Seiten, kartoniert mit Klappe
€ 9,99 [D]
ISBN 978-3-8025-9536-3

www.egmont-lyx.de

LYX
EGMONT